Man schreibt das Jahr 1782, und Charles O'Brien flüchtet vor dem Hunger aus Irland nach London. O'Brien ist nicht nur von außerordentlicher Gestalt, er ist auch ein Barde, ein Mann der Balladen und Geschichten, der von den alten Mythen erzählt, von irischen Königen und Feen. In London, so verspricht ihm sein Freund und Impresario Joe, wird er eine Sensation sein. Als »der riesige O'Brien« bietet er sich dar, und gegen gutes Geld begaffen ihn die sensationslüsternen Massen. Unter den Besuchern ist aber auch ein Mann, dessen scharfer Blick O'Brien Angst einjagt – es ist John Hunter, der Anatom und Sezierer, für seine Experimente berühmt und fieberhaft auf der Suche nach dem Geheimnis des Lebens.

Als O'Brien eines Tages entdeckt, dass er erneut anfängt zu wachsen, weiß er, dass er nicht mehr lange zu leben hat. Und wieder erscheint Hunter.

»Ein bewegender Roman über ein bizarres Schicksal.« *Das Neue Blatt*

Hilary Mantel wurde 1952 in Derbyshire in England geboren und hat mehrere Jahre in Afrika und im Nahen Osten gelebt. Für ihre insgesamt acht Romane wurde sie mit zahlreichen Preisen ausgezeichnet, unter anderem mit dem Hawthornden-Literaturpreis. Im Fischer Taschenbuch liegen ihre Roman »Regen über der Wüste« (Bd. 15295) und »Carmels Suche nach Liebe« (Bd. 14664) vor.

Unsere Adresse im Internet: www.fischer-tb.de

Hilary Mantel

Der riesige O'Brien

Roman

Aus dem Englischen von
Charlotte Breuer

Fischer Taschenbuch Verlag

Veröffentlicht im Fischer Taschenbuch Verlag,
einem Unternehmen der S. Fischer Verlag GmbH,
Frankfurt am Main, August 2003

Lizenzausgabe mit Genehmigung des Krüger Verlages, Frankfurt am Main
Die englische Originalausgabe erschien 1998
unter dem Titel ›The Giant, O'Brien‹
im Verlag Fourth Estate, London

Druck und Bindung: Clausen & Bosse, Leck
Printed in Germany
ISBN 3-596-15901-6

Für Lesley Glaister

… Doch alle,
Die Stifte führen, stehlen von Schädeln und Knochen.
Leser begehren Körper. Wir sind's, die auferstehen lassen.

George MacBeth, ›The Cleaver Garden‹

1

Bring die Kühe rein. Zeit, für die Nacht alles zuzumachen.«

Es kamen drei Kühe, atmeten im Halbdunkel: sie schlugen mit den Schwanzspitzen, das Fell spannte sich über den Knochen. Sie setzten ihre Hufe zwischen die Männer, drängelten. Die Flammen vom Feuer tanzten in ihren Augen. Durch die offene Tür sah man den Mond auf den Berg zusegeln.

»Sonst holt O'Shea sie sich über den Hügel«, sagte Connor. Connor war ihr Gastgeber. »Drei Kühe hat mein Großvater seinem Großvater gestohlen. Keine Nacht vergeht, ohne dass er darauf sinnt, die Schuld zu begleichen.«

»Ein alter Zwist«, sagte Claffey. »Das sind die besten.«

Pybus spuckte aus. »O'Shea, der würde dir sogar Ohrenschmerzen missgönnen. Wenn du einen Furunkel hättest, er würde ihn dir missgönnen. Seine Seele ist so eng wie ein Nadelöhr.«

»Hör zu, Connor«, sagte der Riese. Sein Ton klang interessiert. »Was würdest du tun, wenn du vier Kühe hättest?«

»Davon kann ich nur träumen«, sagte Connor.

»Weil du keinen Platz im Haus hast?«

Connor zuckte die Achseln. »Die müssten auch reinkommen.«

»Und wenn du sechs Kühe hättest?«

»Dann wären die Männer nicht mehr so nah beim Feuer«, sagte Claffey.

»Und wenn du zehn Kühe hättest?«

»Dann würden die Kühe reinkommen, und die Männer müssten draußen hocken bleiben«, sagte Pybus.

Connor nickte. »Stimmt.«

Der Riese lachte. »Du bist ein feiner Gastgeber. Die Männer müssten draußen hocken bleiben!«

»Uns würde da draußen nichts passieren«, sagte Claffey. »O'Shea mag die Schulden samt Zinsen eintreiben wollen, aber er würde niemals eine Horde Männer stehlen.«

»Noch dazu solche Männer wie uns«, sagte Pybus.

Sagte Jankin: »Was sind Zinsen?«

»Ich könnte nie zehn Kühe halten«, sagte Connor. »Du hast Recht, Charles O'Brien. Die Wände würden sie nicht fassen.«

»Da siehst du's«, sagte der Riese. »Das setzt deinem Ehrgeiz die Grenze. Und alles bloß, weil es zur Zeit deines Großvaters böses Blut gegeben hat.«

Die Tür ging zu, und es gab nur noch das Binsenlicht; das Licht ging aus, und dann war da nur noch das sterbende Feuer und der feuchte Atem der Tiere und das gespenstische Schimmern von Pybus' rotem Schopf.

»Rückt näher an die Glut«, sagte der Riese. Im rauchigen Dämmerlicht war seine Stimme ein Sirren, wie ein Mottenflügel. Sie rückten mit ihren Hockern vor, und Pybus, der ein Junge war, machte es sich mit dem Hintern auf dem Fußboden aus blankem Stein bequem. »Welche Geschichte soll es sein?«

»Du entscheidest, Mester«, sagte Jankin. »Wir können keine Geschichte aussuchen.«

Claffey sah Jankin von der Seite an, als er den Riesen »Mester« nannte. Der Riese bemerkte den Blick. Claffey hatte seine schlechten Seiten: aber Menschen sind nicht wie Kartoffeln, bei denen eine faule Stelle sich überall ausbreitet, und als Claffey sich ihm wieder zuwandte, sprach sein Gesicht Bände, begierig auf die Geschichte, die er am liebsten verschmähen würde.

Der Riese zögerte, blickte tief in den Rauch des Feuers. Draußen bildete sich Nebel auf dem Berg. Gestalten formten sich in der Ecke des Raums, Gestalten, die nicht wie Vieh aussahen und von Connor, Jankin und Claffey nicht gesehen wurden; nur Pybus, der durch seine Jugend noch weniger Hautschichten hatte, scharrte mit den Füßen wie ein unruhiges Pferd und hob die Nase, als er den fremden Geruch wahrnahm. »Was ist da?«, fragte er. Aber es war nichts, nichts: nur ein Stoß von Claffeys Ellbogen, mit dem er sich Platz verschaffte, nur das sanfte Wiederkäuen der weißen Kuh.

Der Riese wartete, bis Pybus' gerunzelte Stirn sich geglättet hatte, bis der Junge seine Arme beruhigt auf den Knien verschränkte und seinen Kopf darauf legte. Dann ließ der Riese seiner Stimme freien Lauf. Sie war leicht, klangvoll, nicht ohne einen gebildeten Ton; und so sprach er.

»Habt ihr je das Unglück erlebt, allein in einem der großen Wälder dieser Welt unterwegs zu sein; euch, wenn die Nacht sich senkt, viele Stunden entfernt von jedem christlichen Haus zu befinden? Seid ihr je, wenn Sturm aufkommt, ohne alle Begleitung gewesen, bis auf euer Lasttier, ohne Trost in dieser sterblichen Welt außer dem Kruzifix unter eurem Hemd?«

»Welche ist es?« Jankins Stimme zitterte.

»Es ist die Wilde Jagd«, sagte Connor. »Er begegnet den Toten auf ihrer nächtlichen Wanderung, geführt von einem Geisterkönig auf einem Geisterpferd.«

»Das wird mir Angst machen«, sagte Jankin.

»Ohne Zweifel«, sagte Claffey.

»Ich habe sie schon mal gehört«, sagte Connor. »Aber sie ist eine von seinen Besten.«

Dann debattierten sie nicht mehr über die Geschichte, und der Riese nahm seine Erzählung wieder auf, führte sie durch den tiefen, raunenden, von Löwen durchstreiften Wald an einen Ort, an den sie nie zu kommen erwartet hatten: zum Essbaren Haus. Von seinen Zuhörern kam ein beglückter Seufzer. Sie wussten, was essbar war; sie wussten, was ein Haus war. Kaum jemals hatten sie das Glück gehabt, auf beides in einem zu stoßen.

So mischte er seine Geschichten: Glück und Blut. Das Dach aus Lebkuchen, dann die lautlose Ankunft des naschhaften Wolfs. Die weißhäutige, wohlgerundete Frau, die unter den zärtlichen Händen eines Mannes zum Skelett wird; der See, auf dem Goldstücke schwimmen und in dem jeder ertrinkt, der nach ihnen fischt. Verdienst erntet keinen Lohn, auch nicht erfüllte Pflicht; wer Glück hat, ist erfolgreich, und das könnte jeder von uns sein. Jesu, dachte er. Es gab jetzt Tage, da fühlte er die Schwäche wie Wasser durch seine Beine strömen, die so lang waren wie der ganze Körper eines Mannes. Manchmal zitterten seine Handgelenke unter dem Gewicht seiner eigenen Hände. Ein Mann konnte mit seiner Phantasie am Ende sein. Er konnte alle Geschichten aufgebraucht haben; und jene, die den ganzen Tag nichts zu essen gehabt haben, sind gereizt und sind übellaunige Zuhörer. Erst letzte Woche hatte er gefragt: »Habt ihr je die Geschichte vom Heiligen Kevin und O'Tooles Gans gehört?«, und ein Dutzend Stimmen hatte geschrien: »O nein, nicht schon wieder!«

Eine Kuh, vom Feuer gebannt, wäre beinahe auf seinen Fuß getreten. Um ihr eine Lektion zu erteilen, trat er ihr auf den Fuß. »Lass mein Vieh in Ruhe!«, rief Connor. Der Riese schaute zum Himmel auf, aber das Dach behinderte seine Sicht. Vor vierzig Jahren hatte Connors Vater es gedeckt, und jetzt war es fleckig und schwarz vom Feuer; wenn es regnete und der Regen durch das Dach lief, tröpfelte es rußig braun auf die Köpfe der Männer. Connor hatte keine Frau, und er würde wohl auch keine finden. Pybus und Claffey auch nicht; Jankin, so hoffte er im Stillen, war vielleicht unfruchtbar.

Veränderungen standen bevor; er konnte sie im Feuer sehen, und er konnte sie im pfeifenden Luftzug spüren, der durch alle Wände kam. Sein Appetit war groß, wie es ihm anstand; er konnte eine Kornkammer leer essen, er konnte ein Fass leer trinken. Aber jetzt, wo ganz Irland zugrunde geht, wovon soll ein Riese da leben? Er hatte sich sein Auskommen verdient, indem er umhergezogen war als angenehmer Gast, der als Gastgeschenk nicht nur seine Anwesenheit als Riese zu bieten hatte, sondern auch Geschichten und Lieder. Er hatte sein Brot bei einem Bauern verdient, der einen tief verwurzelten Baum ausgerissen haben wollte, oder bei einem Städter, der sein Haus abgerissen haben wollte, damit er sich ein neues bauen konnte. Kraft hatte viel ausgemacht, Größe noch mehr, und manch ein häuslicher Herd hatte ihn als Wunderling willkommen geheißen, als guten Unterhalter, als Erscheinung aus dem Buch der Natur. Jetzt wird das Buch der Natur kaum noch gelesen, und er dachte dies: Am besten, ich verdiene mein Brot mit dem Naheliegenden. Ich werde mein Brot mit meiner Größe verdienen.

Er wandte sich an Claffey, den Einzigen unter ihnen, der ein bisschen Verstand besaß. Er sagte: »Ich habe mich entschieden. Für Joe Vance.«

Ein oder zwei Tage später kam Joe Vance den Berg herauf. Er trug einen speckigen Hut auf dem Kopf, und eine Flasche mit starkem Alkohol baumelte an einer Schnur gegen seinen Schenkel. Er war ein kluger Mann, praktisch veranlagt und ein Spaßvogel; er hatte für eine ganze Reihe von denen, die die Gegend über die letzten zehn Jahre verlassen hatten, Agent und Impresario gespielt. Er verstand etwas von der Kunst, Seereisen zu arrangieren, und war hin und wieder selbst zur See gefahren. Er war im Gefängnis gewesen, aber wieder rausgekommen. Er hatte viele Frauen geheiratet, und einige von ihnen waren tot; an diesem und jenem gestorben, wie das bei Frauen so geht. Er hatte einen schwarzen Bart, breite Schultern, an denen die Knochen deutlich zu sehen waren, eine gutmütige, besonnene, männliche Ausstrahlung und ehrliche blaue Augen.

Connors Hütte kam in Sicht. Sie verfügte nicht über den Luxus eines Kamins – seit sechs Monaten gab es auf Meilen hinaus keinen Kamin –, aber sie hatte ein Loch im Dach; der Rauch quoll durch das Loch und überall durch das Dachstroh, sodass es aussah, als würde die ganze Hütte im Regen und im Morgennebel sanft vor sich hin dampfen.

Joe Vance fand die Hütte voller Rauch vor und alle um ein erbärmliches Feuer gekauert. Seine ehrlichen Augen betrachteten ihre Lebenslage. Der Riese blickte auf. Er wirkte lächerlich auf seinem Hocker, die Knie fast an den Ohren. »Du solltest auf einem Thron sitzen«, sagte Vance unvermittelt.

»Daran besteht kein Zweifel«, sagte Claffey.

»Kommst du mit auf die Reise?«, fragte ihn Vance.

»Er muss«, sagte Pybus. »Er spricht ihr Kauderwelsch. Brabbelt auf jeden Fall wie sie. Wir haben ihn gehört.«

»Sprichst du kein Englisch, O'Brien? Ich dachte, du seist ein gebildeter Riese.«

»Ich habe es gelernt und wieder vergessen«, sagte der Riese. »Ich habe es in einer Bleikiste versiegelt, und ich habe sie in den Tiefen des Meeres versenkt.«

»Fisch sie wieder rauf, mein Guter«, sagte Vance. »Wenn einer von euch sie sieht, zerrt sie ans Ufer. Du musst verstehen, ich habe nicht vor, dich als Wilden vorzuführen. Das taugt nichts für diese Art Schaustellerei.«

»Fahren wir bis Derry?«, fragte Jankin. »Ich habe davon gehört, weißt du.«

»Ah, Jankin, du gute, einfältige Seele«, sagte der Riese. »Vance kennt sich aus.«

»Ihr wisst doch«, sagte Vance, »dass ich als Agent für die Brüder Knife tätig war, sehr stattliche Riesen, an die ihr euch erinnern werdet.«

»Ich habe sie als ziemlich gewöhnlich und erbärmlich in Erinnerung«, sagte O'Brien. »Der größere der beiden reichte mir kaum bis an die Schulter. Und was seinen kleinen Bruder betrifft – Pocket habe ich ihn immer genannt –, als ich mit zehn Jahren ins Wirtshaus ging, hielt ich meinen Krug in der Hand und stützte dabei den Ellbogen auf seinem Schädel ab.«

»Die Knifes sind gar nichts«, sagte Jankin. »Das waren praktisch Zwerge.«

Joe Vance schaute mit seinen ehrlichen Augen zur Seite. Er erinnerte sich an die Knifes – vor allem an Pocket – als Jungen, die eine Wand durch bloßes Anschauen niederreißen konnten. Pocket war auch ungewöhnlich erpicht auf seinen Anteil, und einmal, als er sich übervorteilt fühlte, hatte er Joe Vance hoch in die Luft gehoben und mit seinem Gürtel an einen Haken gehängt, wo gerade am Vortag ein halbes Schwein gehangen hatte. Mit einer einzigen Hand hatte er ihn hochgehoben, und das mit der linken; das würde Vance nicht so leicht vergessen. Er blickte auf und musterte O'Brien, versuchte, dessen Neigung zu Gewalttätigkeit abzuschätzen. Wo immer er damit durchkam, war er ein Agent dieser Sorte; er nahm zwanzig Shilling auf eine Guinee.

»Nun zu meinen Bedingungen«, sagte der Riese. »Ich und meine Gefährten – das sind diese hier –, wir verlangen alle Bequemlichkeit und Verpflegung auf der Überfahrt.«

»Ich habe Erfahrung im Buchen von Überfahrten«, sagte Joe Vance mit einer Verbeugung.

»Es muss ein Schiff sein, das die Briten in Erstaunen versetzt. Mit goldenem Bug und seidenen Segeln.«

»Du selbst wirst die Briten in Erstaunen versetzen«, gurrte Vance.

»Ich verlange sechs Frauen, die singend vor mir her schreiten.«

Vance verlor die Beherrschung; dazu brauchte es nicht viel. »Das ist alles Scheiße! Du, Charlie O'Brien, du hast seit letzte Ostern kein Fleisch mehr gegessen. Du lebst im Dreck!«

»Stimmt«, erwiderte der Riese und schaute zum Dach. »Alle sechs müssen Königinnen sein«, sagte er lächelnd; er fand Vances Benehmen nicht weiter schlimm, und was kann es schaden, wenn man seine Forderungen hoch ansetzt?

»Woher soll ich denn sechs Königinnen nehmen?«, polterte Vance.

»Das ist dein Problem«, sagte der Riese höflich. Er streckte seine Beine aus. Sein großer Zeh stieß Jankin beinahe ins Feuer, aber Jankin pustete auf seine verbrannten Handflächen und leckte sie ab und entschuldigte sich.

Claffey hob den Kopf. Er suchte Vances Blick. Mit einem Nicken deutete er auf O'Brien und sagte: »Der ist gefährlich, in einem Zimmer.« Dabei beließ er es. Im Allgemeinen wusste Claffey, wann er aufhören musste.

Der Riese sagte: »Vance, werde ich Geld in der Tasche haben? Werde ich Gold in meinem Beutel haben?«

Vance streckte die Hände aus, die Handflächen nach oben.

»Von dem, was Joe Vance rechtmäßig einnehmen kann, wirst du deinen Anteil erhalten. Die englische Öffentlichkeit verzehrt sich nach dem Anblick eines Riesen, wie ich mit Sicherheit weiß. Wenn ich's mir recht überlege, ist es fast eine gute Tat, ihnen einen Riesen zu bringen.«

Er sah Jankin ins Gesicht. »Engländer sind eine Art Affen«, erklärte er.

Er lächelte mit dem halben Gesicht. Der Riese bemerkte dies.

»Stimmt nicht«, sagte er. »Klein von Wuchs, barbarisch im Benehmen, unverständlich in der Sprache: ungebildet, zügellos und ein Witz, wenn sie getrunken haben: aber nicht behaart. Zumindest nicht überall.«

»Ich habe noch nie einen Affen gesehen«, sagte Jankin. »Oder von einem geträumt. Habe ich schon mal einen Engländer gesehen?«

»Das sind die, die auf Pferden reiten«, sagte Claffey.

»Ach so«, sagte Jankin. »Dann habe ich schon mal welche gesehen.«

»Was ist mit Connor?«, fragte Vance. »Kommst du auch mit?«

»Connor ist ein wohlhabender Mann«, sagte Claffey. »Er muss seine Kühe hüten.«

Connors Stirn legte sich in Falten. Er fuhr sich mit den Händen durchs Haar. »Einmal ist O'Shea rübergekommen, mitten in der Nacht, mit einer Schüssel und hat meinen Kühen Blut abgezapft für seine Sonntagssuppe. Als wäre er ein Kerry-Hirte.«

»Ja«, sagte der Riese. »Eine Kerry-Kuh weiß, wann Samstagabend ist.« Er hob den Kopf. »Nun, diese Hütte ist unser Anker gewesen. Doch jetzt müssen wir Segel setzen.«

Als sie den Hügel hinuntergingen, versanken ihre Füße im Schlamm, und stürmischer Regen blies ihnen ins Gesicht. Es war die Jahreszeit, wo Ratten in ihren Löchern, Hunde in ihren Hütten und Lords in ihren Federbetten bleiben. Der Riese war so zuvorkommend, ihnen ihre Bündel zu tragen, sodass sie die Hände frei hatten, um die Balance zu halten, wenn sie ausrutschten. Nach etwa einer Meile kamen sie zu einer Siedlung, oder was vor kurzem noch eine gewesen war; wo jetzt nur noch Mauerreste standen, das zerbröckelnde Mauerwerk nackt, nur von rankendem Grünzeug bedeckt. Schon wenige Monate, nachdem sie verlassen worden waren, waren die Hütten schon halb verfallen und versanken im Schlamm, der sie umgab; ihre Dächer waren ausgebrannt, und sie waren zum Himmel hin offen.

Etwas Kleines, von der Größe eines Hundes, sprang davon, als sie sich näherten: schlenkernde Hände, gebeugter Rücken.

»Ein Hund oder ein Kind?«, fragte Pybus verblüfft.

Der Riese wischte sich den dampfenden Regen aus dem Gesicht. Seine schnelleren Augen hatten erkannt, dass das Geschöpf nicht von dieser Welt war. Es war eins von jenen Halbwesen, die manchmal in Ruinen und auf Schlachtfeldern umherhuschten, scharrten und wehklagten: ihr menschlicher Teil weinte, während das Tier in ihnen sie nach totem Fleisch wühlen ließ.

»Ich hatte gedacht, wir würden hier eine Unterkunft finden«, sagte Claffey. Seine Fellmütze lag auf seinem Kopf wie ein toter Dachs, und die Borte an seiner besten Jacke war ruiniert. »Keine Hütte hat ein Dach.«

»Ich habe dir geraten, nicht deine besten Sachen anzuziehen«, sagte der Riese.

»Eine Plage soll über alle Agenten kommen«, sagte Claffey. »Über alle Agenten, Büttel und Gutsbesitzer.«

»Du solltest nicht von einer Plage sprechen«, sagte der Riese. »Du musst sagen, welche Plage. Sag: *Mögen ihre Zungen Aussatz bekommen und ihre Augen in Eiter schwimmen.*«

»Du bist zu wählerisch mit deinen Flüchen«, sagte Claffey. »Ich würde sie mit einer Keule verfluchen und ihnen den Schädel einschlagen.«

»Ich auch«, sagte Pybus.

»Das Fluchen«, erklärte der Riese, »ist eine alte und ehrbare Kunst. Ein richtiger Fluch ist eine Legion von Keulen wert.« Er rückte die Bündel auf seinen Schultern bequemer zurecht. »Nun gut, lasst uns in die Stadt gehen.«

»Die Stadt!«, rief Jankin. Er versuchte zu hüpfen.

Als sie die Stadt erreichten, standen nur ein oder zwei Jünglinge da, um sie willkommen zu heißen; keine ausgelassene Kinderschar kam gelaufen, um die Sensation zu erleben. Sie sahen die Jungen von ferne; die Straße war kahl und glatt wie der Schenkel einer Königin. Der Riese grüßte sie von weitem mit lautem Hallo; es schallte über die baumlose Landschaft, fing die Jungen ein wie ein Seil mit einer Schlinge.

Der Riese ging langsamer, passte seinen Schritt an, woran er sich immer wieder erinnern musste. Die Jungen begrüßten sie in einer Wildnis aus zersplittertem Holz, den rohen, nassen Innereien von Baumstümpfen, die in den stürmischen, dämmrigen Himmel ragten.

Ein ganzer Wald, für Profit abgeholzt, und heimatlose Vögel, die zum Tagesende kreischten.

»Wir sind nur einen Tag gewandert«, sagte Pybus, »und soweit haben wir es nun geschafft.«

Der Riese schaute ihn von der Seite an. Schon jetzt brachte die Reise edlere Gefühle bei Pybus zum Vorschein, die der Riese nicht bei ihm vermutet hatte.

Die Jungen verbeugten sich, als sie sich näherten. »Willkommen, Mesters. Heutzutage meiden uns sogar die Bettler.«

»Besuchen euch die Blinden?«, fragte der Riese.

»Ja, sie haben die Güte. Sie wenden sich nicht ab, obwohl sie sagen, sie können das Elend riechen. Sie haben zwar eine Fiedel, aber wir haben nicht die Kraft zu tanzen.«

Die Jungen führten sie in die Stadt. »Sie fällen, wie ihr seht«, sagte einer. Der Gestank des frischen Bluts der Bäume lag in der feuchten Luft, die den Riesen in Brusthöhe umfing.

Jankin sperrte den Mund auf. »Wo sollen sie hingehen, das Volk, das in dem Wald wohnt?«

Hastig korrigierte er sich: »Das kleine Volk, das in dem Wald lebt?«

»Das ist uns egal«, sagte einer der Jungen schroff. »Wir haben als Nachbarn gelebt, haben ihnen in besseren Zeiten sogar Milch hinausgestellt, aber jetzt haben wir keine Milch, und wir können uns nur noch selbst helfen. Ich habe gehört, sie sollen denen, die sie mögen, Korn bringen oder ein Stück Speck oder Federvieh, aber das ist nicht unsere Erfahrung. Sie müssen für sich selbst sorgen, wie wir auch.«

»Das sind Geschichten«, sagte der Riese. »Feenvolk in den Wäldern, klein und grün – es sind sowieso nur Geschichten.«

Sie schauten zum Hügel hinüber. Es war ein Gesicht mit zerschlagenen Lippen, mit Zahnstümpfen. Es gab keine Schatten, und kein Licht spielte darin. Es war nur, was es war, und nichts weiter: Zerstörung. Der Riese sagte, um es Jankin erträglicher zu machen: »Es gibt noch mehr Wälder in Irland. Und das Reisen verdrießt das edle Volk nicht, so wie es uns verdrießt. Sie sind so schnell wie die Gedanken.« Dann biss er sich auf die Lippe und grinste, denn er musste daran denken, dass dies in Jankins Fall nicht besonders schnell war.

In der Stadt war es still, und dem Riesen war diese Stille vertraut. Es war die Lautlosigkeit des Hungers, die Ruhe, die einkehrt, wenn die Wut verbraucht, der nagende Schmerz verebbt ist und nichts übrig bleibt als Schwäche, geschwollene Bäuche, leichtes Fieber und der seltsame Haarwuchs. Nur Jankin sang laut: »Wir kommen in die Stadt, in die Stadt.«

»Hör auf mit dem Krach«, sagte Claffey. Sie sahen sich um. Wie ein junger Hund suchte Jankin die Nähe des Riesen.

»Sie haben euch gebrochen, wie ich sehe«, sagte der Riese zu den Jungen.

Die Stadt war nichts mehr; zwei von Hütten gesäumte Straßen, vor den Türen dampfende Misthaufen, die Wände rissig und windschief, die Dächer eingesunken. Es war eine Stadt, in der kein Stolz mehr übrig war, keine Muskelkraft, um alles instand zu halten, kein Funken im Herzen, der einen anfeuert, etwas wieder aufzubauen. Der Regen hatte aufgehört, und die Wolken teilten sich. Die von Spurrillen durchzogene Straße war voller Pfützen, in denen sich eine weiße, dunstige Sonne spiegelte. Die Kinder starrten sie an, als sie vorübergingen, kratzten sich ihre geblähten Bäuche. Sie bestaunten den Riesen, aber sie jubelten nicht. Sie waren zu müde für Wunder. Das Wunder einer Schüssel mit Kartoffeln und Buttermilch, das hätte sie zum Jauchzen gebracht; aber für Kartoffeln war es zu früh im Jahr. Wäre O'Brien der Teufel gewesen, der gekommen war, um sie zu holen, sie wären ihm mit ihren entzündeten Augen gefolgt, in der Hoffnung, in der Hölle etwas zu essen zu bekommen.

»Wo ist Mulroney's?«, fragte Claffey. »Wo ist Mulroney's Taverne?«

»Wo ist irgendwas?«, fragte einer der Jungen. »Mulroney ist gestorben, als ihr oben auf dem Berg wart. Hat ein Fieber gekriegt. Sein Haus ist eingestürzt.« Er hob einen Arm. »Da ist es.«

Was – das? Diese Ruine in dem Graben? Mulroney's Taverne, wo sie den Dichterwettstreit abzuhalten pflegten, nachdem das große Haus zerstört war? Mulroney's, wo es kein Gefidel und keinen Gesang und kein vulgäres Harfenspiel gab, sondern die alten Geschichten im alten Metrum korrekt rezitiert wurden? Es war ein Kreis runzliger Männer mit von Spinnweben überzogenen Gesichtern und milchigen Augen, die ihre Becher mit zitternden Händen hielten. Strenge Winter hatten einen nach dem anderen dahingerafft, Wasser füllte die Lungen, mit deren Luft einst die Taten von Königen besungen wurden.

»Das kann doch nicht Mulroney's sein!«, stieß Pybus hervor. »Was sollen wir jetzt tun? Der Riese braucht einen starken Trunk! Das hat er nötig.«

»Es ist die Soße zu einer guten Geschichte«, sagte Jankin, der diese Redensart oft gehört hatte.

»Joe Vance wird bald hier sein«, sagte der Riese. »Bis dahin werden wir uns bescheiden.«

Eine Frau erschien in der Tür einer der Hütten. Sie kam auf sie zu, den Pfützen vorsichtig ausweichend, obwohl ihre bloßen Beine und Füße bereits schlammverkrustet waren. Sie trat näher. Der Riese sah ihre großen grauen Augen, mild und still wie ein See im August: den feinen Schnitt ihrer Lippen, den Bogen ihres Spanns, ihre lockeren Gelenke. Ihre Arme waren weiße, geschälte Zweige, die kräftigen Muskeln ausgezehrt; ein Kind war zu sehen, das in ihrem Bauch nistete wie eine geballte Faust.

»Guten Tag, meine Königin.«

Sie grüßte ihn nicht. »Kannst du heilen? Ich habe gehört, dass Riesen heilen können.«

»Wer braucht Heilung?«

»Mein Sohn.«

»Wie alt?«

»Drei.« Ihr Haar war so fein wie Federn und aschfarben. »Seit drei Jahren habe ich mich nicht mehr satt gegessen, und er auch nicht.« Blaue Venen, so dünn wie Federstriche, zogen sich über ihre Lider und marmorierten die Innenseite ihrer Arme.

Dies, sagte der Riese sich im Stillen, sind die Söhne und Töchter von Göttern und Königen. Sie sind die Erben des Silberbaums, in dessen Ästen alle Melodien der Welt verborgen liegen. Und jetzt haben sie nicht mal mehr einen Topf zum Pissen.

Ihre Hand griff nach seinem Arm. Sie zog ihn mit sich. »Das ist meine Hütte.«

Daneben war Connors Hütte ein Palast. Das Dach war voller Löcher, und schlammiges Wasser lief ungehindert hindurch. Das Kind lag in der am wenigsten feuchten Ecke, in ein oder zwei Lumpen gewickelt. Im Fieber riss es sich die Fetzen immer wieder vom Leib; mit geübten Fingern deckte seine Mutter es wieder zu. Seine Stirn wölbte sich über eingesunkene, flatternde Augenlider. »Er träumt«, sagte der Riese.

Die Frau hockte auf dem Boden und betrachtete sein Gesicht. »Wovon träumt er?«

»Er träumt die Träume eines Jungen, der ein Held sein wird. Andere Kinder träumen von Milch; er träumt von Feuer. Er träumt von einer Burg und einer Schar bewaffneter Männer, darunter er selbst, im Alter von acht Jahren so kräftig wie ein ausgewachsener Mann, einen Edelstein auf der Stirn und das Schwert der Gerechtigkeit in der Hand.«

Sie neigte den Kopf und lächelte. Ihre Mundwinkel waren gerissen und blutig, und ihr Zahnfleisch war weiß. »Du bist von altmodischer Art, nicht wahr? Ein Mann von gestern. Wenn er einen Edelstein auf der Stirn hätte, hätte ich ihn verkauft. Wenn es ein Schwert der Gerechtigkeit gäbe, hätte ich auch das verkauft. Sag, welche Hoffnung gibt es noch für die Zukunft, wenn selbst das Schwert der Gerechtigkeit verkauft wird? Aber es ist wohl bekannt, fast ein Sprichwort, dass eine hungrige Frau bereit ist, Gerechtigkeit für ein Stück Brot einzutauschen. Du siehst, wir haben keine Helden in dieser Stadt, jetzt nicht mehr. Keine Helden und keine Tugend.«

»Komm mit uns«, sagte der Riese. »Wir fahren nach England. Ich gehe in die große Stadt London – es heißt, ein Mann kann sich dort wegen seiner Größe zur Schau stellen, und sie geben ihm Geld dafür.«

»Mitkommen?«, wiederholte sie. »Aber ihr fahrt schon morgen, nicht wahr? Soll ich meinen Sohn unbegraben zurücklassen? Ich weiß, er wird heute Nacht sterben.«

»Hast du keinen Mann?«

»Fort.«

»Keine Mutter und keinen Vater?«

»Tot.«

»Keine Geschwister?«

»Keine lebenden.«

»Musst du den Boden abmessen, auf dem sie gefallen sind? Willst du Tag für Tag darauf auf und ab gehen?« Er deutete auf das Kind. »Willst du diese Lumpen waschen, um das Kind darin einzuwickeln, das du trägst? Komm mit, Lady. Hier hält dich nichts mehr. Und wir brauchen eine irische Frau, die neben mir auf dem Thron sitzt.«

»Wer verhilft dir zu einem Thron?«

»Joe Vance. Er hat schon andere Riesen zur Schau gestellt. Er hat Erfahrung.«

»Ah, du armer Mann«, sagte sie. Sie schloss die Augen. »Ich hätte nie gedacht, dass ich das einmal zu einem Riesen sagen würde.«

»Fürchte dich nicht. Es erfordert eine Seereise, aber Vance hat die Überfahrt schon mehrmals gemacht.«

Der Junge warf den Kopf herum; er riss die Augen auf. Er hob den Kopf. Eine dünne grüne Flüssigkeit lief ihm aus dem Mundwinkel. Seine Mutter hielt ihm die Hand stützend unter den Kopf. Er hustete schwach, grunzte, als er das Erbrochene schluckte; dann begann er, das Grün in winzigen Schwällen auszuspucken, wie eine Katze, die niest.

»Was hat er gegessen?«, fragte O'Brien.

»Das weiß der liebe Herrgott. Wir leben hier von Grünzeug, genau wie zu Zeiten meines Großvaters, als die Leute Gras und Sauerampfer gegessen haben. Die Kinder haben etwas Giftiges gefunden, und es sind immer die Jüngsten, die zu klein sind, um es beschreiben zu können – man kann sie fragen, wo sie es gepflückt haben, aber bis man merkt, dass sie sich vergiftet haben, sind sie zu schwach, um einen irgendwohin zu führen. Oder vielleicht – habe ich mir gedacht – ist es etwas, das wir ihnen geben – irgendein harmloses Kraut –, das wir vertragen, aber das sie mordet.«

»Das ist ein schlimmer Gedanke.«

»Sehr schlimm«, sagte sie.

Der Riese und sein Gefolge aßen Brennnesselsuppe, und bevor ihr quälender Durst zu groß wurde, traf Vance mit einem guten Tropfen ein. Auf dem Boden in der Hütte der Frau hockend, erzählte der Riese diese Geschichten: von der Hochzeitsnacht des Earl of Desmond, und wie der Heilige Declan einen Piraten verschluckte. Alle aus der Stadt waren gekommen, einige hatten eine Kerze mitgebracht, andere Torf für das Feuer; sie lauschten den Geschichten, und dazwischen beteten sie. Als der Todeskampf begann, nahm der Riese das Kind auf seine Knie, sodass das Rasseln in der Kehle des Jungen unterbrochen und manchmal übertönt wurde von seiner leichten, honigsüßen Stimme, von der hohen Stimme, die die Zuhörer überraschte, kam sie doch aus dem Mund eines so ungeheuer großen Mannes. Er versuchte, den Rhythmus seiner Erzählung dem Leiden des Kindes anzupassen, aber da er ein fehlbarer Mensch war, musste er hin und wieder innehalten, um nachzudenken; dann breitete sich jedes Mal qualvolle Stille in der Hütte aus, das rasselnde Atmen, bis der heisere Aufschrei des Kindes es für eine weitere Minute und dann noch eine Minute ins Leben zurückriss. Mit seinem mit Haaren bedeckten Körper und den Knochen so dünn wie Draht sah es unter O'Briens Hand aus wie eine Maus.

Als der Tod eintrat, stieß das Kind einen kurzen Schrei aus, diesen leisen, erstickten Schrei, den Heldenkinder ausstoßen, wenn sie noch im Schoß ihrer Mutter sind. Es war der Aufschrei der Vision und der Sehnsucht, wenn einer die Zukunft deutlich vor sich sieht. Als O'Brien ihn vernahm, hob er den kleinen Körper mit einer Hand auf und legte ihn in den Schoß seiner Mutter, wo das Kind innerhalb eines Augenblicks zu einer Leiche wurde. Nach einem weiteren Augenblick quoll grüner Schleim aus seiner Nase, floß zwischen den Beinen hervor, tropfte sogar, wie grüner Meeresschaum, aus dem kleinen Glied, das wie eine Muschel in seinem Strand aus Hautfalten nistete.

Sogleich begann Pybus zu singen, seine hohe Jungenstimme stieg zum Himmel auf. Die Wolken hatten keine Verwendung dafür; sie schickten seinen Gesang zurück zur Erde, wo er erstickte und zwischen den verrottenden Lehmwänden erstarb.

»Wenigstens habt ihr keinen Mangel an Wasser«, sagte Claffey und hob den Blick in der Gewissheit, dass es morgen regnen würde.

Im Morgengrauen kamen die Jungen und geleiteten sie aus der Stadt. »Könnt ihr nicht mit uns kommen?«, fragte der Riese. »Ihr seid mutige Jungen, und hier gibt es nichts mehr für euch.«

Joe Vances Blicke waren wie Dolche.

»Vielen Dank, Sir«, sagte der erste Junge. »Wir sind entschlossen, hier zu bleiben. Vielleicht kommen bessere Zeiten. Seid Ihr übrigens ein Dichter?«

»Auf bescheidene Weise«, sagte der Riese. »Ich kann mir ein Lied ausdenken. Aber wer kann das nicht? Was die alten Formen angeht, die strengen Regeln, ich habe sie nie erlernt, und, um ehrlich zu sein, es kommt mehr auf die Übung an als auf Veranlagung. Ich glaube, es gibt niemanden in meiner Generation, der die alten Regeln beherrscht. Seht ihr, deswegen sind wir immer zu Mulroney gekommen. Hier konnten wir die alten Männer treffen und ein wenig von ihnen lernen.«

»Lasst uns aufbrechen«, sagte Joe Vance. Er trat von einem Fuß auf den anderen.

»Es gab Zeiten, da wanderten Mönche über die Straßen, verkleidet als gewöhnliche Tagelöhner: Mönche aus Salamanca, aus Rom, aus Löwen. Sie haben mir neben einem handfesten, brauchbaren Latein und Kenntnissen der heiligen Schrift auf Griechisch die Rudimente ihrer verschiedenen Sprachen hinterlassen. Lauter Reisende: sie blieben niemals länger als eine Nacht unter demselben Dach, aber sie hatten immer genug Zeit, einem jungen Riesen etwas beizubringen.«

Joe Vance hob eine Hand und zupfte ihn am Ärmel.

»Ein Floh zwickt mich«, sagte der Riese. Er tat so, als sähe er sich suchend um. »Oder vielleicht eine Hornisse?«

Joe zog seine Hand zurück, bevor der Riese daraufschlagen konnte. »Eine Honigbiene«, sagte er.

In jener Nacht im Schlaf saß der Riese unter den Toten und hörte die Stimmen der alten Männer aus Mulroney's Taverne: ein heiseres Flüstern, wie Herbstblätter, die in einem Beutel zerrieben werden.

2

Schottland, tagsüber: der Junge ist allein auf dem Feld, schwarze Furchen erheben sich ringsum: flach auf dem Bauch auf dem feuchten Grund, darüber ein weiter, windiger Himmel. Sein Kinn liegt auf dem Boden, sein Körper ist stellenweise, wo ihm die Kleider verrutscht sind, blau angelaufen. Es ist seine eigene Aufgabe, sich anzuziehen, sich anständig zu kleiden, und wenn er friert, ist es seine eigene Schuld. Er ist losgeschickt worden, um die Krähen zu verscheuchen. In anderen Gegenden stellen sie zu diesem Zweck Puppen auf, Puppen aus Stöcken und alten Kleidern. Er hat davon gehört: Englischer Luxus. Hier werden alte Kleider nicht fortgeworfen.

Um eine Krähe zu erschrecken, musst du aufspringen, mit den Armen wedeln. Verscheuch sie. Jag sie fort.

Ein Krabbeltier klettert an einem Grashalm hoch. Kleine schwarze Füße auf einem süßen, essbaren Blatt. Der Junge beobachtet es mit gerunzelter Stirn; es kriegt fertig und krabbelt ihm über die Augen. Er streckt einen Finger aus. Das Krabbeltier klettert darauf, doch er spürt nichts; ist es zu leicht, oder ist sein Finger zu kalt? Sein Finger schmeckt nach Salz, Erde und Scheiße.

Er schließt die Hand. Denn öffnet er sie wieder und quält das Krabbeltier mit einem Finger, reißt ihm ein Bein aus. Vor einiger Zeit, als er das zum ersten Mal tat, spürte er eine heiße Nässe tief in seinem Körper, als wäre dort, oberhalb seines Nabels, Wasser ausgetreten; aber wenn er es jetzt tut, spürt er überhaupt nichts. Er reißt das zweite Bein aus. Er kann zählen; sie behaupten, er könnte es nicht, aber er kann es. Ein Bein, zwei Beine, drei Beine, vier. Zählen, ja; und lesen übrigens auch. Der Käfer krabbelt auf seiner Handfläche herum. Warum ist er nicht weggeflogen? Er hatte die Chance. Als ihm ein Bein fehlte, hätte er davonfliegen können. Jetzt strampelt er mit denen, die ihm geblieben sind. Wahrscheinlich ist er geblieben, weil er ihn mag, weil er sein Freund sein wollte, trotz allem, was er ihm angetan hatte. Der Junge meinte es nicht böse; er wollte nur sehen, was passierte. Er würde dem Käfer gern ein Bein, zwei Beine, drei zurückgeben. Er wüsste gern, ob das Krabbeltier jetzt tot oder lebendig ist. John Hunter atmet, und die Worte kommen mit seinem Atem heraus: »Es war ein Versuch. Es war nichts Grausames.«

Krähen über ihm. Fremde schwarze Hände fahren über den Himmel. Er fegt den Käfer fort. Er steht auf. Der Zahn des Windes beißt ihn, nagt und nagt. Er wirbelt mit den Armen. John Hunter, schreit er, John Hunter. Verjag alle Krähen. Immer wieder ruft er: John Hunter, verjag die Krähen.

3

Meine Brüder sind: James, kürzlich verstorben, John, tot, Andrew, tot. William lebt noch, aber er ist fortgegangen. Meine Schwestern sind: Elizabeth, tot, Agnes, tot, Isabella, tot, Janet, tot.

Ich habe auch eine Schwester, die noch lebt. Ihr Name ist Dorothea. Wir nennen sie Dolly, wenn wir bei guter Laune sind.

Unsere Familie leidet an schlechten Lungen und schlechten Knochen.

Der John, der tot ist, ist nicht zu verwechseln mit mir, dem jüngeren John. Ich sage dies, weil es, obwohl die Toten den Lebenden gewöhnlich in keiner Weise ähneln, unter gewissen Umständen schwierig ist, die einen von den anderen zu unterscheiden. Es gibt zahlreiche Berichte, einige aus dem Altertum, von Unglücklichen, die lebendig begraben wurden. Solche Begräbnisse mögen der Ursprung seltsamer Geschichten sein, Geschichten von Vampiren und Ghulen und Gespenstern; von Stimmen, die aus der Erde kommen, und von Blut, das aus dem Boden quillt. Aber ich habe mich mit vielen toten Frauen und Männern in einem kleinen Zimmer aufgehalten. Ich habe unter dem Seziertisch im Arbeitszimmer von Bruder Wullie geschlafen, und ich habe manch eine Leiche zu ihrer letzten Ruhestätte auf Wullies schmalem Arbeitstisch geschleppt. Ich kann euch sagen, dass es keine Gespenster gibt.

Wenn es welche gäbe, dann würden sie doch bei Wullie spuken, oder?

Und bei mir. Aber davon kann keine Rede sein. Es ist ein Stück Metzgerfleisch, das man schleppen muss, ein Stück Fleisch mit hin und her rollendem Kopf und schlackernden Händen; bis ihre Angehörigen an die Tür klopfen, ist die Leichenstarre vorbei, und sie sehen fast wieder lebendig aus. Aber sie sind schwer, sie helfen einem nicht, man muss sie ziehen und zerren, ihre Gesichter sind eingefallen, ihre Nasen zwei von verfaulendem Fleisch umgebene Öffnungen, und ihre Lippen sind schon gar nicht mehr zu sehen, haben sich schon bis auf das Zahnfleisch zurückgezogen.

Warum also kommt es vor, dass Lebende mit Toten verwechselt werden? Oft ist der Arzt oder der Chirurg schuld, weil er sie nicht nicht sorgfältig genug untersucht hat. Aber es gibt Fälle, wo nicht einmal die Erfahrensten einen Puls ertasten, und doch ist ein Puls vorhanden. Es kann passieren, dass der Atem die Rippen nicht hebt, dass er weder einen Spiegel beschlägt noch eine Feder bewegt, und doch atmet der Leichnam noch. Ich habe gehört, dass Menschen manchmal, wenn sie in tiefes Wasser fallen, tiefes Wasser, das sehr kalt ist, für eine Stunde oder länger kalt und leblos sind, und doch erlischt der Lebensfunke in ihnen nicht; wenn die Wärme in ihre Organe zurückkehrt, wenn sie sich in ihren Gliedmaßen ausbreitet und ihr Herz und ihre Lungen wieder Kraft sammeln – ja, dann richten sie sich zum Entsetzen der Trauernden plötzlich auf und beginnen zu sprechen.

All das habe ich gehört: leider jedoch hatte ich noch keine Gelegenheit, an Ertrunkenen zu experimentieren.

Das Haus ist aus Stein erbaut, ein Bauernhaus, das auf magerem, kargem Boden steht. In seiner Familie ist er das zehnte und letzte Kind. Wenn am Feuer kein Platz ist, wird er auf den Hof gejagt.

Nach und nach sieht er, wie seine Geschwister auf den Friedhof getragen werden, sie machen Platz für ihn, doch er ist nicht an die Bequemlichkeit am Herd gewöhnt, und die Gesellschaft derer, die übrig geblieben sind, bereitet ihm Unwohlsein.

Mit sechs Jahren schickt man ihn ins Feld, um Steine aufzusammeln und um Krähen zu verscheuchen. Die Krähen beobachten ihn und warten auf ihre Gelegenheit. Sie kreisen in der Luft, reden über ihn mit ihren schlauen Stimmen. Manchmal denkt er, sie sprechen sich ab, ihm die Augen auszuhacken.

Wenn man keine Augen mehr hat, kann man keine neuen bekommen. Er stellt sich vor, wie er rücklings zappelnd liegt wie ein Fisch auf dem Trockenen, wie sein Rückgrat sich biegt und windet, während er die harte Erde mit den Händen schlägt. Der erste Schrei will sich seinem Mund entringen und der erste Schwall Erbrochenes. Die Krähen haben seine Augen in den Schnäbeln und watscheln über die Furchen in Richtung East Kilbride.

Kein Mann, der ein großer Mann werden wollte, ist je ein großer Mann geworden. Mein derzeitiges Leben habe ich nie geplant, noch habe ich es mir vorstellen können. Ich bin nicht reich, eigentlich bin ich sogar arm, jedoch nicht arm an Anerkennung. Ich kann ohne zu prahlen sagen – denn Stolz ist nicht meine Art –, dass ich von den besten medizinischen Gelehrten Europas Empfehlungsschreiben besitze und dass die berühmtesten Chirurgen der britischen Inseln und darüber hinaus bemüht sind, ihren Söhnen einen Platz an meinem Arbeitstisch zu ergattern. Wie hätte ich als ungehobelter Schotte diesen Ruhm vorausahnen können? Meine Brüder studierten an der Akademie, doch meine Schule waren das Moor, die

Hecken und die Felder. Ich stellte Fragen, auf die nur wenige die Antwort wussten, die jedoch keiner von ihnen zu geben sich bequemte. Warum fallen die Blätter von den Bäumen? Warum singen die Vögel? Sie ohrfeigten mich und warfen mich hinaus in die Kälte, fort vom Geruch der Menschlichkeit. Am Ende war es mir ganz recht so, der frische Wind war mir lieber als der rauchige Mief, meine stumme Gesellschaft lieber als ihr Gebrabbel. Das Leben im Freien, die Arbeit, zu der ich geboren war, härtete meine Hände und meinen Geist. Man hielt mich für unbedeutend, und ich selbst glaubte das auch. Meine Augen beobachteten die sich verfärbenden Blätter, den Flug der Vögel, die Phasen des Mondes.

Sein Vater, der bei seiner Geburt fünfzig war und an Harngrieß litt, verabreichte ihm häufig Maulschellen. Meistens; jedes Mal, wenn er ihn sah. Das ging so, bis er dreizehn war und sein Vater starb. Bis dahin hatte er sich angewöhnt, die Schultern einzuziehen und ständig hinter sich zu gucken.

4

London ist wie das Meer und der Galgen. Es weist niemanden ab.

Während der Überfahrt, eingepfercht im stinkenden, schwankenden Schiffsbauch, hatten sie über die Unterkunft geredet, die sie am Ende der Reise bekommen würden. Sie würden ein geräumiges Quartier haben, sagte Vance, in einer vornehmen Gegend, zentral gelegen und hell, an einer breiten Straße, wo die Kutschen der Adligen ohne Schwierigkeiten wenden konnten.

»Mein Bruder hat eine Unterkunft in der St. Clement's Lane«, sagte Claffey. »Ich weiß nicht, ob sie geräumig ist.«

Vance schnaubte verächtlich. »Ein Bettlernest«, sagte er. »Was deine Einkünfte und deine Einrichtungsvorstellungen angeht, Charlie, es heißt eine Pagode ist der letzte Schrei in der Mode.«

»Eine Pagode?« Der Riese runzelte die Stirn. »Lieber hätte ich einen Triumphbogen.«

»Wir werden sehen, wenn wir dort sind«, sagte Vance. »Ich denke, wir werden dich Byrne nennen, Charles Byrne. Das klingt vornehmer.«

Ein Schwanken des Schiffs, eine weitere Wolke miefiger, fauliger Luft; Jankin übergab sich – wie immer – auf Claffeys

Füße. Claffey trat nach ihm. Böse Worte flogen durch die stinkende Enge.

»Wollt ihr eine Geschichte?«, versuchte der Riese sie zu beruhigen. Denn sie mussten die Zeit herumbekommen, mussten sie herumbekommen.

»Fang schon an«, sagte Vance.

Der Riese fragte sie nicht, was für eine Geschichte sie hören wollten, denn sie waren zänkisch, wie streitsüchtige Kinder, und nicht in der Lage zu beurteilen, was gut für sie war. »Eines Tages«, hob er an, »reiste der Sohn des Königs von Irland nach Osten, um sich eine Braut zu suchen.«

»Wie weit in den Osten?«, wollte Vance wissen. »Ost-London?«

»Nach Albanien«, sagte der Riese. »Oder ins ferne China.«

»Ins Land Nod«, höhnte Claffey. »Ins Schlaraffenland.«

»Halt's Maul, Stinkefuß«, sagte O'Brien, »und spitz die Ohren. Glaubst du, ich erzähle Geschichten für meinen eigenen Seelenfrieden?«

»Tut mir Leid«, sagte Claffey.

»Eines Tages reiste der Sohn des Königs von Irland gen Osten, um sich eine Braut zu suchen, und er war noch nicht weit gekommen, da begegnete er einem kleinen, grünen Mann. Der Fremde grüßte ihn und sagte –«

»Ich mag keine Geschichten mit kleinen, grünen Männern«, sagte Jankin.

Der Riese wandte sich ihm nachsichtig zu. »Wenn du dich etwas gedulden willst, Jankin, der kleine, grüne Mann wird so groß werden wie ein Berghang.«

»Oh«, sagte Jankin.

Der Wind rauschte, die Planken ächzten und schwankten unter ihnen. Vom Deck aus erschien die Welt nicht mehr festgefügt, sondern wie ein wirres Gebilde aus grauen Punkten, teilweise klar erkennbar, teilweise an den Rändern verschwimmend, die Wellen weiß und schaumig, die Wolken *en masse* sich schwärzend, der Horizont vollgetürmt mit ihren klotzigen Gestalten, ihren unnatürlichen Formen, die aussahen wie unvorstellbare Gebäude, Stockwerk um Stockwerk aufeinander geschichtet wie der Turm zu Babel. Im Gespräch mit den Matrosen – die in respektvollem Abstand von seinem wuchtigen Körper kauerten – stellte der Riese fest, dass er des Englischen immer noch mächtig war. Eines Tages, dachte er, werden wir in dieser Sprache Geschichten erzählen. Auf unserer Odyssee ins Innere vom Herzen Londons, zu unsterblichem Ruhm und einem prallen Geldbeutel. Der Hass wird vergessen sein, und auch der Geruch unserer Angst im dunklen Bauch dieses Schiffes. In jenen Tagen wird Jankin sagen, Weißt du noch, Claffey, wie ich dir auf die Füße gekotzt habe? Und Claffey wird ihm auf den Rücken klopfen und sagen, Oh, allerdings weiß ich das noch.

Und so lebte John Hunter im Alter von vierzehn Jahren, nach dem Tod seines Vaters, immer noch in den Feldern, denn der Plan, ihn auf eine Schule zu schicken, war nicht von Erfolg gekrönt gewesen. Als er vom Feld nach Hause gekommen war, um eine Schale Brühe zu trinken, vernahm er eines Tages ein Klopfen an der Tür, an der Haustür des Hauses in Long Calderwood, und er selbst ging, um zu öffnen, pflanzte sich in den Türrahmen, klein für sein Alter, aber kräftig, die Ärmel aufgekrempelt, die roten Hände locker herunterhängend, und da steht der Fuhrmann mit einem elenden, in Decken gewickelten Bündel. Einem menschlichen Bündel.

Sein erster Gedanke war, dass man den Mann gebeten hatte, einen kranken Bettler zu transportieren, der drauf und dran war, diese sterbliche Welt zu verlassen, und jetzt nicht, vielen Dank auch, mit seinem letzten Atemzug seinen Wagen vollpissen und zuscheißen sollte, und so versuchte der verwöhnte Geschäftsmann, seine Verantwortung weiterzureichen und den Sterbenden den Fußboden eines ahnungslosen Bauern besudeln zu lassen. »Hau ab und scher dich zum Teufel«, hatte er gerufen, denn schon damals konnte er sehr zornig werden, wenn er annahm, jemand versuche ihn auszunutzen.

Aber dann kam aus dem Bündel ein langes, ersticktes Husten, und danach die Worte: »John, bist du das, mein Bruder John?«

Stirnrunzelnd trat er an den Karren und zog die Decke weg, die das Gesicht des Mannes bedeckte. Und wer anders war es als sein lieber Bruder James? James, der einen akademischen Grad in Theologie erworben hatte? James, der ein Herr geworden war? James, der nach London zu Bruder Wullie gegangen und Arzt geworden war, ein wohlhabender Mann? Da konnte man mal sehen, wie weit man mit Bildung kam.

»Komm lieber rein. Kannst du absteigen?«

»Ich nehme deinen Arm«, sagte James zittrig. »Lieber Bruder John.«

Kräftiger Bruder John. Er hob seinen Verwandten halbwegs von dem Karren. »Gibt es ein gutes Feuer?«, wollte James wissen. Durch den Stoff seiner Jacke fühlte John seinen bebenden Körper, seinen unregelmäßigen Puls. Sein Atem verbreitete einen üblen Gestank: Mundfäule.

Auf dem dreibeinigen Hocker, auf dem John ihn abgeladen hatte, schien James sich kaum aufrecht halten zu können. »Was bedeutet das?«, fragte John. »Was treibt dich in diesem Zustand nach Hause?«

»Es ist aus mit mir«, sagte James. »Ich bin zermürbt vom Sezierzimmer, von den verderblichen Ausdünstungen der Leichen, ihren giftigen Säften und ihrem fauligen Gestank und den langen Arbeitsstunden bis spät in die Nacht bei deinem Bruder Wullie. Er wacht so eifersüchtig über seine Leichname, dass er von mir verlangt hat, unter dem Seziertisch zu schlafen, für den Fall, dass einer seiner Rivalen versuchen sollte, durch das Fenster zu steigen und sich mit einer seiner Leichen davonzumachen.«

»Verstehe. Leichendiebstahl ist also eine ständige Sorge, was?«, fragte John. Er verschränkte die Hände hinter dem Rücken und schaute auf seinen schlotternden Bruder hinab. Ganz genau erinnerte er sich an den Tag, an dem James nach London aufgebrochen war, den Beutel voll mit Sovereigns, gute Wünsche in den Ohren, unter dem Arm einen neuen Hut in einer ledernen Schachtel, die Krönung seines Auftretens als Mann von einigem Wohlstand und noch größerem Ehrgeiz. Und jetzt – die Rippen zeichneten sich ab, der Bauch war eingefallen. Doch seine Wangen waren gerötet – sie sprachen seinem Gesundheitszustand Hohn. »Mir scheint, du bist zurückgekehrt, um zu sterben«, sagte er. »Alle in unserer Familie zieht es auf den Friedhof. Hast du von einem großen Mann namens Sir William Harvey gehört? Er hat seine eigenen Verwandten seziert.«

James hob den Kopf. Hoffnung zeigte sich in seinem Gesicht. »Hast du ein Interesse an der Anatomie entwickelt, Bruder John?«

»Aber erst, nachdem sie tot waren.« Er wandte sich ab und rief nach seiner Schwester Dorothea, sie solle kommen und sich James ansehen. »Du brauchst mich nicht zu fürchten«, murmelte er kaum hörbar.

Dorothea kam und machte sich mit viel Ach und Oh daran, dem Kranken etwas Nahrhaftes zu kochen. Dolly widersprach nie und beklagte sich nie, und wenn er selbst einmal ein großer Mann sein würde, wollte er sie als Haushälterin nehmen, da alle seine anderen Schwestern bereits auf dem Friedhof unter dem Rasen residierten.

Als sie anlegten, begann Pybus zu torkeln und tat so, als könne er nur noch nach Art eines Seemanns laufen, schwankend auf dem Element reitend, das er als das seine auserkoren hatte. Claffey verlor die Geduld mit seinem Scherz und trat ihn mit den Worten: »Da! Das gibt dir einen Grund zu stolpern.«

Der Riese schaute auf und blickte prüfend in den englischen Himmel. Ein paar tief treibende Wolkenfetzen, mit der Aussicht, dass die Sonne bald durchbrechen würde. »Gottes Himmel über uns allen«, sagte er. Aber die Stimmen waren fremd, die schubsenden, schreienden Männer, das Gewirr aus Tauen und Takelage, der Geruch nach Salz und Fisch, und die übereinander geschichteten Gebäude, ein Haus auf dem anderen: sie waren nach Einbruch der Dunkelheit an Bord gegangen, und jetzt starrte Pybus mit offenem Mund und zeigte mit dem Finger: »Wie kommen sie –«

»Sie fliegen«, erwiderte Vance knapp.

»Jesses«, sagte Pybus. »Engländer können fliegen? Die Frauen auch?«

»Nein«, sagte Vance. »Die Frauen können nicht fliegen. Sie bleiben im so genannten unteren Stockwerk, im Erdgeschoss, wo die Männer sie aufsuchen können, wann es ihnen gefällt, und wenn sie ihres zänkischen Geplappers überdrüssig sind und eine Tabakspfeife rauchen wollen, dann breiten sie ihre Flügel aus, die sie unter ihren Mänteln verborgen haben, und flattern in die so genannten oberen Stockwerke.«

»Das ist eine Lüge«, sagte Claffey. »Sie müssen eine Leiter haben.«

Der Riese warf Claffey einen Blick zu, mit dem er seine

Freude über dessen Findigkeit zum Ausdruck brachte. Er selbst war mit dem Prinzip von Treppen vertraut, doch im Leben dieser jungen Burschen hatte es im Umkreis eines Tagesmarschs keine Häuser gegeben, in denen dieses Prinzip zur Anwendung hätte kommen können.

»O ja«, sagte Vance sarkastisch. »Sicher haben sie eine Leiter. Schau nur, Claffey – siehst du sie nicht in Schwärmen über den Häusern fliegen?«

Sie schauten und sahen nichts. Die Glasfenster reflektierten das Licht, aber die Begleiter des Riesen sahen nur glitzernde, leere Luft, Luft, die man mit der Faust durchdringen konnte, ohne sich ins Fleisch zu schneiden.

Am Kai sprang Jankin in die Luft und zeigte mit dem Finger. Er bebte vor Aufregung, Speichel lief ihm aus dem Mund. Der schwarze Mann, den er gesehen hatte, schlenderte ruhig auf sie zu. Er trug einen Mantel aus feinem Wollstoff und ein sauberes Halstuch, denn er hatte am Dock eine respektable, leitende Stellung. Er war jung, mit leicht vernarbten, pflaumenroten Wangen und milden Augen.

Jankin hüpfte vor ihm herum. Er stieß einen Schrei aus wie einer von diesen Papageien, von denen der Riese gehört hatte. Seine schmutzige Hand stieß vor und berührte das Gesicht des Schwarzen, rieb es kreisförmig, um zu sehen, ob die Farbe abging. Jankin starrte auf seine grauweiße, rissige Handfläche und streckte die Finger aus, dann rieb und rieb er die fleischige Nase.

»Lass das, du Hund«, sagte Joe Vance. »Dieser Gentleman ist ebenso ehrbar wie du.«

Der Schwarze griff nach Jankins Arm. Vorsichtig entfernte er die Hand aus seinem Gesicht und drückte sie unerbittlich gegen Jankins Brust, als wollte er sie mit den Rippen verbinden. Seine milden Augen waren ausdruckslos. Seine Mundwinkel zuckten, doch er sagte nichts. Er ging weiter, mit sicherem Schritt, über die Pflastersteine und auf die Stadt zu, die er jetzt sein Zuhause nannte.

Der Riese sagte: »Die Leute starren mich an.«

Vance sagte: »Ja, natürlich. Das hoffe ich doch. Darum geht es schließlich.« Er rieb sich die Hände. »Je eher wir dir eine Bleibe verschaffen, umso besser für uns alle. Sie sollen dich nicht umsonst bestaunen.«

Der Riese sah die Papageien, grün und golden, sah sie in einem Gewirr aus tieferem Grün umherflattern, hörte die Warnschreie aus ihren bebenden Kehlen, fühlte, wie ein Seil in das Fleisch schnitt, und roch das süße, versengte, gebrandmarkte Fleisch.

Er rief hinter dem Schwarzen her: »Du arme Seele, du hast ein Brandzeichen auf deinem Körper.«

Der Schwarze rief zurück: »Hau ab, du Ausgeburt.«

Am ersten Abend ihres Fußmarsches nach London erbaten sie Unterkunft in einer Scheune. Joe Vance verhandelte mit dem Bauern und kaufte bei ihm Milch, Bier und ein Stück altes, vertrocknetes Brot mit grünem Schimmel darauf. Claffey wurde aufsässig und ließ Zweifel an Joe Vances Fähigkeiten laut werden. Der Riese war gezwungen, sie mit einer langen Geschichte abzulenken. Er ließ sie es sich im Stroh bequem machen und spürte mit seinem Gesicht in die fremde Luft. Bis hierher waren sie durch leichten Regen gewandert, die Köpfe gesenkt, um so wenig wie möglich wahrzunehmen. London sei voller Wunder, sagte Vance. Sie waren geneigt, ihm zu glauben und nichts zu sehen, was vor ihrer Nase lag: nur immer weitergehen. Sie hatten üppige Täler erwartet, schneebedeckte Berge, Wasserfälle, an jeder Straßenbiegung ein Haus aus

Kristall oder ein prächtiges Herrenhaus: aber nein, es war ein eintöniger Trott. »Hör mal«, sagte der Riese. »Sollten wir nicht ein Transportmittel haben? Ich hätte erwartet, dass man mir eine Kutsche schickt oder eine elegante Kalesche.«

Hm. Oder vielleicht auch nicht. Vance schien drauf und dran, einen Wutanfall zu bekommen, was leicht geschah, wenn etwas schief ging. »Was für eine Kutsche?«, schrie er. »Eine mit abgeschnittenem Dach? Wer wird schon eine gute Kutsche ruinieren, um ein einziges Mal einen Riesen zu transportieren? In England wimmelt es nicht gerade von Riesen, und wer seine gute Kutsche einmal ruiniert hat, kann sie nicht in der nächsten Woche wieder vermieten, oder? Kein Engländer macht auf diese Weise Geschäfte!«

»Was ist mit einer Kalesche?«, fragte der Riese geduldig. »Für eine Kalesche gilt dieser Einwand nicht.«

»Oh, eine Kalesche. Aber die müsste verstärkt werden! Man kann nicht riskieren, dass der Fahrgast einsteigt und mit seinem Riesenfuß den Boden durchstößt, also müsste sie verstärkt werden – was Geld kostet – und außerdem von schweren Pferden gezogen werden.«

»Hast du dir das nicht vorher überlegt?«, fragte Pybus. (Und Pybus war nur ein Junge.)

»Worauf willst du eigentlich hinaus?«, polterte Joe Vance. »Willst du etwa andeuten, dass ich meine Erfahrungen als Agent eines Riesen übertrieben habe? Denn falls dem so ist, Pybus, werde ich dir die Nüstern aufschlitzen und dir das Gehirn durch die Öffnungen herausreißen, es zu Brei zerstampfen und es den Ratten zum Fraß vorwerfen.«

Der Riese fragte: »Kennt ihr die Geschichte von dem Mann, der sich in Gesellschaft eines Priesters betrank, bis der Priester ihn in eine Maus verwandelte und er von seiner eigenen Katze gefressen wurde?«

»Nein«, sagte Jankin. »Bei Gott, lass uns die Geschichte hören!«

… Was können wir von Buchanan sagen – huups-ha Buchanan! He, John, bin ich froh, dich zu sehen – hicks, ho, nimm 'n Schluck, und noch einen, nimm 'ne Flasche, ich flieg über meine eigenen Füße, hier nimm, auf dich, auf euch alle, hop! Hicks! Trink 'n Schluck! Macht nichts, setz dich, pass auf, der Stuhl, stoß mit mir an, Samstagabend, die Frau ist schon im Bett, hicks, hop! Heiliger Bimbam!

Glitsch, ha, he! Hoppeldipopp – platsch, halt deinen Becher hin, nichts passiert – was für eine verdammte Stelle für eine Treppe!

Nun, Buchanan war ein Zwischenspiel, weiter nichts. Der Mann war als Möbeltischler nicht untalentiert, aber er konnte seine Bücher nicht in Ordnung halten, und keine Münze hielt es länger als eine Stunde in seiner Tasche aus, bis sie unbedingt raus und in die Tasche eines Wein- oder Schnapsverkäufers wollte. In jenen ersten Tagen in Glasgow, im Hause des besagten Buchanan, da trauerte er – an stürmischen Tagen, wenn ihn die Sehnsucht nach den Feldern überkam, wenn das Seufzen der Tischplatte unter seinen Händen sich in das Tosen des Windes verwandelte, dann verlangte es ihn danach, bäuchlings auf der Erde zu liegen, und darauf zu lauschen, wie die Steine sich bewegten und zusammenfügten und tief in der Erde die Würmer unablässig Ränke schmiedeten. Doch er sagte zu sich, überwinde deine eitle Sehnsucht, John Hunter, denn das Glück wird in den Städten gemacht, und du musst das deine machen. Nachts öffnete er die Fensterläden, ließ die Kälte herein, betrachtete den Mond über den Hügeln und die Sterne, die durch den Rauch glitzerten.

Buchanan war ein hoffnungsloser Fall. Sein Weg in den Bankrott war nicht aufzuhalten. Zumindest hatte er ihn eine Fertigkeit gelehrt; jetzt konnte er, John Hunter, sagen: »Ich bin ein Mann, der sein Brot mit den Händen verdienen kann.« Aber er war froh, als er sein Bündel schnüren und sich auf den Fußweg zurück nach Long Calderwood machen konnte.

Buchanan starb. Bruder James starb.

Eines Tages kam ein Brief. »Wullie hat nach mir geschickt«, sagte er zu Dorothea. »Ich muss in den Süden. Er braucht einen kräftigen jungen Mann.«

»Dann wirst du wohl gehen müssen«, sagte seine Schwester.

Das Jahr siebzehnhundertachtundvierzig sah John Hunter, einen vierschrötigen Rotschopf, auf einem Ackergaul mit tief durchhängendem Rücken in Richtung Süden auf den Gestank von Gerbereien und Seifensiedern zu reiten. Auf dem Weg nach London kam er am Finchley Common vorbei, wo die Leichen von Verbrechern am Galgen im Wind ächzten. Die Straße war beschwerlich und steinig dazu, und er musste stets auf der Hut sein vor Wegelagerern, aber Bruder Wullie hatte ihn vor einer Überfahrt mit dem Schiff gewarnt, hatte er doch einmal einen Sturm erlebt, der so grauenhaft war, dass die Schiffsmasten beinahe umgestürzt wären, dass erfahrene Seeleute vor Entsetzen erbleicht waren und eine Passagierin den Verstand verloren und sich nie wieder erholt hatte.

Oben auf dem Highgate Hill gelangte er an die Gatehouse-Taverne und sah London vor sich liegen. Der Abend war schön, und die Luft war mild.

Es war ein tiefer Sumpf, die Luft darüber eine düstere Suppe. Die Wolken hingen tief, dahinter ein seltsames, weißes Licht. Der Riese und seine Gefährten stapften über die stinkenden

Abflussgräben, und haarlose, im Schlamm wühlende Schweine hoben die Köpfe und starrten sie grimmig an, in ihren winzigen Augen blanke, städtische Feindseligkeit. Ihre Füße versanken in Morast und Scheiße, und der Himmel schien sich auf ihre Schultern zu senken. Als die Nacht hereinbrach, sahen sie ein Feuer glimmen. Männer und Frauen, zerlumpt und frierend wie Einsiedler, kauerten um die aus Steinen gemauerten Öfen und kochten sich eine karge Mahlzeit. Sie blickten verwundert auf, als O'Brien an ihnen vorüberging. Ihre Augen waren wie die von Tieren, funkelten. Er dachte, sie schätzten das Fleisch an seinen Knochen ab. Zum ersten Mal in seinem Leben spürte er Angst: nicht die heilige Angst, die ein Geheimnis auslöst, sondern ein einfaches Verkrampfen seiner Eingeweide. Alle – sogar Vance, sogar Claffey – drängten sich näher an ihn heran. »Geht weiter«, sagte er. »Noch eine oder zwei Stunden. Dann erwarten uns ein warmes Bad und die Gunst von Huris und Nymphen.«

»Und Federbetten«, sagte Jankin, »gefüllt mit Schwanendaunen. Und seidene Kissen mit Fransen.«

London ist umgeben von Feuer, von Morast. Männer mit Leitern tragen pechgetränkte Seile durch die Straßen, und aus den Häusern wachsen an Ästen Kugeln aus Licht. Pybus glaubt, sie sind in ein Land gekommen, in dem es keinen Mond gibt, aber Vance versichert ihm, dass sie ihn bald sehen werden, und das tun sie, in einer schlammigen Pfütze in der Chandos Street.

John traf zur rechten Zeit ein, denn es war zwei Wochen vor dem Beginn von Bruder Wullies Vorlesungsprogramm für den Winter. »Ich höre, du hast geschickte Hände«, sagte Wullie.

Er brummte: »Wer hat das gesagt?«

»Schwester Dorothea.«

Wullie legte die Hände zusammen. Er hatte die schmalen, blassen Hände eines Gentleman. Wenn man sie betrachtete, würde man nie ahnen, wo sie hinlangten: in die heißen, samtigen Öffnungen schwangerer Londoner Damen und in die steifen Eingeweide ehrloser Leichen.

Wullie hatte auch das schmale, blasse Gesicht und den chronisch enttäuschten Ausdruck eines Gentleman. Etwa vier Jahre waren vergangen, seit seine Verlobte, Martha, gestorben war, und er hatte weder Lust noch Gelegenheit, eine andere Frau zu freien; die hohläugige Keuschheit hatte Besitz von ihm ergriffen, und ihm stand der Sinn nur nach Aufopferung, langen Arbeitstagen und kühlen Steingewölben, in denen die Leichen frisch blieben. Die Gewölbe seines Herzens waren ebenso kühl, und man konnte sich kaum vorstellen, wie er die ganze Nacht lang stöhnend und seufzend auf einer weichen Matratze lag, neben der lebendigen Martha mit ihren Säften und ihrem warmen Puls, ihren Grübchen und ihren Seufzern, ihrem Ja, Wullie, ja, Wullie, oh ja, genau da, Wullie, oh, mein Liebling, kannst du das noch einmal machen? Viel leichter konnte man sich ihn im Bett mit der toten Frau vorstellen, die seit vier Jahren unter der Erde lag und zum Skelett verdorrt war.

Leicht konnte man sich ausmalen, wie Wullie mit heraushängender Zunge aus dem Bett kroch und das verrottete Leichentuch vorsichtig anhob: wie er, entzückt vor sich hin murmelnd, ihre Zehenglieder befühlt, wie er mit den Fingerspitzen ihre Mittelfußknochen und ihre Fußwurzelknochen betastet, während ihm sein leichenweißes Nachthemd bis zu den Rippen hochrutscht. Seine Seufzer sind wie die eines lustvollen Gourmets; dann das Schienbein und das Wadenbein, die Kniescheibe und – ah, er schmatzt begierig, als er über den glatten Oberschenkelknochen auf sein Ziel zu gleitet! Er keucht leise, als er sich über sie hockt, die vernarbten schottischen Knie gespreizt – und jetzt erkundet er mit geschickten Fingern die kühle Höhle ihres Beckens.

»Geht es dir gut, Bruder John?«, fragte Wullie.

»Ja. O ja.«

»Hast du kein Fieber?«

»Bin nur in Gedanken versunken.«

»Dann mach dich an die Arbeit mit diesen Armen. Man sagt mir, du seist gelehrig und geschickt. Lass uns deine viel gerühmten Fähigkeiten erproben.«

Die Arme waren in Tücher gewickelt, blutleer wie wächserne Arme, doch sie waren nicht aus Wachs. An der Schulter abgetrennt; und seine Aufgabe war es, sie zu sezieren, Präparate herzustellen, den Schülern einen Augenschmaus zu bereiten. Seine Stimme zitterte. »Wessen Arme sind das?«

»Wessen?« Die kurze Frage traf ihn wie ein Eiszapfen.

»Zwei Arme – ich meine, ein rechter und ein linker – stammen sie von demselben Mann? Ich meine, ist er tot, oder hat er einen Unfall gehabt?«

Letztlich war er doch ein unerfahrener Junge. Er hatte nicht viel mehr getan, als Krähen zu steinigen und dem Pflug zu folgen. Glasgow war eine Zwischenstation gewesen, und dort hatte er nichts über Männer ohne Arme gelernt.

Wullie sagte: »Als ich in Frankreich studierte, gab es noch nicht diesen Unsinn, dass vierzig Männer sich um den Seziertisch drängeln und geschwätzig die Hälse recken. Für jeden Franzosen gab es eine Leiche, und im Sezierraum herrschte konzentrierte Stille. Die Franzosen sind ein frivoles Volk mit vielen verwerflichen Vorlieben, aber auf diesem wichtigen Gebiet machen sie es richtig.«

John machte sich daran, die Arme zu sezieren. Später schalt

er sich selbst einen rechten Tölpel – vor Wullie so dumm daherzureden, als spielte es eine Rolle, woher die Gliedmaßen stammten. Dennoch ließ die Frage ihn nicht los, und er begann unwillkürlich, sich das Leben des Besitzers der Arme auszumalen. Es war nur Materie, ohne Antriebskraft, um sie in Bewegung zu setzen; nur die Hälfte ihrer Wesensart war zu sehen, die Struktur, aber nicht die Funktion, und er wusste, dass dies weniger als die halbe Wahrheit war, denn wie sollte man einen Mann begreifen, wenn man ihn nicht in Aktion sah? Er musste an Martha denken, als er sich am Abend zum Schlafen legte: er sah sie schmal und platt und gelblich-weiß auf dem Laken und Wullie keuchend über ihr, sein Hemd hochgeschoben, und er hörte kleine lustvolle Schreie aus ihrem nicht mehr vorhandenen Mund.

»Slig!«, sagte Joe Vance. »Slig, alter Junge!«

Sie standen in einer Gasse. Vance klopfte dem Mann auf die Schulter. Mit dem Kopf deutete er auf eine niedrige, halb offen stehende Tür, aus der der Mann soeben getreten war: hinter ihm führten Stufen nach unten. »Kannst du uns Unterkunft geben?«, fragte Joe. »Nur für eine Nacht. Morgen werden wir uns größeren Dingen zuwenden.«

Slig kaute auf seiner Lippe. »Zwei Pennies pro Kopf«, sagte er.

»Slig! Du, als alter Freund!«

»Ereifere dich nicht. Ich muss die Kosten für das Stroh aufbringen. Und vier Pennies für den Großen da. Ich muss zwei abweisen, wenn ich ihn aufnehme.«

»Aber es ist eine Ehre, ihn unter deinem Dach zu beherbergen! Und er ist nicht nur groß, er kann auch Geschichten erzählen und weissagen.«

»Vier Pennies«, sagte Slig. »Schnaps kostet extra.«

Seufzend gab Vance ihm die Münzen. Pybus und Claffey bewältigten heldenhaft die Stufen, stiegen die Treppe hinunter, als hätten sie ihr Leben lang nichts anderes getan – obwohl Claffey auf dem oberen Absatz kurz zögerte, und die Art, wie sein finsterer Blick einem kecken Grinsen wich, verriet ein gewisses Unbehagen. Jankin ließ sich nicht dazu überreden, einen Fuß auf die Treppe zu setzen, obwohl Pybus die Stufen wieder hinauf- und dann noch einmal hinabstieg, um zu zeigen, wie einfach es war: am Ende musste der Riese ihn tragen.

Der Raum war niedrig und voller Rauch. Der Boden war mit Stroh bedeckt, Männer und Frauen saßen gesellig beieinander, ihre Becher in den Händen, und noch war niemand betrunken; Binsenlicht auf den Gesichtern der Auswanderer, der Klang einer vertrauten Sprache. Und aus dem Schatten kam ein schürfendes Geräusch, ein Grunzen.

»Jesses«, sagte Jankin. »Wir sind unter den Reichen gelandet. Diese Leute haben ein Schwein.«

Einen Augenblick lang trat Stille ein, während die Leute den Riesen betrachteten; ein allgemeines Luftholen, und dann stieg Applaus zum Dach auf. Die Männer und Frauen standen auf und jubelten ihm zu. »Einer von uns«, sagte eine Frau. »Ein echter Ire.« Sie reckte sich und küsste ihn auf die Hüfte. »Hier sind Riesen seit hundert Jahren ausgestorben.«

»Und wie kommt das?«, fragte der Riese – denn die Frau, die nicht mehr jung war, wirkte einigermaßen intelligent, und die Sache verwirrte ihn.

Sie zuckte die Achseln und rückte mit ihren kleinen Fingern ihr Kopftuch zurecht, um ihre rostroten Locken sittsam zu verbergen. »Vielleicht sind sie eingesperrt worden und verhungert, oder man hat sie mit großen Hunden gejagt. Der Engländer lechzt nach Sensationen, solange sie nach einer

Woche ihren Kram packen und verschwinden. Er liebt es nicht, in seinem Frieden gestört zu werden – es ist der englische Friede, und der ist ihm heilig. Er bläst seine eigenen Qualitäten auf, und er mag es nicht, wenn jemand größer ist als er selbst.«

»Das bedeutet nichts Gutes für meinen künftigen Ruhm und Reichtum«, sagte der Riese.

»O nein! Dein Begleiter hat Recht getan, dich herzubringen. Du wirst die Sensation des Jahres sein.«

»An dessen Ende ich immer noch ein Riese sein werde.«

»Aber ich nehme an, du kannst Geschichten erzählen? Riesen können das gewöhnlich. Selbst die Engländer mögen Geschichten – naja, jedenfalls manche Geschichten. Die, in denen sie gewinnen.«

»Das ist nicht das, was man uns versprochen hat«, sagte Claffey. Er sah sich um. »He, Joe Vance! Das ist nicht das, was du uns versprochen hast! Bis auf die Bergluft ist es hier nicht anders als bei Connor.«

»Ja, Vance«, sagte der Riese. »Das hier würde ich nicht gerade geräumig nennen.«

»Übt euch in Geduld«, sagte Vance. »Gebt mir gefälligst einen Tag, um mich nach einer Unterkunft für uns umzusehen.«

»Ich dachte, du hättest das alles schon längst geregelt«, sagte Claffey. »Das ist es doch, was ein Agent macht, oder?«

»Die Tätigkeit eines Agenten ist eine Kunst, die du niemals erlernen wirst, du Hornochse.«

»Nun, nun, Vance«, sagte der Riese. »Mäßige dich.«

»Wenn es euch nicht gefällt, wisst ihr ja, was ihr tun könnt«, sagte Vance.

»Claffey, hab Geduld«, sagte Pybus. »Joe wird uns morgen ein Quartier beschaffen. Eins mit einer Pagode.«

»Hatten wir uns auf eine Pagode geeinigt?«, fragte der Riese. »Ich würde nach wie vor einen Triumphbogen bevorzugen.«

»Ein Triumphbogen ist etwas Zeitloses«, sagte ein Mann, der zu ihren Füßen kauerte. »Eine Pagode dagegen ist eine modische Laune, die nach einer Woche abgenutzt ist.«

»Das stimmt«, sagte die rothaarige Frau. »Eine Pagode hat etwas Vulgäres.«

Vance breitete lächelnd die Arme aus. »Ihr guten Leute! Er ist ein Riese! Ich bin ein Schausteller! Sagt nicht vulgär! Sagt aktuell! Sagt, es ist in aller Munde!«

»Sag dem Riesen, er soll sich setzen«, murrte ein alter Mann, der an der Wand lehnte. »Er wirbelt die Luft auf.«

»Er ist blind«, erklärte der Mann, der auf dem Boden hockte, mit einer Kopfbewegung in Richtung des Sprechers. »Ungewohnte Schwingungen stören ihn.«

Steif faltete der Riese sich zusammen und setzte sich ins Stroh. Pybus ließ sich neben ihm auf den Boden fallen. Jankin bewunderte das Schwein. Joe Vance wirkte entspannt. Claffey blickte verdrießlich drein.

»Wir haben unterwegs Schweine gesehen«, sagte Jankin. »Magere Biester. Keins von denen konnte dem hier das Wasser reichen. Mann, bei uns zu Hause würde das ganze Dorf es bewundern.«

»Das Schwein gehört uns allen«, sagte der Blinde. »Es ist unsere große Hoffnung.«

Ein junges Mädchen mit einem offenen Gesicht und Sommersprossen auf der Nase hob den Arm und zupfte den Riesen am Ärmel. »Würdest du die Güte haben, uns mit einer Anekdote zu erheitern? Wir sind alle so weit von zu Hause fort.«

»Also gut«, sagte der Riese. Er schaute erst Claffey, dann Pybus, dann Joe Vance an. Er streckte die Beine aus; dann, als er sah, dass er zu viel Platz einnahm, zog er sie wieder an. »Ich will euch eine erzählen, die ihr vielleicht kennt, vielleicht auch nicht, und ihr dürft eure Kommentare dazu abgeben, als wären wir zu Hause bei Connor.«

Er dachte, schließlich gibt es nur diese eine Erde. Den Boden unter uns und Gottes Himmel oben, und wir werden uns daran gewöhnen, denn die Menschen gewöhnen sich an alles, und Riesen auch.

Das junge Mädchen senkte den Blick und lächelte beglückt. Ihr Haar war lang und blond, fast weiß, sogar in der miefigen Luft des Kellers: wie ein Licht unter der Erde, dachte O'Brien, Persephones Fackel in Gestalt eines lebendigen Kopfes. Die Wangen des Mädchens waren rosig und rund; sie hatte erst gestern etwas gegessen. Sie glättete ihr Haar, kämmte es mit den Fingern, drapierte es über ihre Schultern und vor ihr Gesicht wie einen Vorhang. Jetzt mussten ihr die Umrisse von gebeugten Schultern und kantigen Gesichtern verschwommen und die Lebensumstände weicher erscheinen: wie ein durch einen Gazeschleier beobachtetes Gemetzel oder eine durch einen seidenen Fächer betrachtete aufgeschlitzte Kehle.

»Vor ein oder zwei Jahren«, sagte der Riese, »wanderte eine junge Frau, sie war hübsch und leichtfüßig, nachts allein die Straße entlang. Sie war, ihr kaum sechs Monate altes Kind an der Brust, auf dem Weg zu ihrem Vetter in Galway. Sie war viele Meilen weit gegangen, durch dichten Wald, als –«

»Ein Dämon auftaucht und sie auffrisst«, rief Pybus bestimmt.

»– als sie an eine Weggabelung gelangte«, fuhr der Riese fort. »Über den bleichen, einsamen Hügeln ging der Mond auf. Da stand sie nun im Mondlicht und dachte: Wohin soll ich mich nur wenden? Sie schaute hinab in das Gesicht ihres

Kindes, aber der Kleine lag friedlich schlafend in seinem Tragetuch und träumte, träumte von besseren Zeiten, und sie konnte keinen Rat von ihm bekommen. Soll ich, fragte sie sich, bis zum Morgen hier bleiben und mich im Moos betten, wie ich es schon so viele Male getan habe? Vielleicht kommt am Morgen ein erfahrener Wanderer vorbei, der mir den Weg weisen kann, oder vielleicht werde ich im Traum erfahren, welches der kürzeste Weg zum Haus meines Vetters ist. Ich brauche wohl kaum hinzuzufügen, dass sie lange goldblonde Locken hatte, eine aufrechte Haltung und eine kleine, aber hübsche Gestalt, sodass jeder Mann, selbst der gemeinste und gottloseste, der sie erblickte, sie für eine Fee gehalten, sich bekreuzigt und sie in Frieden gelassen hätte. Das war ihr Schutz auf ihrer Wanderung, und das wusste sie; welcher Mann würde eine Fee anrühren, die ein Feenkind in ein Tuch gewickelt bei sich trug? Und doch war sie eine sterbliche Frau mit allen Sorgen, die schwer auf ihren Schultern lasteten und das Kind mit jeder Meile schwerer erscheinen ließen.«

Ein Mann sagte aus der Dunkelheit heraus: »Ich habe von einer Sorte Feen gehört, die ihre Kinder auf dem Rücken tragen. Die stillenden Mütter haben Titten, so lang und geschmeidig, dass sie eine über ihre Schulter werfen können, damit das Kind daran saugen kann, was bei der Feldarbeit sehr praktisch ist.«

»Nun ja, manche Leute glauben einfach alles«, sagte der Riese.

»Das müssen Fremde sein«, sagte eine Frau. »Ausländische Feen. Ich habe noch nie davon gehört. Immerhin hätte man auf diese Weise die Hände frei.«

Ein Mann fragte: »Wer hat denn je schon mal gehört, dass Feen Feldarbeit tun?«

»Würdet ihr wohl Ruhe geben, da hinten«, sagte Vance gereizt. »Ich habe euch einen meisterhaften Geschichtenerzähler von unvergleichlicher Statur mitgebracht, und ihr seid drauf und dran, ihn zu verärgern. Aber das wird euch noch Leid tun, denn er wird auf eure Köpfe trampeln und euch eure verdammten Schädel zermalmen.«

»Es stört mich nicht, Joe«, sagte der Riese. »Beruhige dich und setz dich, ja? Soll ich fortfahren?« Zustimmendes Murmeln ertönte. »Also: Als sie sich so umschaute, hörte sie ein Geräusch, und es war nicht das Geräusch von Pferdegetrappel, und es war nicht sehr weit weg, und sie erkannte, dass es das Klappern von Schuhleder war, und sie dachte, da kommt ein Mann die Straße entlang, der entweder reich oder fromm ist, entweder ein Händler oder ein Priester, und ich werde ihn entweder um einen Segen oder einen Penny bitten – wer weiß, was mir am Ende nützlicher ist?

Dann trat aus dem Schatten ein kleiner Mann, der eine rote Wollmütze auf dem Kopf und einen ledernen Beutel bei sich trug. Also grüßte er sie. Kommt mit mir, sagte er, ich geleite euch an einen Ort, wo Ihr die Nacht verbringen könnt. Da schaute sie ihn bekümmert an, denn er war weder ein Händler noch ein Priester, und sie wusste nicht, was er war oder was er in seinem ledernen Beutel hatte. Sie sagte: Der Wind ist frisch, und der Mond steht hoch, und ich glaube, ich werde weitergehen, denn meine Verwandten in Galway sitzen an ihrem Feuer und warten auf mich.

Und er sagt zu ihr, sehr leise und respektvoll: Mistress, werdet Ihr trotzdem mit mir kommen? Ich bringe euch zu einem Haus, wo ein kleines Kind vor Hunger weint, und niemand kann seinen Hunger stillen, denn seine Mutter ist tot, und wir haben keine Amme unter uns. Tut mir diesen Gefallen, sagt er, denn ich sehe, dass Euer eigenes Kind rund und rosig ist, ihm wird die Milch nicht fehlen, aber unser Kind wird ohne sie sterben. Und wenn Ihr das für mich tut, werde ich euch ein Goldstück aus meinem ledernen Beutel geben.

Und dann schüttelte er den Beutel ordentlich, und sie konnte die Goldstücke klimpern hören.«

»Sie soll lieber nicht mitgehen«, bemerkte die rothaarige Frau. »Das wird böse enden.«

»Was bist du bloß für eine widerliche alte Hexe!«, sagte Pybus. »Nicht mitgehen und das arme Kind verhungern lassen?«

»Ich sage es euch«, erwiderte die Frau. »Wartet's nur ab, ihr werdet schon sehen.«

»Du kennst die Geschichte also schon?«, fragte Pybus.

»Nein, aber ich kenne die Sorte Männer, die eine rote Wollmütze tragen.«

»Nun«, sagte der Riese, »lasst den wahren Bericht über das, was sich ereignet hat, euren Streit beenden. Denn sie war eine liebenswürdige, warmherzige junge Frau, und sie sagt zu ihm: Die Geschichte, die Ihr mir erzählt habt, erregt mein Mitleid, und ich werde mitkommen zu dem Kind, und ich werde kein Geld verlangen, denn Ihr seid ein alter Mann, und Ihr werdet das Geld noch selber brauchen.«

»Jesses!«, sagte Joe Vance. »Wenn das meine Frau wäre, würde ich ihr Verstand ins Hirn prügeln.«

»Und so machen sie sich gemeinsam auf, wandern manch eine Meile und weit ab von ihrem Weg, und ihr Kind schläft immer noch, bis ihr die Füße wehtun, und sie sagt zu dem Alten: Ich fürchte, wir werden nicht bis zum Morgen ankommen.

Wir werden noch vor der Dämmerung dort sein, das verspreche ich euch, sagt der Alte. Es ist der Sohn eines Königs, zu dem ich euch bringe, und Ihr könnt nicht erwarten, dass wir ihn unter der nächsten Hecke finden.«

»Zum Teufel mit den Königen«, sagte der Blinde. »Welchen Nutzen hat ein König? Sie sollen ihn lieber sterben lassen.«

»Du sprichst aus Verbitterung und Leid«, sagte der Riese. »Nicht alle Könige sind schlecht.«

»Doch«, erwiderte der Blinde. »Die Schlechtigkeit ist ihnen angeboren. Es ist keine Frage ihres persönlichen Charakters. Das Königtum an sich ist lächerlich und obendrein gefährlich.«

»Keine Politik mehr«, sagte das blonde Mädchen. »Ich will von dem Mädchen hören. Sie kann keinen Schritt mehr weitergehen. Womit wird der alte Mann sie also weiterlocken, wo sie doch sein Geld nicht will?«

»Mit der Hand unter ihren Rock langen und mit dem Finger wackeln?«, fragte Vance. »Das ist eine bekannte Methode, Weiber auf Trab zu bringen.«

Die Rothaarige gähnte. »Kleiner, du kannst mit dem Schwanz wedeln, so viel du willst«, sagte sie. »Du würdest doch alle Frauen in Irland zum Lachen bringen.«

»Erzähl weiter«, sagte Pybus ungeduldig. »Erzähl die Geschichte weiter, Charlie.«

Der Riese fuhr fort und sagte mit der Stimme der jungen Frau: »Guter Mann, ich wusste ja nicht, dass Ihr mich zu einem Königssohn bringt. Und so schreiten sie kräftig aus, über Felder und Bäche, eine Stunde lang und noch eine und noch eine, und die Dämmerung bricht nicht an, und der Himmel lichtet sich nicht einen Spalt breit, und weiter und weiter wandern sie durch die Dunkelheit. Und wieder wird sie müde, das Kind so schwer wie Blei, ihre Füße kalt und wund. Ihre Lungen schmerzen, und alle Glieder schreien nach Ruhe und Wärme, und auch ihr Magen beginnt zu knurren. Sie sagt: Königssohn oder nicht, ich kann nicht mehr weitergehen. Da zieht der Alte eine silberne Flasche unter seinem

Mantel hervor und reicht sie ihr – und sie staunt über das kleine Meisterwerk, denn die Flasche ist so kunstvoll gearbeitet, wie sie noch nie eine gesehen oder erträumt hat. Trink einen Schluck!, sagt er, und sie trinkt, und es ist besser als alles, was sie in ihrem sterblichen Leben je geschmeckt hat. Es schmeckt wie Honig, nur süßer, wie frische Milch, aber milder, wie Wein, aber stärker als jeder Wein, der je in einen Becher gegossen wurde. Und kaum hat sie einen Schluck getrunken, da spürt sie, wie alle Müdigkeit von ihr weicht und alle Sorgen vergehen, und das Kind ist so leicht wie die Luft, und ihre Füße fühlen sich an, als wäre sie auf dem Weg zu einem Ball, als zuckten sie schon beim ersten Klang der Fiedel, bereit, die ganze Nacht hindurch zu tanzen. Da sagt sie zu dem Alten: Mit einem Schluck von dem Gebräu könnte ich ein halbes Jahr lang wandern.«

»Hm«, sagte die Rothaarige. »Habt ihr gemerkt, wie er es ihr erst angeboten hat, nachdem sie ihm erklärt hat, dass sie nicht mehr weiter konnte? Warum hat er ihr nicht gleich einen Schluck gegeben, als er ihr begegnet ist? Weil er zu geizig ist, darum.«

»Kurz darauf«, sagte der Riese, »blieben sie stehen. Vor ihnen lag ein Wald.«

»Ich wusste, dass ein Wald vorkommen würde«, sagte Jankin. »Ich wette, in dem Wald haust ein Dämon.«

»Halt dein dummes Maul, du Schwachkopf«, sagte Joe Vance. »Rede lieber mit deinem Freund, dem Schwein.«

Der Riese warf Joe einen Blick zu; er sah, dass er mit Leib und Seele bei der Geschichte war. Er ist eigentlich kein schlechter Kerl, dachte er, und er ist ein guter Gehilfe, wenn die Waffe des Wortes gebraucht wird; mit den Flüchen, die ihm so selbstverständlich über die Lippen kommen, steht er in einer fruchtbaren Tradition. »Sie betritt den Wald«, sagte er. »Sie wandern eine halbe Meile weit. Sie ist jetzt leichtfüßig, ihre Schritte sind beschwingt. Vor sich sieht sie nichts als Bäume. Dann, als sie noch einmal hinschaut, entdeckt sie ein Tor zwischen den Bäumen – und das Tor ist aus Gold.«

»Ein bekanntes Trugbild«, bemerkte die Rothaarige.

»Da sagt der Alte: Mistress, wollt Ihr eintreten? Sie geht durch das Tor. Und dann erblickt sie eine Pracht, die alles übertrifft, was diesseits des Himmels je gesehen wurde.«

»Seidene Kissen mit Fransen«, sagte Jankin.

»In der Tat«, sagte der Riese. Er schloss die Augen und zog die Brauen zusammen. Schon oft war von ihm verlangt worden, Pracht zu beschreiben, und schon oft hatte er diesem Begehren entsprochen; mittlerweile dünnte das Garn seiner Phantasie aus. »Die Wände«, fuhr er fort, »waren behangen mit kostbaren Teppichen, auf denen alle Arten von Blumen, Kindern und Tieren dargestellt waren. Zwischen den Wandteppichen hingen Spiegel, die goldenen Rahmen mit Rubinen besetzt. Überall brannten Kerzen, und auf dem Boden lagen Löwenfelle, auf die man sich setzen konnte, und da war ein riesiger Braten, der an einem Spieß geröstet wurde, und davor saß eine Bulldogge – nein, zwei Bulldoggen –, die den Spieß drehten. Als sie all das sieht, denkt sie bei sich, ich hätte das Goldstück doch annehmen sollen, denn wo dieses herkam, gibt es offensichtlich noch viel mehr Gold.«

»Das erste Mal, dass sie einen Funken Verstand zeigt«, bemerkte Claffey.

»Und so stand sie da, das Kind auf dem Arm, und schaute sich mit offenem Mund um. An einem Ende des Saals öffnete sich eine Tür, und herein kamen ein Mann und eine Frau, groß und elegant und in kostbare Gewänder aus bestickter Seide gekleidet. Da senkte sie den Kopf, und sie wurde ganz scheu und brachte kein Wort heraus, denn sie war noch nie einem

Prinzen und einer Prinzessin begegnet, und dafür hielt sie die beiden. Aber sie sprachen sehr freundlich zu ihr – ihre Stimmen klangen leise und anmutig, fast flüsternd – und sie streckten ihre Hände aus und zogen sie mit sich und erklärten, sie würden sie zu dem Kind führen. Also brachten sie sie in einen weiteren Saal, in dem noch kostbarere Teppiche hingen. Im Kamin loderte ein Feuer, und goldene Vögel sangen in ihren Käfigen, und Harfenmusik drang an ihre Ohren, die süßer klang als Engelsgesang. Bestimmt bin ich gestorben und in den Himmel gekommen, sagte sie zu sich – doch dann streckte die Frau ihre Hand aus und nahm ihr das Kind aus den Armen, und der Mann langte nach ihrem Kleid und entblößte mit größter Ehrfurcht ihre Brust. Hier, sagte die Frau und führte sie an eine Wiege, die mit violettem Samt ausgeschlagen war und auf einem Podest aus geschnitztem Elfenbein stand, das –«

»Jesses!«, sagte Claffey. »Ich habe genug von der Aufzählung von Möbelstücken, aber wirklich. Eine Hand schiebt den Vorhang zurück, und sie sieht –«

»– einen gelbhäutigen Säugling mit runzliger Haut und wässrigen Augen –«

»So hat der wahrscheinlich auch als Säugling ausgesehen«, sagte die Rothaarige und deutete auf Vance.

»– ein Kind, so hässlich, wie sie noch nie eines gesehen hatte, und es drehte ihr den Magen um, und sie sagte – alle Höflichkeit außer Acht lassend, so heftig war ihr Widerwille –, ich fürchte, ich kann es nicht anfassen. Da sprachen der Mann und die Frau wieder zu ihr, mit leisen, flüsternden Stimmen, in denen der zarte Klang der Harfe und der Gesang der goldenen Vögel mitzuklingen schienen – und sie gurrten: Dem Kind fehlt nichts, außer Nahrung.

Doch die Frau schüttelte den Kopf und sagte: Wenn so ein

Königssohn aussieht, dann müsste mein hübsches Kind Kaiser der Welt und des Himmels sein. Aber sie hatte Mitleid mit ihnen, und sie hatte Mitleid mit dem gelben Kind, und so nahm sie es aus der Wiege aus Samt und Elfenbein und legte es an ihre blau geäderte Brust. Und währenddessen schlief ihr eigener Junge in den Armen der prächtig gekleideten Frau und lag so still und reglos, als stünde er unter einem Bann.«

»Genauso war es auch«, sagte die Rothaarige. Wieder zupfte sie nervös an ihrem Halstuch. »Ich habe es schon die ganze Zeit kommen sehen.«

»Ich wünschte, du wärst still, Mutter«, sagte Pybus.

»Ja.« Jankin ließ von seinem Spiel mit dem Schwein ab. »Ich will zuhören, ich will zuhören. Das ist doch nicht die Geschichte mit dem Dämon, wie ich anfangs dachte.«

Ein Mann lachte. »Das sind einfältige Leute. Gerade erst über das Wasser gekommen.«

Aber der Blinde brachte ihn zum Schweigen und sagte ernst: »Es geschieht selten in diesen schlechten Zeiten, dass wir eine Geschichte nach alter Art vorgetragen bekommen, noch dazu von einem Herrn von so außergewöhnlicher Größe.«

»Als das gelbe Kind an ihre Brust gelegt wurde, schnappte es grimmig zu und begann gierig zu trinken, und sie rief aus: Oh, Ihr habt mir nicht gesagt, dass er Zähne hat! Bestimmt quillt schon Blut aus meiner Brust!«

»Ach ja«, sagte Vance sarkastisch. »Was das weibliche Geschlecht alles zu erdulden hat!«

»Oh, meine Liebe, er hat nur einen Zahn, nur einen einzigen, sagte die Königin beruhigend. Er wird mich vollkommen aussaugen!, schrie die junge Frau. Säuge ihn nur eine Minute länger, schmeichelte die Königin, dann wirst du ein weiches Bett haben für die Nacht und eine Decke mit Gänsedaunen, um dich zuzudecken, und morgen früh werden wir dir sieben Goldstücke geben und Schuhe für deine Füße, und eh du dich versiehst, wirst du in Galway bei deinen Verwandten sein.

Und während sie an das Bett und die Daunen und die Schuhe und das Gold dachte, ließ sie das gelbe Kind trinken. Als es satt war, wandte es sich ab wie ein Reicher, dem man eine trockene Brotkruste anbietet. Und dann nahm die Königin ihr das Kind ab – und im gleichen Augenblick spürte sie, wie ihre Augenlider zufielen und ihre Beine unter ihr nachgaben, und das war das Letzte, woran sie sich erinnerte.«

»Und jetzt kommt der Refrain«, sagte die Rothaarige. »Ich könnte ihn glatt mitpfeifen. Aber es ist keine schöne Melodie.«

»Endlich kam der Morgen. Sie erwachte und streckte ihre Hand aus, um das Federbett zu befühlen –«

»Doch sie ertastete«, sagte der Blinde, »nur feuchte Blätter.«

»Es war kalt, und die Harfe schwieg, und nur ein gewöhnlicher Spatz flötete in ihr Ohr. Sie öffnete die Augen, richtete sich auf und schaute sich um – und die Hand, die das Bett glatt gestrichen hatte, hielt eine Hand voll Unkraut, so dürr, dass selbst eine Kuh es verschmäht hätte –«

»Und ihr Kind?«, fragte das sommersprossige Mädchen. Ihre Finger teilten den Vorhang aus blondem Haar. In ihrer Stimme lag Furcht.

»Sie ist erst zwölf«, erklärte die Rothaarige. »Nehmt's ihr nicht übel. Sie hat noch nicht viele Geschichten gehört.«

Der Riese schüttelte den Kopf. »Dann ist dies eine traurige für eine Anfängerin. Denn die junge Frau, die am Abend zuvor noch in einem Königsschloss gewesen war – steht jetzt mit den Füßen im Graben. Ihr Mund ist trocken, ihr Haar ist voll

Schlamm, und ihr Magen ist leer. Und sie schreit: Mein Kind! Mein Junge, wo ist er? Sie sieht sich um, doch ihr rosiges Kind ist nirgendwo zu sehen – und dann hört sie ein schwaches Wimmern aus der Hecke –«

Die Rothaarige lachte. »Zeit, davonzulaufen.«

»– und als sie unter der Hecke nachsah, was fand sie da? Das gelbe Kind mit der runzligen Haut, den wässrigen Augen und der triefenden Nase. Es grinst sie mit seinen bösen, spitzen Zähnen an und streckt seine mageren Arme aus, um sie um ihren Hals zu schlingen.«

»Und?«, fragte eine Frau im Dunkeln. »Hat sie sich abgewendet und ist weggelaufen?«

»Ich glaube nicht«, sagte die Rothaarige. »Das ist Schicksal. Sie hebt das Balg auf. So sind Frauen. Sie ist dumm gewesen und gutmütig, nur ein bisschen zu gierig, und sind wir nicht alle so?«

Jankin glotzte mit offenem Mund. »Was ist mit ihrem Kind passiert? Hat sie es wieder bekommen?«

»Es wurde nie wieder gesehen«, sagte der Riese nachdrücklich.

Lange sagte niemand etwas.

Jankin brach das Schweigen. »Wisst ihr, was ich glaube? Ich glaube, wenn sie sich nicht beschwert hätte, wie das Kind aussah, und wenn sie nicht gesagt hätte, ihr eigenes Kind müsste ein Kaiser sein, ich glaube, dann hätten sie sie wieder unversehrt zurück auf den Weg gebracht, einen Penny in der Hand. Denn im Allgemeinen sind die Feen anständige Leute, aber Gehässigkeit können sie nicht leiden.«

»Wenn ihr mich fragt«, sagte die Rothaarige, »als der Alte ihr das Goldstück angeboten hat, hätte sie sagen sollen: Lass mich mal die Farbe sehen. Dann hätte sie es sich schnappen und damit davonlaufen sollen.«

»Nun, wie immer es sein mag und was immer ihr meint«, sagte der Riese, »das alles ist erst vor ein oder zwei Jahren meiner eigenen Kusine auf dem Weg nach Galway widerfahren. Und das ist die Geschichte, wie ich sie aus ihrem eigenen Mund vernommen habe; und wenn sie euch nicht gefällt, dann könnt ihr sie mit eurer Besserwisserei verlängern.«

Ein tiefes Seufzen kam von den Zuhörern, ein Aufatmen; sie waren im Großen und Ganzen zufrieden. Sie hatten beim Zuhören getrunken, und Slig kam gerade mit einer Kanne die Stufen herunter, um nachzuschenken. Der Keller erwärmte sich allmählich durch die vielen Menschen, die sich dort zusammendrängten, durch die Wärme des Schweins und die Hitze der Debatte. Der Blinde, der an der Wand zu einem Lumpenhaufen zusammengesunken war, hielt seinen Becher hin, seine Stimme klang fordernd. »Slig? Slig? Gib mir noch einen Schluck.« Er wandte sein Gesicht in die Richtung, wo der Riese saß. »Möchtest du unsere Ballade hören, großer Mann?«

»Ja, gewiss.«

»Sie muss noch überarbeitet werden.«

»Das ist das interessanteste Stadium.«

»Du bist so höflich!«

»Ich bereichere damit meine natürlichen Vorzüge.«

»Daran tust du gut.« Der Blinde schwieg einen Augenblick lang. »Wir arbeiten an einer Ballade über die Umstände, in denen wir uns befinden. Findet das deinen Beifall?«

»Es hat einmal einen großen Dichter gegeben, der Verse über die Schaufel verfasste, mit der er für die Engländer eine Straße gegraben hat – so rein und einfach war sein Herz, und das Thema war ihm nicht zu gering. Wie soll ich da diesen Keller oder die Umstände, in denen ihr euch befindet, gering schätzen?«

Der Blinde nickte. »So, so. Also gut. Ich werde beginnen. Die Ballade handelt von Hannah Dagoe, einer wilden jungen Frau, die den Henker, der ihr die Schlinge um den Hals legen wollte, mit einem Tritt vom Henkerskarren befördert hat.«

»Was war ihr Verbrechen?«, fragte der Riese.

»Sie hat bloß eine Uhr gestohlen, und das am St. Patrick's Day. Sie stammte aus Dublin, und sie war Putzmacherin von Beruf.«

»Wann hat sich das zugetragen?«

»Ich weiß nicht. Irgendwann. Sie haben sie jedenfalls gehängt. Wir haben auch eine Ballade über Thomas Tobin und William Harper, die davon handelt, wie William Harper von zwanzig irischen mit Entermessern bewaffneten Jungs aus dem Gefängnis über dem Stadttor von Westminster befreit wurde.«

»Und Thomas Tobin?«

»Und wie Thomas Tobin nicht gerettet wurde.«

»Wurde er gehängt?«

»Ich nehme es an. Denn Robert Hayes wurde gehängt, obwohl er Latein sprach wie der Papst. Und Patrick Brown wurde gehängt, weil er silberne Reitersporen gestohlen hatte. Bryan Cooley wurde gehängt, und seine Frau und vier seiner Kinder kamen aus Irland, um zuzusehen. Patrick Kelly, der fünfzig Jahre alt war, wurde gehängt, Patrick Kelly, der das Silber von den Münzen feilte, der eine Rede darüber hielt, dass, wenn jeder etwas besäße, keiner arm wäre. James Carter wurde gehängt, er, der fünf Jahre in der französischen Armee gedient hatte, und John Maloney, der in Sizilien gekämpft hat, ein heißes Land, das weit weg liegt, aber es sind nicht die Westindischen Inseln. John Norton wurde gehängt, wo er doch zwölf Jahre lang Soldat gewesen war. Thomas Dwyer wurde gehängt, der aus Tipperary stammte und keinen Mantel besaß. William Rine und James Ryan, Gerald Farell und James Falconer, sie wurden alle zusammen hingerichtet. Teddy Brian wurde gehängt und Henry Smith, sie stahlen dem hohen Gerichtsbeamten seinen goldenen Spazierstock. Katherine Lineham wurde gehängt, aber ihr Mann wurde vor ihr aufgeknüpft, und Ruggety Madge, die Katherine Linehams Freundin war, wurde gehängt, und Redman Keogh und der niederträchtige, verdammte Macdonnel, der sie alle verkauft hat, um seinen Hals zu retten, aber sie haben ihn trotzdem gehängt. William Bruce wurde gehängt, er hatte einen seidenen Schal und einem Mann die Perücke vom Kopf gestohlen, und sie fanden ihn in einer Scheune, er stammte aus Armagh. James Field wurde gehängt, der, der ein Boxer war, und die Wachen fürchteten ihn, bis sie mit Verstärkung kamen, um ihn zu holen. Joseph Dowdell wurde gehängt, er stammte aus Wicklow, war aber in Covent Garden zum Taschendieb geworden. Garret Lawler wurde gehängt, er war ein Falschspieler. Thomas Quinn wurde gehängt, und Alexander Byrne, und Dan, der Bäcker, und Richard Holland und alle, die man an schönen Abenden in der Fox Tavern in der Drury Lane beim Zechen antreffen konnte. Patrick Dempsey wurde gehängt, er war Matrose, sie knüpften ihn auf, als er betrunken war. William Fleming wurde gehängt, er war ein Straßenräuber. Ann Berry wurde gehängt, eine Weberin, die zur Diebin geworden war, und Margaret Watson, sie achtete kein Gesetz. Robert Bird wurde gehängt, und von ihm weiß ich nichts, was auch nur eine Zeile füllen würde oder ein halbe. James Murphy und James Duggan wurden gehängt, und ihre Körper wurden von den Chirurgen zerlegt.«

»Mein Gott«, sagte der Riese. »Wurde denn ganz Irland gehängt und keiner verschont?«

»Wenn die Leute zusammenkommen, dann nennen sie es

die Genickbruch-Versammlung. Wenn einer gehängt wird, nennen sie es den Kieferkrampf, den neuen Tanz ohne Musik oder den Tanz im Bilderrahmen des Sheriffs.«

»Da wird ja ein ganzes Volk abgeschlachtet«, sagte der Riese.

»Katherine Lineham war, was wir eine Galgenstrickwitwe nennen. Ihr Mann war seit einem Monat im Gefängnis von Newgate, und sie liebte ihn so, dass sie jeden Tag darauf wartete, seinen Schatten an der Wand zu erblicken, bis sie sah, wie er von der Zelle zur Kapelle geführt wurde. Oh, und wie er gezappelt hat, das Gesicht zur Stadt gerichtet. Strick ist das erste englische Wort, das eine Irin lernt. Hängen ist das Wort für ihren Mann, hängt ihn, den Dieb, er ist ein Rebell, hängt ihn, den Gauner. Hund ist das Wort für ihre Kinder, werft sie raus, werft sie raus wie die Hunde. Und das sind die nächsten Wörter: Papist, und lasst ihn verhungern, und peitscht ihn aus.«

Dann trennten sie sich; die Frauen zogen sich sittsam auf die eine Seite des ärmlichen Quartiers zurück, die Männer auf die andere. Leise murmelnd wünschten sie sich eine gute Nacht und lächelten im Dunkeln. Im letzten Flackern des Lichts sah der Riese, wie die rothaarige Frau das Mädchen an ihre Brust drückte und es liebevoll tätschelte, und er hörte leise, wimmernde Stimmen, die von Kummer und Sorgen kündeten.

Später, als die Dunkelheit schwer und stickig und undurchdringlich war, hörte er Claffey und Joe Vance miteinander flüstern. »Ich jedenfalls glaube das nicht. Überleg mal – Löwenfelle? Er sagt, er hätte sie selbst gesehen, ganze Stapel davon in dem großen Saal. Woher sollen sie denn Löwenfelle haben? Woher sollten sie in Irland Löwenfelle bekommen?«

»Außerdem«, sagte Claffey, »kann es seiner Kusine gar

nicht zugestoßen sein. Er kann unmöglich eine kleine, zierliche Kusine haben. Eine Kusine von ihm müsste genauso ein Monstrum sein wie er.«

Ich habe selbst ein Problem, dachte der Riese. Die meisterliche Kunst, mit der die Flasche gearbeitet war: wie konnte sie sie in der Dunkelheit erkennen?

Mit ihren Fingerspitzen? Das wäre möglich.

Jankin und Pybus lagen auf der Seite im Stroh, den Kopf auf der Brust und die Knie angezogen. Beide weinten im Schlaf.

»Sir, lassen Sie sich von mir sagen, die beste Aussicht, die ein Schotte je zu Gesicht bekommt, ist die Landstraße, die nach England führt.« Stimmt. Es stimmt. Buchanan, all das Gekicher und Geschwätz – es liegt hinter ihm.

Er hat Long Calderwood hinter sich gelassen: das Strohdach, das Pflegen der Gräber, das Unkrautjäten, das einen davon abhielt, etwas viel Nützlicheres zu tun. Nachdem er als Wullies Gehilfe angefangen und in Hatton Garden auf dem Fußboden geschlafen hatte (wir alle, mein lieber Bruder John, müssen diese Lehrzeit durchstehen), weiht Wullie ihn immer mehr in die Geheimnisse seiner Arbeit ein (pro Engländer eine Leiche); im Sommer assistierte er Cheselden im Chelsea Hospital bei chirurgischen Eingriffen an seinen Patienten, und im Winter diente er wieder als Sezierer und Faktotum bei Wullie, während dieser seine zusehends bejubelten Vorlesungen in Anatomie hielt. Ein Jahr später war er Student der Chirurgie im Barts, und ein Jahr darauf zog er mit Wullie in die Jermyn Street und ließ Schwester Dolly holen, die sie allein zum Unkrautjäten in Long Calderwood zurückgelassen hatten. Wullie – der immer nörgelte und an allem etwas auszusetzen hatte – kam eines Tages zu ihm und befahl ihm, sich nach

Oxford zu begeben, um eine anständige Bildung zu erlangen – »Denn deine ungehobelten Manieren, John, verdrießen die Familie, und es macht mich restlos nervös, dauernd fürchten zu müssen, was du als Nächstes tun oder sagen wirst. Und an diesem ehrwürdigen Studienort wird man dir das Wissen über die großen Zivilisationen von Griechenland und Rom einbläuen, das dir bisher offenbar entgangen ist, und allein durch ihr gutes Vorbild werden sie dir ein, sagen wir, urbaneres Auftreten beibringen, eine gewisse Leichtigkeit, eine geistreichere – ach, vielleicht auch nicht.« Wullie wandte sich ab. »Man muss realistisch bleiben in seinen Erwartungen, nicht wahr? Aber mach einen Versuch, Bruder John – mach eine kleine Verbeugung vor der Vornehmheit. Du bist immer noch zu sehr der Nordbrite.«

John dachte: Ich sehe dich jede Nacht in deinem Bett ein Skelett ficken.

Zwei Monate hielt er es in Oxford aus, und er sorgte dafür, dass er schon vor Ende dieser Frist nicht mehr willkommen war. Er zerquetschte Wullies Plan wie eine Laus; er sollte einen scheinheiligen Professor aus sich machen lassen? Alles, was er weiß, alles, was er wissen muss, fühlt er mit den Händen oder unter der scharfen Klinge des Messers. Fleisch und Stahl; sie sind meine Enzyklopädie.

Und doch, hatte man ihm nicht einen Posten im St. Georgshospital gegeben und ein kleines Wohnhaus dazu? Später sollte das St. Georgs ihn zum Direktor wählen, doch bis dahin hatte er ein geradezu besessenes Interesse an Schusswunden entwickelt, ein Interesse, dem er sich nur unzureichend widmen konnte, so nah am Hyde Park. Die Londoner schossen einfach nicht häufig genug aufeinander. Warum, warum, warum, fragte er (während sein Gesicht rot anlief und sein Puls zu rasen begann), warum besteht ihr darauf, dass eine Schusswunde anders behandelt werde als jede andere Wunde? Weil sie anders ist, war alles, was sie sagen konnten. Weil sie anders ist, weil wir glauben, dass sie anders ist. Verzweiflung trieb ihn dazu, sich als Stabsarzt zu verdingen. William blähte seine Nüstern. »Ein Schritt rückwärts, wie mir scheint?« Wullie steckte inzwischen mit seinen zierlichen Fingern bis zu den Ellbogen in der Möse der Königin von England, die stöhnend einen Prince of Wales aus ihren Eingeweiden herausquetschte.

Später veröffentlichte er eine Studie über Schusswunden, die Wullie nicht das Geringste verdankte und ihm die aufrichtige Hochachtung der Ärztezunft einbrachte. Im Jahr 1767 wurde er zum Fellow der Royal Society gewählt, eine Ehre, die ihm drei Monate vor seinem Bruder zuteil wurde. Im selben Jahr zog er sich beim Tanzen – eine verständliche, wenn auch in seinem Fall ungewohnte Reaktion auf die gute Nachricht – einen Riss der Achillessehne zu. (»Wirklich, John – was war das denn für ein irischer Volkstanz?«) Eine weitere Anstellung am St. Georgshospital füllte sein Bankkonto, und als Wullie aus der Jermyn Street auszog und John den Mietvertrag übernahm, hatte er bereits Chirurgieschüler durch Lehrverträge an sich gebunden, die ihm fünfhundert Guineen für die fünfjährige Lehrzeit einbrachten, und Studenten zur Untermiete, die hundert Guineen per annum für ihr Quartier zahlten – erstaunlich, wenn man sich überlegt, was ein Student einbringen kann bei hundert pro Jahr, minus Kosten für Haferbrei und ab und zu ein wenig Fleisch, Bettwäsche extra und immer die Milch von gestern.

1771 veröffentlichte er den ersten Teil seiner Abhandlung über die Zähne – auch diese Kenntnisse verdankte er seinem Einsatz auf dem Schlachtfeld, denn die Toten schreien und jaulen nicht, wenn man ihnen die Zähne zieht, und was braucht man, um über dieses Spezialgebiet zu schreiben? Zähne, Zähne, einen Riesenberg Zähne! Im selben Jahr heiratete er Anne, die Tochter des Robert Boyne Hume, eines renommierten Chirurgen, der ihn in seiner Karriere gefördert hatte. Es war zehn Jahre her, dass er ihren Vater kennen gelernt hatte, und es stimmte, dass er sich nach seinem Heiratsantrag viel Zeit gelassen hatte, aber Frauen waren so kostspielig! Spitze und musikalische Soireen, Stoffe für Wandschirme und was nicht alles, gehackte Hühnerleber für ihre Schoßhündchen und Accoutrements für ihren Kopf! Anne hatte sich in den Kopf gesetzt – und einen Verwandten damit beauftragt –, einen Schwarm Putten auf die Holzvertäfelung im Schlafzimmer malen zu lassen; und da tummeln sie sich nun jahraus, jahrein, ihr nacktes rosa Fleisch wallt und wogt zwischen Schönwetterwolken.

Seit 1780 reden John und Wullie nicht mehr miteinander. Sie haben sich über den Aufbau der Plazenta zerstritten.

Hebt das Glas. Ein Trinkspruch auf London, wo die Gebrüder Hunter leben und gedeihen und wo ihre Opfer ihr Leben fristen als Küttler, Katzendarmdreher, Kohleschlepper und Essigbrauer, als fleißige Bleistiftmacher und Balladensänger, Seifensieder und Flickschuster, Viehtreiber, Streichholzverkäufer und Lumpenhändler, wo die Flickschuster unter ihren Ständen und Milchjungen im Kuhstall schlafen, wo die Kuh aus Mangel an Luft und Licht eingeht, wo die Leute an Wassersucht sterben, an Mandelentzündung, an der Schwindsucht, an Masern, Diphterie, an Gicht und an Krebs, wo Kinder das Zahnen nicht überleben oder nachts von den Eltern im Schlaf erdrückt werden, wo sie an Mundfäule, Husten und Keuchhusten sterben, in Duellen, an der Völlerei, an Rippenfellentzündung, an der Ruhr, an Lethargie, am Kindbettfieber, an Skrofulose und unerklärlichen Ursachen: manche sterben vor Gram, manche durch die Kugel eines Straßenräubers, manche angekettet in Kerkern und manche an einem Hundebiss, an der Franzosenkrankheit, an Koliken, an Bauchgrimmen, an Ausfluss, an Skorbut, an Fisteln, an Wurmbefall: und werden begraben auf dem Friedhof von St. Andrew und von St. George der Märtyrer, auf dem Kirchhof von St. Saviour, in Southwark und St. Paul Shadwell, in St. Giles bei Cripplegate und St. Botolph bei Aldgate.

Joe Vance war sichtlich guter Laune, als der Tag anbrach. »Es ist genauso, wie man es dir gestern gesagt hat«, sagte Slig zu ihm. »Die Leute reißen sich darum, einen Riesen zu sehen. Außerdem sind sie ganz wild auf zweiköpfige Kälber, wenn du also –«

»Ein Wunder nach dem anderen«, sagte Vance. Er wandte sich an O'Brien. »Ich habe mich nun endgültig entschieden, wir werden dich Byrne nennen, Charles Byrne. Alle hier finden Gefallen daran.« Er probierte den Namen aus. »Charles Byrne, der außergewöhnliche irische Riese. Der größte Mann der Welt.«

5

Gentlemen, Sie werden sich erinnern, dass ich seit dreißig Jahren auf diesem Gebiet Erfahrung sammle, seit ich nämlich direkt vom Bauernhof hierher kam und von meinem berühmten Bruder William beauftragt wurde, ihn mit dem nötigen und passenden Material für seine wichtigen Studien zu versorgen. Und Sie wissen, dass ich nicht wie ein besserwisserischer Schulmeister mit Lehrbüchern und Vorschriften vor Ihnen stehe, sondern als ehrlicher Mann, der hart gearbeitet und sich nicht gescheut hat, sich die Hände schmutzig zu machen.«

Direkt vom Bauernhof. John Hunter sieht sich um, lässt seinen Blick über die pöbelhaften Gesichter schweifen. Es ist spät am Abend, und weil es kalt im Raum ist, sitzen sie warm eingemummelt da, in den Sachen, die sie tragen, wenn sie draußen unterwegs sind. Er hat ihnen seine Bestände vorgeführt und dabei ihre Gesichter beobachtet, nach Anzeichen von Wankelmut und Belustigung einerseits und Abscheu andererseits Ausschau gehalten. Weder das eine noch das andere kann er gebrauchen. Leichen zu beschaffen ist nichts für zimperliche Gemüter. Ebenso wenig ist es ein Vergnügen, und dennoch …

»Diese Zeit hat er längst hinter sich gelassen, werden Sie sagen. Jetzt ist er grau geworden und müde, nicht mehr so behände wie früher, er hört nicht mehr gut; er taugt nur noch für die Arbeit im Laboratorium und im Vorlesungssaal, werden Sie sagen. Doch es gibt Nächte ... schwarze Nächte, in denen ich unruhig werde, und dann träume ich davon, wieder unterwegs zu sein mit geschickten, tatkräftigen Helfern, mit der schwachen Laterne, hölzernen Schaufeln, Seilen und Säcken und Brecheisen.«

Wähle dein Werkzeug sorgfältig aus ...

Hölzerne Schaufeln machen kein Geräusch. (Selbst das Schnaufen bei der Anstrengung muss unterdrückt werden.) Ein Stück kräftige Leinwand ist vonnöten, um die Erde aufzunehmen. Am Kopfende beginnt man zu graben.

Die Haken, die Brecheisen werden am Sargdeckel angesetzt. Die Erde am Fußende dient als Gegengewicht, damit – tief Luft holen, Atem anhalten – der Deckel bricht. Wenn man genug Erfahrung hat, kann man – es entsteht eine Spannung, die sich von den Handflächen bis in die Ellbogen fortsetzt – die genaue Sekunde voraussagen, in der das Holz zersplittern wird.

Dann wird ein Seil unter den Armen der Leiche hindurchgezogen und die Leiche heraufgehievt, mit dem Kopf voran, wie bei einer schwierigen Geburt. Sobald sie auf der trockenen Erde liegt, wird sie gestreckt und ausgezogen. Die Totenkleider werden in das Grab zurückgeworfen. Dann werden die bereitstehenden Säcke über das Fleisch gestreift, die Knie gebeugt, der Kopf auf die Brust gedrückt, der ganze Körper – als käme die Empfängnis nach der Geburt – zu dem praktischen Paket zusammengefaltet, als das wir die neun Monate im Mutterleib verbringen. Und mit Seilen verschnürt. Ein kompaktes Bündel: kaum größer als ein Hund oder ein Sack Rüben.

»Sie werden natürlich Leitern brauchen, um die Friedhofsmauern zu überwinden. Darf ich Ihnen den Hinweis geben, dass Strickleitern weniger auffällig sind? Aber auch wenn Sie mit diesen auf der Straße angehalten werden, wird man Ihnen Fragen stellen, und deswegen sage ich Ihnen, dass ein Totengräber mit einer gut geschmierten Hand noch empfehlenswerter ist. Pflegen Sie Kontakt mit solchen Männern. Trinken Sie mit ihnen. Machen Sie sich mit ihren Gewohnheiten und ihrem Jargon vertraut. Zeigen Sie Verständnis für die Widrigkeiten ihres Handwerks. Erkundigen Sie sich nach ihren Frauen und Kindern. Trinken Sie nie abends starken Alkohol, wenn Sie beabsichtigen, in derselben Nacht Ihrem Beruf nachzugehen. Sie werden gute Arbeit leisten, wenn Sie nüchtern bleiben. Die Hauptursache für Stümperei ist Alkohol.

Sie werden eine Tabelle benötigen, von der Sie die Mondphasen ablesen können. Ich werde Ihnen eine solche zur Verfügung stellen.

Achten Sie auf Totengeläut. Gehen Sie in Wirtshäuser und hören Sie sich den Klatsch über die kürzlich Verstorbenen an. Freunden Sie sich mit den Frauen an, die die Toten aufbahren. Ein halber Penny oder ein bisschen Liebesgeflüster kann Ihnen Zugang zu den Toten verschaffen und Gelegenheit, sie in Augenschein zu nehmen. Wonach Sie suchen sollen? Darauf komme ich später.

Falls Sie einem Fremden auf der Straße begegnen, der weint, nehmen Sie sich einen Augenblick Zeit und erkundigen sich nach dem Grund für seine Trauer. Falls derjenige einen schmerzlichen Verlust zu beklagen hat, fragen Sie mitfühlend: Und wo ist der geliebte Verblichene aufgebahrt? Und woran ist er gestorben? Gerade gestern, sagen Sie? O Gott, wie ich mit Ihnen fühle, Sir.

Im Schmerz tragen selbst starke Menschen das Herz auf der

Zunge, und das kann Ihnen viele wertvolle Informationen einbringen.

Ist jemand von Ihnen mit einer großen Anzahl von Damen befreundet?« Er lässt seinen Blick über die Versammelten schweifen. In ihren Gesichtern liegt – könnte es Schock sein? Empörung? Aber er hält diesen Vortrag nicht zum ersten Mal. Er kennt die Reaktionen, und er weiß, wie viel Zeit er den Männern geben muss, um diese Reaktionen zu verarbeiten. »Verehrte Herren« – es bereitete ihm Vergnügen, diesem Abschaum zu schmeicheln – »ich unterstelle niemandem etwas Kriminelles. Ich rede nicht von Gewalt, Gott bewahre. Selbst die verkommenste Dirne wird beweint – vielleicht von ihrem Zuhälter. Nein, worauf ich hinaus will, ist … vielleicht haben Sie eine vertrauenswürdige Geliebte, die die Rolle der weinenden Frau übernehmen könnte?

Eine weinende Frau kann einem nicht selten eine billige Leiche verschaffen. Angenommen, ich brauche eine Kinderleiche oder die eines jungen Menschen in der Blüte seiner Jahre. Die weinende Frau trommelt mit den Fäusten an die Tür das Armenhauses und lamentiert: Ich suche den Sohn meiner Schwester, er ist erst neun Monate alt, und die Nachbarin, in deren Obhut sie ihn gegeben hat, behauptet, er sei tot. Oder: James, James, mein Bruder James, er wurde zum Dienst auf einem Schiff gepresst, und jetzt erzählt man sich, er sei tot; seit sieben Jahren habe ich ihn nicht gesehen. … Sie sehen also, selbst wenn der Aufseher die Frau verdächtigt und eine Beschreibung von ihr verlangt, kann sie sagen: Er war ein Bengel von dreizehn Jahren, als er zur See ging, klein wie eine Krabbe, woher soll ich wissen, wie er als ausgewachsener Mann aussieht? Und Sie werden verstehen, dass es nicht im Interesse von Armenhausaufsehern liegt, zu viele Fragen zu stellen, denn falls die Frau Anspruch auf den Leichnam erhebt, um ihn beerdigen zu lassen, erspart das der Gemeinde die Kosten. Vor allem empfehle ich Ihnen diese Methode, um in den Besitz der Leiche einer Schwangeren zu gelangen – ein Objekt, das für mich von außerordentlichem Interesse ist. Sie könnten etwa Folgendes mit ihr einstudieren: Meine Schwester, meine liebe Schwester Kate, hätte ich von ihrer Schande gewusst, ich hätte sie bereitwillig aufgenommen – warum nur ist sie ins Wasser gegangen? Es ist ratsam, mit der weinenden Frau vorher zu üben, indem man die Rolle des Aufsehers übernimmt, damit sie schlagfertig reagieren kann, falls das Gespräch eine unerwartete Wendung nimmt. Aber Sie werden verstehen, dass das Wirken einer weinenden Frau begrenzt ist.« Er machte eine Pause. »Denn, sehen Sie, nach einer Weile kennt man sie. Dann kennt man sie.

Sie mögen vielleicht einwenden, dass es leicht ist herauszufinden, wenn ein Reicher entschlafen ist, weil es in den Gazetten steht. Aber ich frage Sie: Bin ich Manns genug für ein Mausoleum? Kann ich Marmorwände niederreißen? Die Leichen der Reichen werden oft bewacht, und ihre Särge sind aus Blei; und auch wenn sie aus Holz sind, werden sie sehr tief begraben, und die Särge sind so massiv, dass man manchmal den Deckel zersägen muss, um sie zu öffnen, was nicht besonders schnell zu bewerkstelligen ist; außerdem muss man sich vor Drahtfallen und Fußangeln hüten. Und bedenken Sie überdies, dass die Leiche eines Plutokraten oder die seiner Frau oder seiner Tochter im Grunde keinen höheren Wert besitzt als die eines Bettlers und seiner Dirne. Mir ist jede Leiche recht, es sei denn, sie ist verwest oder von den Blattern verseucht.

Ein Armengrab enthält, wie Sie wissen, meist mehrere Leichen und verspricht daher eine größere Ausbeute pro Arbeitsstunde – hüten Sie sich davor, in eine dieser Gruben zu steigen, wie gut sie auch gefüllt sein mag, denn ich habe schon Männer zusammenbrechen sehen, weil sie die giftigen Ausdünstungen eingeatmet hatten. Unterlassen Sie alles, was Sie nicht mit Haken und Seilen bewältigen können. Bleiben Sie mit den Füßen auf ebener Erde. Springen Sie nicht auf Särge, denn verrottete Särge können Ihr Gewicht nicht tragen.

Beobachten Sie die Krankenhäuser, damit Sie wissen, welche Armen in den nächsten Tagen aufgenommen werden und für welche Operationen. Diejenigen von Ihnen, die als Träger im Krankenhaus arbeiten, haben einen besonderen Vorteil – achten Sie auf Tote mit Monstrositäten und Missbildungen wie zum Beispiel extrem aufgedunsenen Köpfen –, denn diese sind ebenfalls von besonderem Interesse für mich. Meiden Sie solche mit gefährlichen, giftigen Tumoren, denn diese greifen die Finger der Schüler an. Denken Sie daran, dass Juden ihre Toten sehr schnell begraben; wenn eine besonders frische Leiche gebraucht wird, sind ihre Friedhöfe viel versprechend, in der Tat sehr viel versprechend.

Beachten Sie, dass ich Leichen von Kleinkindern pro Zoll bezahle. Für den ersten Fuß einen Schilling. Danach neun Pence pro Zoll.

Halten Sie sich nicht damit auf, einer Leiche die Zähne auszureißen. Ich weiß, dass man dafür einen guten Preis erzielen kann, aber ich gebe Ihnen die Zähne, wenn ich sie nicht selbst brauche; besser, sie im Schutz meiner Räume und bei guter Beleuchtung zu ziehen, als sie bei schwachem Laternenlicht in feuchtkalter Nacht auszubrechen, wenn überall die Hunde heulen und die Nachtwache ihre Runden macht.

Gewisse Künstler werden Sie ansprechen und um Material bitten. Vergessen Sie nicht, dass Künstler im Allgemeinen einen schlechten Charakter besitzen und dass ihre Taschen nicht sehr tief sind. Sie werden erleben, dass man Sie unter den verschiedensten Vorwänden abweist: Oh, ich hatte eigentlich einen dickeren Mann im Sinn, ich wollte eine jüngere Frau – und dann stehen Sie da mit der Leiche, die vor sich hin fault, und all die Arbeit war umsonst. Trauen Sie keinem Künstler. Was mich angeht – Sie werden in mir einen bereitwilligen Käufer finden. Hart, aber gerecht.

Denken Sie daran, dass es vor allem auf Schnelligkeit ankommt. Ich sage Ihnen dasselbe, was ich meinen Schülern predige. Treiben Sie keinen Unfug mit einer Leiche und lassen Sie sich nicht zu frivolen Späßen hinreißen, wie zum Beispiel am Penis eines Mannes zu zupfen oder Gegenstände in die Öffnungen einer jungen Frau zu schieben. Gehen Sie ruhig und zügig vor, legen Sie Ihren Stolz darein, gute Arbeit zu leisten. Tun Sie nichts, was den Abscheu vergrößern könnte, mit dem man Ihnen ohnehin schon begegnet.

Stehlen Sie keine Totenhemden. *Seien Sie nicht habgierig.* Der Diebstahl der Leiche selbst ist kein Verbrechen, denn eine menschliche Leiche ist im Gegensatz zu einem Tierkadaver kein fremdes Eigentum. Wenn Sie jedoch das Totenhemd und das Leichentuch mitgehen lassen, ist das Diebstahl. Im Übrigen sind derlei Gegenstände in gebrauchtem Zustand von geringem Wert. Werfen Sie sie zurück in den Sarg oder das, was von ihm übrig ist. Füllen Sie anschließend das Grab wieder auf, treten Sie die Erde fest, bringen Sie alles wieder in Ordnung.

Hinterlassen Sie ein Grab, wie Sie es vorgefunden haben. Keine schlampige Arbeit – denn das erregt Verdacht, und Verdacht führt dazu, dass man Ihnen auflauert, was wiederum dazu führt, dass man Sie schnappt, und dann geraten Sie in die Hände des Pöbels, und am Ende haben Sie eine gebrochene Nase oder ein gebrochenes Bein oder, wenn Sie Pech haben, eine Schlinge um den Hals. Sollten Sie also feststellen, dass jemand etwas auf ein Grab gelegt hat – zum Beispiel eine Blume, eine Muschel oder ein Häufchen Steine –, sehen Sie sich genau an, wie es angeordnet ist, nehmen es vorsichtig weg und legen es wieder zurück, wenn Ihre Arbeit erledigt ist.

Sie werden eine Tabelle mit den Mondphasen brauchen. Die werde ich Ihnen zur Verfügung stellen.«

»Das sagten Sie bereits«, meldet sich einer der Männer.

»Ja.« Er zieht sein Taschentuch heraus und wischt sich den Schweiß von der Stirn. »Das sagte ich bereits.«

6

John Hunter sitzt grübelnd allein in seinem Laboratorium. Um ihn herum die Werkzeuge, die er für sein Handwerk braucht, die Klingen und Sägen, und seine Hand fühlt sich zu ihnen hingezogen, so als könne er nicht widerstehen. Warum nachdenken? Warum nicht experimentieren? Und sehen, wohin das Experiment führt? Vergeude deine Zeit nicht mit Mutmaßungen. Beobachte.

Schweizerische Bauern erzählten Mr. Linnaeus, dass, wenn man den Wurm Gordius aquaticus in Stücke hackt, jedes Stück immer noch zappelt; und wenn man die Stücke in Wasser legt, wächst jedem ein neuer Kopf und ein neuer Schwanz. Gelehrte Männer hatten dies als Aberglauben verspottet, während sie den Beweis dafür hätten finden können, wenn sie nur *experimentiert* und ein wenig ihrer Zeit damit verbracht hätten, Würmer in Stücke zu schneiden. Nicht der Gelehrte aus Oxford oder der dandyhafte Wissenschaftler ist heutzutage der Held der Forschung, es ist der Bauer, es ist John Hunter, der Mann, der mit der Schnauze im Boden wühlt – der nicht sagt: »das widerspricht der Natur«, weil er sich von der Vielfältigkeit und der Wunderlichkeit der Natur viel zu sehr in Erstaunen versetzen lässt. Er hat keine Vorurteile, keine Erwartungen. Er ist gegen keine Lebensform voreingenommen. Er hat schon oft Würmer zerhackt, denn wenn man in einem Ort wie Long Calderwood aufwächst, wird man erfinderisch darin, sich die Zeit zu vertreiben.

Welche Fähigkeiten braucht ein Forscher noch, außer dieser Geisteshaltung? Er braucht Geduld, Geschicklichkeit und genug Phantasie, um Dinge zu tun, die andere für absolut unsinnig halten würden.

Abraham Trembley zum Beispiel. Er war zwar ein Gentleman, oder zumindest Tutor eines Gentlemans; aber er besaß eine bescheidene Geistesart. Abraham Trembley krauchte in Gräben herum und sammelte eimerweise Vegetation und braunen Schleim. Mit Entzücken beobachtete er durch sein Vergrößerungsglas die Hydra, einen Süßwasserpolypen mit Armen wie Tentakeln.

Trembley bewahrte seine Polypen in Glasgefäßen auf. Er zerschnitt sie mit Hilfe einer kleinen Schere der Länge nach, quer, auf jede erdenkliche Weise. Sie waren nicht totzukriegen. Er zerhackte sie, und er pfropfte sie aufeinander, er machte drei aus einem. Er beobachtete, wie sie sich regenerierten. Manche entwickelten acht Köpfe. Eines Tages rückte er einen Polypen mit einer Schweinsborste zuleibe und stülpte ihn einfach um, indem er die Außenhaut durch die Mundöffnung zwängte. Abraham Trembley bekam einen Orden. Eine Zeit lang waren Polypen groß in Mode. Man sah sogar vornehme Damen auf der Jagd nach Polypen durch Gräben waten und sich die Kleider besudeln. Dann kam eine neue Mode auf, und die Wissenschaftler wandten sich elektrischen Experimenten zu.

Welche Lektion lehrt uns die Arbeit von Abraham Trembley – ein Vorbild ihrer Art? Misstraue jedem, selbst Aristoteles. Halte deine Methoden schriftlich fest. Experimentiere, immer und immer wieder. Mache feinere Schnitte. Misstraue gemeingültigen Regeln. Mache noch feinere Schnitte.

Sie hatten sich einen triumphalen Umzug vorgestellt, aber das Problem war, sagte Joe Vance, für einen Triumphzug braucht man Pferde, und neben dem Riesen wirkt ein normales Pferd wie ein Hund, wie ein Spaniel. Also müsste man Percheronpferde mieten, und die sind nicht billig.

»Sie müssen mit golddurchwirkten Schabracken geschmückt sein«, sagte der Riese.

»Ja, die Schabracken, die kommen ebenfalls teuer«, sagte Joe. »Was haltet ihr davon, zu Fuß zu gehen? Es ist nicht weit.«

Also machten sie sich zu Fuß auf den Weg den Piccadilly entlang. Die Leute auf der Straße gafften sie an und drängelten und reckten die Hälse. Joe rief spöttisch: »Glotzt nur, ihr Geizkrägen, glotzt, bis euch die Augen aus dem Kopf treten«, und klapperte mit einer Büchse vor ihrer Nase herum.

Sie kamen nach Spring Gardens. »Schöne hohe Decken, wie ich erwartet hatte«, sagte Joe. »Claffey, spuck nicht auf den Boden. Wenn du spucken willst, geh nach draußen.«

»Auf die Straße?« Claffey schaute ihn wütend an.

»Ruhig Blut«, sagte Joe. »Keine bösen Worte am ersten Tag in unserem neuen Haus.«

Ihr Ausstellungsraum, der über einem Laden lag, wo es Spazierstöcke zu kaufen gab, war hell und luftig. Die Zimmer im hinteren Teil der Wohnung waren kleiner und dennoch prächtig. »Bettzeug wird vom Hauswirt zur Verfügung gestellt«, sagte Vance. »Er hat eine Frau, die sich darum kümmert, aber Leintücher müssen wir selbst besorgen. Ich kenne zufällig einen Händler …«

»Feines Linnen«, verlangte der Riese.

»Feines Linnen, selbstverständlich.«

»Leintücher, die man – husch – durch den Armreif einer Frau ziehen kann.«

»Wie ihr wünscht«, sagte Vance.

Jankins sagte: »Sollen wir etwa hoch oben auf Podesten schlafen?«

»Man nennt sie Betten, Jankin«, sagte der Riese. »Du hast in Geschichten schon von ihnen gehört.«

»Werde ich nicht im Schlaf herunterfallen und mir wehtun?«

»Bestimmt«, sagte der Riese.

Jankin zupfte an seinem Ärmel. »Mester, hast du jemals in einem Bett geschlafen?«

»Nein«, sagte der Riese. »Ich habe noch nie in einem Bett geschlafen, Jankin. Es hat keinen Zweck, wenn die Beine von den Knien an in der Luft baumeln und man sich die Knöchel schrammt, wenn man sich nachts im Bett umdreht. Da ist es besser, man schläft auf dem Boden.«

»Trotzdem«, sagte Jankin, »ist es großartig, ein Riese zu sein. Ich wünschte, ich wäre einer.«

»Aber da du es nicht bist, kannst du dich auf eine angenehme Nacht freuen.«

Sie hörten eine Tür zuschlagen und Schritte einer Frau und eine weibliche Stimme. »Meine Herren!«

»Aber wir kennen dich, Miss«, sagte Pybus.

Es war das Mädchen aus dem Keller, das mit dem leuchtenden Gesicht und dem silbernen Haar. »Euer Hauswirt hat mich, da er unsere Sprache verlernt hat, eingestellt, dafür zu sorgen, dass der Abtrittleerer eure Scheiße abholt und dass ihr das Haus nicht in Brand steckt oder die Wände bemalt. Ich hoffe, ihr werdet das nicht tun.«

Joe Vance grinste. »Willst du was trinken?«

»Nein. Ich arbeite für den Hauswirt, er gibt mir eine Mahlzeit pro Tag und einen Penny für Stroh.«

»Stroh? Zum Teufel mit Stroh. Du kannst bei uns wohnen«, meinte Joe.

»Oder ich kann mir die Kehle aufschlitzen«, sagte das Mädchen ruhig. »Das kommt auf dasselbe heraus, nicht wahr?«

Joe runzelte die Stirn. »Diese Rothaarige, die mit dem Halstuch. Aus dem Keller. Wie heißt sie?«

»Schlampe.«

»Was?«

»So nennen sie uns alle, hier in England. Mach meine Scheiße weg, du Schlampe. Schrubb meinen Fußboden, du Schlampe. Heb deinen Rock, du Schlampe, mach die Augen zu, bald wirst du eine böse Überraschung erleben.«

»Das ist nicht recht«, sagte der Riese.

»Es ist nicht angenehm, aber ziemlich vernünftig«, sagte das Mädchen. »Angenommen, einer von uns wird festgenommen und verhört – Wie heißt die Frau, die diesen Mann erstochen hat, wie heißt die Frau, die seine Börse gestohlen hat? Schlampe, sagt er. Ja, ich weiß, sagt der Magistrat: aber wie heißt sie? Dann verdreht unser Mann die Augen und sagt: Schlampe – jedenfalls habe ich nie gehört, dass man sie anders genannt hat.«

»Aha«, sagte Claffey. »Ich verstehe. Ein schlauer Trick. Aber für den täglichen Umgang, können wir da nicht …?«

»Ihr könnt mich Mary nennen«, sagte das Mädchen.

Der Riese sagte: »Das ist auch ein Allzweckname.«

Es war eine glückliche Woche. Sie hatten einen Kohleofen und eine Wasserpumpe in der Nähe. Schlampe Mary brachte ihnen einen Igel, um der Käferplage Herr zu werden. Sie zeigte ihnen auch, was sie essen konnten: Austern und Räucherheringe und warmes Ingwerbrot von einem Marktstand, fettes Schweinefleisch und Mehlklöße aus der Garküche, Brot und Käse. Das Gemüse schmeckte nach Rauch, und die Milch schmeckte nach Wasser, aber das machte ihnen nichts aus. Joe

Vance war guter Dinge. Er kaufte Schlampe Mary eine blaue Schleife, die sie für sonntags aufhob. Zu trinken hatten sie Gin und Bier.

Ich habe einen weißen Bär aus Grönland bestellt.

Es gibt zu selten die Gelegenheit, einen Wal zu sezieren; ich wünschte, ich könnte einen Wal bekommen. Ich wünschte, ich hätte einen zahmen Löwen, nicht zu alt, oder jemand würde mir ein Kamelfohlen in einer alkoholgefüllten Wanne schicken.

Jankin kam laut jammernd von draußen herein. Was ist los? fragten sie ihn. »Eine Frau hat mich gefragt, ob ich ein Lied kaufen will. Ich sagte ja, und da hat sie meinen Penny genommen und mir das gegeben.« Jankin zeigte ihnen ein Blatt Papier, das er in der Faust zerknüllt hatte. »Ich sagte, das ist kein Lied, Miss, und da ist sie in Wut geraten und hat gesagt: Verpiss dich, du Pisskopf, und alle haben gelacht.«

»Ihr solltet ihn nicht allein vor die Tür lassen«, sagte Schlampe Mary.

Joe Vance nahm das Blatt und glättete es. »Das Klagelied des Schuldners«, sagte er angewidert. »Das ist vierzig Jahre alt, soweit ich weiß. Man hat dich übers Ohr gehauen, du Spatzenhirn. Wenn du das nächste Mal ein Lied brauchst, sing dir selber eins.«

»Wie alt bist du, Charlie?«, fragte Joe Vance.

Der Riese starrte ihn an. »Wie alt? Darüber habe ich noch nie nachgedacht.«

»Ich brauche es für die Presse. Wir werden eine Anzeige in die Zeitung setzen. Um die Aufmerksamkeit der feinen Leute auf die Sensation zu lenken, die du darstellst.«

»Sagen wir einundzwanzig. Es geht doch niemanden etwas an, oder?«

»Also gut, einundzwanzig. Der größte Mann der Welt weilt vorübergehend in Spring Gardens, erst kürzlich zurückgekehrt von einer triumphalen Reise durch den Kontinent, von Auftritten in Köln, Paris, Straßburg und Amsterdam, wo Mr. Byrne in den besten und vornehmsten Häusern empfangen wurde und die Herzen der Damen eroberte.«

»Aber das ist doch gelogen!«, sagte Claffey.

»Es ist üblich, in der Werbung zu lügen, Claffey. Du kannst mir glauben, dass ich etwas von meinem Handwerk verstehe.«

Ich brauche ein Nest, einen alten Kuckuck und einen jungen Kuckuck.

»Und dann wirst du die Presse empfangen«, sagte Joe Vance. Er schaute sich in ihrem Quartier um. »Es sieht ein bisschen kahl aus, nicht wahr? Ein wenig Verschönerung würde nicht schaden.«

»Alles kostet Geld«, sagte Claffey.

Sagte Joe: »Ich kann etwas auslegen. Ich gehe davon aus, dass wir große Gewinne machen werden.«

Zu jener Zeit ist John Hunter ein berühmter Mann; er besitzt ein Haus in der Jermyn Street und ein weiteres auf dem Land in Earl's Court. Dort bewahrt er seine Sammlung von Präparaten auf, die mittlerweile einen enormen Umfang angenommen hat, dort hält er in Käfigen seine Tiere, die die ganze Nacht hindurch brüllen und scharren und bellen. Er besitzt das Vorkaufsrecht auf alle Tiere, die in der Menagerie im Tower von London sterben, und zu den Tierhändlern, mit denen er Geschäfte macht, gehören Mr. Gough und Mr. Bailey vom Piccadilly, der hauptsächlich mit Vögeln handelt und ihm alles besorgt vom Hänfling bis zum Adler und der ihm zuvorkommenderweise Kredit gewährt; Mr. Brookes, der einen Hund mit einem Wolf gekreuzt und ihm einen der Welpen überlassen hat. (Sie war eine nervöse Hündin, die dauernd auf die Straße lief und nicht zurückkam, wenn man sie rief. Oft fing sie plötzlich an zu zittern, und sie geriet leicht in Panik, was dazu führte, dass Nachbarn sie für tollwütig hielten und sie erschlugen.)

Was das Haus in Earl's Court angeht: wer weiß, was dort hineingetragen und wieder hinausgeschafft wird – alles vom Leoparden bis zu Mücken in einem Glas. Dort sind die Bienen, die still und emsig in ihren vielen Stöcken herumwuseln, die Möwe, die ein Jahr lang mit Gerste gefüttert wird, der Bottich mit lebenden Aalen, die der Fischhändler jeden Monat liefert, und die einsame, von Mr. Granger gezähmte Schwalbe, die dazu verdammt ist, ihr Futter tot vorgesetzt zu bekommen, anstatt im Flug lebende Beute zu jagen, und die die Küsten Afrikas nie wieder sehen wird. Was die Opossums angeht, so hat er über die Jahre sicherlich ein Dutzend davon gehabt, aber sich vermehren? Entweder sie *können* es nicht, oder sie *wollen* es nicht. Vielleicht pflanzen sie sich auf eine Weise fort, die bisher noch unbekannt ist?

Am zweiten Tag in ihrem neuen Zuhause brachte Pybus eine Apfelsine und eine Zitrone mit, die von allen aufmerksam studiert wurden. Sie schnitten die Apfelsine auf, saugten den Saft aus ihrem Fleisch und leckten sich die Lippen, und dann schnitten sie die Zitrone auf und versuchten, damit dasselbe zu tun. Schlampe Mary brach in schallendes Gelächter aus, das sie unterdrückt hatte, bis sie sah, wie sie das Gesicht verzogen und sich die brennenden Lippen hielten.

»Sie lacht wie ein Mädchen vom Land«, sagte Claffey warmherzig.

Mary aß alles, was sie aßen, und ihr Gesicht war schon fülliger geworden. Ihr Haar war heller als das Fleisch der Zitrone.

Die Oxford Street war ein Problem: Claffey und Pybus liefen ständig mit großen Augen die Straße auf und ab und wollten alles haben. Selbst bei Nacht, beim Schein der Walöllampen, stolzierten sie breitbeinig einher und stellten sich vor, sie hätten an der einen Hand eine Zwei-Shilling-Dirne und in der anderen einen Spazierstock mit elfenbeinernem Knauf. Der Riese wurde verpflichtet, sich bis zu seinem Debüt in der Wohnung aufzuhalten, aber Joe war ständig unterwegs, stahl sich unter Vorwänden stundenweise fort und kehrte zurück mit einem Grinsen im Gesicht und einem leichter gewordenen Beutel.

»Wir werden uns natürlich etwas leihen müssen«, sagte er. »Das ist immer so. Ich bin Agent, und ich kenne mich damit aus.«

Und so kam der Tag, an dem sie eine Wunschliste aufstellten:

Eine Teedose und ein Löffel
Ein klappbarer Teetisch aus Mahagoni: sehr praktisch, wenn man Platzmangel hat: es mangelt meistens an Platz, wenn ein Riese im Haus ist
Eine Teekanne und die passenden Tassen für Tee
Eine Zahnbürste und Topf mit Zahnpulver
Ein Salznäpfchen
Ein paar gläserne Kerzenleuchter, die groß in Mode sind
Eine Uhr
Eine Trompete
Zwei Zeisige in einem goldenen Käfig

Eine Wärmepfanne
Eine Mausefalle
Einen Satz Schreibutensilien
Einige Bögen Tapete mit Bildern drauf: mit einem indischen Prinzen auf einem Pony und einem Sklaven, der einen Schirm über seinen Kopf hält. Und mit Jagdhunden. Und Kranichen. Und Blumen.

»Meine sehr verehrten Herren von der Presse«, sagte Joe. Er reckte seine Arme hoch, als würde er brennende Fackeln schwenken. Die Herren saßen auf Stühlen, die Joe gemietet hatte, schwitzten unter ihren Perücken und bohrten in der Nase. Der Riese wartete zusammengekauert hinter einem grünen Vorhang. »Zurückgekehrt von unserem Triumphzug auf dem Kontinent«, sagte Joe. Er ließ seinen Blick durch den Raum schweifen, lächelte applausheischend in alle Richtungen.

»Uaah-ah«, sagte einer der Presseleute und gähnte ihm ins Gesicht.

Davon wurden alle anderen angesteckt, und ein allgemeines »Uaah-ah« ging durch den Raum wie ein misstönender Refrain.

Der Riese räusperte sich hinter dem Vorhang. Er wollte Joe lediglich auffordern, sich kurz zu fassen; seine Oberschenkel und seine Waden schmerzten fürchterlich, und seine Kniescheiben schienen sich durch die Haut zu bohren. Aber das Geräusch zog die Aufmerksamkeit des Publikums auf sich, bewirkte eine plötzliche Ernüchterung. »Herrgott, Sakrament!«, rief einer aus; alle richteten sich auf ihren Stühlen auf.

Joe war verblüfft. Er senkte den Blick und sah den Zeh des Riesen unter dem Vorhang hervorlugen. »Doch nun wollen wir keine weitere Zeit verlieren«, rief er mit heldenhafter Stimme, während er gleichzeitig den Vorhang wegriss. Der Vorhang klemmte – Claffey hatte den Rahmen gezimmert –, und Joe zerrte daran, verwickelte sich darin, kämpfte mit Händen und Füßen, bis der Riese den Stoff einfach von seiner Befestigung löste und hervortrat.

Einen Augenblick lang herrschte Schweigen; dann ging ein leises, ehrfürchtiges Pfeifen durch den Raum. Als das Pfeifen verebbte, begannen einige zu klatschen, und die Presseleute fielen einer nach dem anderen ein; alle stießen bewundernde Flüche aus, während sie applaudierten, und starrten mit großen Augen, und einer sagte: »Verdammt, er hat die Vorhangstange zerbrochen«, und der Riese betrachtete seine Hand und sah, oh ja, es stimmte.

Er lächelte. Es war ein unbeabsichtigter, zufälliger Effekt, aber sie stürzten sich darauf wie auf einen Köder. Joe Vances Gesicht glühte rot vor Vergnügen; ein Schnitzer hatte zum Triumph geführt. »Bitte, Mr. Byrne!« Er wies auf den ausladenden Holzstuhl, eine Art Thron, an dem Pybus und Claffey drei Tage lang gearbeitet hatten. Der Stuhl war natürlich roh gezimmert, aber sie waren losgezogen und hatten ein großes Stück roten Plüsch erstanden, das Schlampe Mary kunstvoll über Sitz und Lehnen drapiert hatte – improvisiert, aber stilvoll.

Der Riese beugte sich hinab und überprüfte den Sitz mit der Hand. Das Prüfen war eine notwendige Gewohnheit bei allen Stühlen, Hockern, Bänken und Steinmauern. Er ließ sich auf dem Stuhl nieder, schlug artig die Beine übereinander und sah und hörte, wie die Presseleute vor Erstaunen nach Luft schnappten. »Welch ein Anblick«, flüsterte Joe Claffey zu. »Mein Gott, welch ein Anblick!«

Was hatten sie denn erwartet, diese Herren vom Pressecorps? Sie hatten ein Trampeltier erwartet, ein zerlumptes

Monstrum mit verkehrt herum angewachsenem Kopf und einem Zyklopenauge. Stattdessen bekamen sie einen Mann von erhabener Größe. Laut sagte Joe Vance, damit die Schreiberlinge es hören konnten: »Die Spitze an seinem Ärmelaufschlag würde ausreichen, um jeden Altar im Vatikan zu bedecken.« Es entstand eine Pause, ein Hiatus. Der Riese schaute sich im Raum um, halb lächelnd. Nach einer Weile hob er eine Braue. Ah, Sankt Silan, dachte er. Der heilige Silan konnte allein durch das Heben einer Braue den Tod herbeiführen; Selbstmörder blieben nachts wach in der Hoffnung, ihm im Morgengrauen in einer übellaunigen Stimmung zu begegnen.

Einer der Herren von der Presse erhob sich, nervös nickend, auf seine zitternden Beine. »Herr Riese, was wissen Sie über Ihre Abstammung?«

Entsprechend der vorher mit Joe getroffenen Vereinbarungen zog der Riese ein etwa drei Fuß langes Stück Musselin aus seinem Ärmel und tupfte sich vornehm die Mundwinkel. Erst dann begann er zu sprechen.

»Ich wurde gezeugt auf den Hängen eines grünen Hügels, der von den Männern und Frauen meines Volkes als heiliger Ort geehrt wird. Meine Mutter war eine echte Irin, und mein Vater kam aus Schottland, und er besaß das raue Herz des Hochländers.«

Das war nicht die Antwort, die er mit Joe einstudiert hatte. Joes Antwort war langatmig und gewunden, irgendetwas von Noah und seiner Arche: wer an Bord durfte und wer am Ende ausstieg, es ging um eine Menge von blinden Passagieren, die von dem großen Mann und seinen Stammesangehörigen nie entdeckt wurden.

»Herr Riese«, sagte ein zweiter Mann, »gibt es, wo Sie herkommen, noch mehr von Ihrer Sorte?«

»Leider bin ich der Einzige meiner Art. Es hat einige unbedeutende Kerle gegeben – zwei insbesondere, die Brüder Knife, gezeugt auf einem Heuhaufen in unserer Gemeinde –, die sich einbildeten, sie seien groß, und die den Leichtgläubigen das Geld aus der Tasche zogen – aber ich weiß nichts über ihre Abstammung, und für mich sind sie eher eine Laune der Natur und nicht das, was ich bin, ein Nachkomme der alten irischen Lords. Dann gibt es noch einen Burschen namens Patrick, Patrick O'Brien, der hin und wieder behauptet, mit mir verwandt zu sein – und der sich, wie ich höre, manchmal für *mich* ausgibt –, aber der ist ebenso wenig groß, wie Sie Chinesen sind.«

»Also, geben Sie sich nicht mit irgendeinem Ersatz zufrieden«, sagte Joe strahlend. »Charles Byrne, der größte Mann der Welt.«

»Ich hatte mich schon gefragt, wann sie Pat O'Brien erwähnen würden«, raunte Claffey Pybus zu.

Ein Mann erhob sich betont lässig am hinteren Ende des Raums. Er räusperte sich, bevor er etwas sagte, und wedelte mit der Hand, um die Aufmerksamkeit auf sich zu ziehen. »Sie sind kürzlich in Köln gewesen, wie Ihr Impresario sagt. Sagen Sie mir, welche Wunder haben Sie dort gesehen?«

»Oh, dieser Klugscheißer«, zischte Joe. »Einer ist immer dabei.«

»Nun, es gibt dort eine kleine Kirche«, sagte der Riese gleichmütig. »Sie nennen sie Dom. Ich würde mich am liebsten in dieser schönen Stadt niederlassen, um mir nicht jedes Mal den Kopf zu stoßen, wenn ich ein Gebet sprechen will. Die Bauarbeiten sind noch längst nicht beendet, das kann ich Ihnen sagen, aber die Drei Könige haben dort ein goldenes Haus.« Er lehnte sich in seinem Thron zurück. »Unter den französischen *églises* gibt es einige hübsche Kapellen, ich erinnere mich an eine in Paris, die sie Notre-Dame nennen. Amsterdam ist sehr malerisch, mit kleinen Rinnsalen, die zwischen den Häusern fließen.«

»Nun?«, rief Joe dem Herrn zu. »Sind Sie zufrieden?«

Der Riese streckte die Hand aus, um ihn zu beruhigen, und erwischte Joe dabei aus Versehen mit dem Mittelfinger unter dem Kinn. Das löste Gelächter aus, und einige applaudierten.

»Stellen Sie sich seine Schnupftabaksdose vor«, sagte einer. »Die muss so groß sein wie ein Suppenteller.«

»Stellen Sie sich seine Wäscherechnung vor! Die muss so hoch sein wie die Staatsschulden Englands.«

»Stellen Sie sich seinen …« Dem Sprecher versagte die Stimme; wie ein Mann sanken alle in ihre Stühle zurück, die Augen weit aufgerissen, und fächelten sich mit einer Hand Luft zu.

Erst am Vormittag hatte Joe gesagt: Spiel das Thema mit den Ladys ein bisschen aus, Charlie. Tust du das? Tust du das für mich? Da war er ganz Impresario gewesen, hatte gegurrt und geschmeichelt, während sich ihm vor Aufregung der Magen umdrehte; jetzt stand er zufrieden grinsend da, rieb sich das Kinn, der blaue Fleck war längst vergessen, die Lippen offen und die gierige, rosa Zunge leicht zwischen den Zähnen vorgeschoben.

Der Riese beugte sich vor, worauf die Herren in der ersten Reihe zurückwichen. »Wie Sie richtig vermuten, Gentlemen«, sagte er, »entspricht mein Organ meiner Größe.«

Ein neues Geräusch ging durch den Raum: ein wehmütiges, sehnsüchtiges Zischen. Der Riese lehnte sich zurück, bis es ausklang, bis es seufzend in den Ecken verebbte. Ein junger Mann nahm seinen Mut zusammen und meldete sich zu Wort: »Aber die Frauen sagen, die Frauen, die ich kenne, sagen … Größe spielt keine Rolle.«

»Tun sie das?« Der Riese hielt eine Hand hoch und betrachtete prüfend seine Fingernägel. »Und das sagen sie zu Ihnen, ja? Nun ja. Man kann sich denken, warum.«

Vereinzeltes hämisches Gelächter. »Ich sehe, meine Herren«, sagte der Riese, »Sie wünschen, dass ich mich ausbreite. Über das Thema. Über den Gegenstand. Es entspricht meiner Größe, wie ich schon sagte. Soll ich mich erheben, damit Sie meine Größe noch einmal begutachten können? Nein: ich denke, dazu besteht keine Veranlassung; Sie können meine Vorzüge ebenso gut ermessen, während ich mich bequem zurücklehne. Ein elfenbeinerner Turm«, erklärte er, »bei dessen Anblick Sie zu Boden sinken. Nicht dass Sie sich nicht wieder aufrafften; ich glaube, Sie fallen meist aus Höflichkeit in Ohnmacht. Und dann, Gentlemen, Ihr rhapsodisches Seufzen und Stöhnen – aber ich sehe Ihren Gesichtern an, dass Sie diese Laute bereits kennen, und sei es auch nur aus der Phantasie. Zuerst versuchen Sie – wie es Ihre natürliche Art ist –, diesen Turm mit ihren feuchten, kleinen Zungen zu ermessen, die so winzig sind wie die von jungen Kätzchen. Wenn ich davon genug habe, strecke ich meinen kleinen Finger aus und schnippe zwei oder drei von ihnen auf den Rücken. Ich sage bewusst ›zwei oder drei‹, und ›sie‹, denn ich befinde mich jede Nacht in Gesellschaft mehrerer begieriger Vertreterinnen des weiblichen Geschlechts. Sie fürchten sich … sie fürchten sich in der Tat – aber es ist gerade ihre Furcht, die sie entzückt! Und, Gentlemen, wenn der Morgen graut, bin ich der perfekte Kavalier. Wer von Ihnen kann das von sich behaupten? Ein Bursche aus Covent Garden bringt mir jeden Morgen eine Auswahl frischer Blumensträuße, mit seidenen Bändern verziert, so wie die Damen es mögen. Jeden Tag bringt er mir ein halbes Dutzend – und wenn, zwei- oder dreimal in der Woche, mehr gebraucht werden, schicke ich einen Jungen zu ihm, der ihm Bescheid gibt. Und wenn Sie sich zu später Stunde aus dem Bett wälzen und nach Ihrem Pisspott rufen und sich den Schlaf aus den Augen reiben – und wenn, meine Herren, wenn Ihre stinkende Dirne sich trollt, mit einem Fußtritt von Ihrem Lager gestoßen, ungewaschen, verschwitzt, wund zwischen den Beinen, während Ihr lauwarmer Samen an ihren Schenkeln hinabtrieft – dann nehmen meine sauberen Freudenspenderinnen ihre Bouquets mit einem beglückten Lächeln entgegen. Jede von ihnen trägt ein Riesenbaby unter dem Herzen. Wie sollten sie auch nicht empfangen? Mein Samen dringt in sie ein wie ein Wirbelwind. Ich ergieße mich nicht wie kleine Männer – ich komme wie der Zorn Gottes. Wenn die Jahre vergangen sind und meine Mädchen Großmütter, dann brauchen sie sich nur an unser gemeinsames Vergnügen zu erinnern, und ihre vertrockneten Pflaumen werden zum Leben erwachen wie Windmühlen in einem Sturm.«

Clarke hat ein Präparat einer extrauterinen Schwangerschaft. Der Fötus hatte sich im Eileiter eingenistet und dort angefangen zu wachsen, und die Mutter ist daran gestorben. Es ist ein ausgezeichnetes Präparat, und ich muss es haben. Ich habe zu Clarke gesagt: Geben Sie es mir? Nein, ich gebe es Ihnen nicht. Das tun Sie doch gewiss. Nein, auf keinen Fall. Dann verkaufen Sie es mir. Nein, nein und nein. Dann werde ich Sie erschlagen, wenn ich Ihnen in einer dunklen Gasse begegne, sagte ich. Clarke hätte mir fast geglaubt, als er sah, wie mir die Glut in die Wangen stieg. Ich glaube mir beinahe selbst. Ich muss es haben.

»Guter Junge«, sagte Joe, als die Presseleute aufgeregt schwatzend auf die Straße geströmt waren. »Genauso muss man mit ihnen umgehen, ein bisschen Schmeichelei, ein bisschen hoheitsvolle Verachtung.«

Dennoch war Joe leicht nervös: er war froh und zugleich besorgt, er fand, es war gut gegangen, eigentlich fast zu gut, es war ihm ein wenig entglitten. Als die Herren den Raum verließen, hatte er mit heiterer Stimme gerufen: »Von elf bis drei und von fünf bis acht, sechs Tage die Woche, nur eine halbe Krone pro Person!«

Einer der Herren war stehen geblieben. »Hören Sie, Sie Speichellecker, preisen Sie Ihre Ware nicht an, als wäre der Riese eine heiße Pastete – lassen Sie sich einen Handzettel drucken.«

»Einen Handzettel?« Vance riss die Augen auf. Seine Hand umklammerte den Arm des Mannes. »Wo bekomme ich so etwas?«

Claffey stieß Pybus in die Rippen und zog die Mundwinkel herunter.

»Gehen Sie doch zu einem Gelegenheitsdrucker«, knurrte der Herr von der Presse. »Und würden Sie gütigst meinen Ärmel loslassen?«

Joe zog seine Hand weg, als wäre der Ärmel aus glühendem Eisen. Unter keinen Umständen wollte er jemanden belästigen.

»Gelegenheitsdrucker«, sagte Claffey später zu ihm. »Von denen habe ich schon gehört. Du weißt doch bestimmt, was das für welche sind?«

»Die?«, höhnte Joe. »Ist mein Onkel nicht der größte Gelegenheitsarbeiter in der Gemeinde? Überlass das nur mir.« Er rieb sich die Hinterbacken und wandte sich an den Riesen. »Ich bin ganz schön auf dem Arsch gelandet. Es war wirklich nicht nötig, mich so anzurempeln, nur um das Publikum zu belustigen.«

»Ich wollte dich nur beruhigen«, erklärte der Riese. »Mein Finger hat sich verirrt.«

Später fragte Jankin verstohlen: »Riese, hast du jemals, du weißt schon … mit einer Lady?«

Es beeindruckte den Riesen, dass Jankin kein Wort von dem geglaubt hatte, was er den Herren von der Presse erzählt hatte. »Ich bin vollkommen unwissend, was die Freuden der Venus anbelangt«, gestand er.

»Ach, dann bin ich es also allein«, sagte Jankin melancholisch. »Die einzige Jungfrau auf der Welt. Wenn Joe mir zwei Pence geben würde, könnte ich einer Dame meine Aufwartung machen.«

»Hat er dir nichts gegeben?« Der Riese fischte eine Münze aus seiner Tasche. »Kauf ein Konfekt. Schenk es einer Dame, verstanden? Und dass du bloß nicht deinen Piller rausholst und von ihr verlangst, daran zu lutschen.«

»Kann ich nicht auch einen Bissen von dem Konfekt bekommen?«

»Wenn sie dir einen anbietet. Aber gib es ihr in einer schönen Verpackung. Nicht übersät mit deinen Fingerabdrücken.«

»Ich weiß nicht, wie man eine Engländerin anspricht. Könnte ich es bei Schlampe Mary versuchen?«

»Mary? Lass das lieber. Claffey würde dir die Eingeweide rausreißen.«

Der Riese bückte sich und fuhr mit der Hand über den Sitz seines Throns. »Hier.« Er zog einen großen eisernen Nagel heraus. »Ist das dein Werk? Während ich hier sitze und mit meinen Erlebnissen in Paris und Amsterdam angebe, bohrt sich mir die ganze Zeit dieser Nagel in den Hintern.«

»Tut mir Leid«, sagte Jankin.

»Ist schon gut«, sagte der Riese und brach den Nagel mit den Fingern in zwei Stücke.

»Es ist ein Experiment«, sagte Hunter. »Du hast doch schon mal von einem Experiment gehört, oder?«

»Ist es eine Krankheit?«, fragte der Bettler.

»Weit gefehlt, Mann«, sagte John Hunter. »Ein Experiment ist keine Krankheit! Es ist das, was einem Mann der Wissenschaften, wie ich es bin, in die Lage versetzt, die Krankheit zu heilen.«

»Ist das ein Experiment?«, fragte der Bettler. »Diese Klinge, die Sie da aus Ihrer Schublade genommen haben?«

»Das nennt man Lanzette, nicht Klinge. Reiß dich gefälligst zusammen! Mein Gehilfe Howison hat dir erklärt, dass du an einem Experiment teilnehmen sollst: Zu diesem Zweck bist du in mein Haus gekommen, und wenn dir das nicht passt, kannst du durch diese Tür wieder verschwinden.«

»Und wenn ich verschwinde, kriege ich dann einen Penny für meine Mühe?«

»Nicht einen Farthing kriegst du, sondern einen Tritt in den Hintern. Mühe? Du? Welche Mühe hat es dich gekostet, das Haus eines Gentleman zu betreten und dich anständig behandeln zu lassen? Was hattest du denn sonst zu tun? Hast du dir vielleicht ein Schabenrennen angesehen? Oh, es würde mir unendlich Leid tun, dich von einem Schabenrennen fortzuholen.«

Beruhige dich, John Hunter. Krieg dich in den Griff. Deine Arterien verhärten, dein Blutdruck schießt in die Höhe auf der Skala von Instrumenten, die deinen Horizont noch übersteigen. Du spürst das Blut in den Ohren – poch poch – und wenn du einen Blick in den kunstvoll gerahmten, ovalen Spiegel werfen würdest, der die Nordwand deines Behandlungszimmers ziert, würdest du sehen, dass deine von Stoppeln übersäten Wangen so rosig glühen wie die eines jungen Mädchens. Was bei ihr Schüchternheit ist, rührt bei dir von deinem cholerischen Temperament her: das ist nicht gesund, John.

Wenn ich aus dem Fenster schaue und sehe, wie die Katzen meine Fasane jagen und meine Blumen ausbuddeln, stürze ich los, um mein Gewehr zu holen, aber bis ich es in den Händen habe, sind die Katzen weg. Das verursacht mir einen Krampf in der Brust.

Der Bettler lehnte sich zusammengekauert an die Wand, seine Hände bedeckten seine Geschlechtsteile. »Was haben Sie mit mir vor?«

»Ich gebe dir einen kleinen Pieks«, sagte Hunter.

»Tut das weh?«

»Nein, Mann.« Er zerrte an den Armen des Bettlers.

»Werden mir davon meine Teile abfallen?«

»Nein. Es wird dir gut tun. Um es genau zu sagen, es ist eine kleine Dosis Medizin für dich, mit meinen besten Empfehlungen.«

Der Mann riss die Augen auf. Er hatte noch nie gehört, dass man etwas umsonst bekommen konnte.

»Hör zu«, sagte Hunter. »Ich zeige dir, wie es geht.« Geduldig knöpfte er seine Hose auf, nahm sein Gemächt heraus und hob behutsam seinen Sack durch den Hosenschlitz. Aus seinem buschigen, orangefarbenen Haar ragte sein scharlachroter Schwanz heraus wie das krude Organ eines obszönen exotischen Affen. Er lag prall in der Handfläche, als könnte er im nächsten Augenblick gewalttätig werden.

»Na los«, forderte Hunter den Bettler auf. »Jetzt bist du dran. Zeig mir deinen.«

Der Bettler starrte wie gebannt. »Ich habe noch nie den von

einem Schotten gesehen«, sagte er. »Haben die alle so eine Farbe?«

»Glotz dich ruhig satt«, sagte Hunter nachsichtig; es kostete ihn Überwindung, freundlich zu sein, aber auf diese Weise würde er sein Ziel erreichen.

»Und was … und was haben Sie jetzt vor?«

»Ich werde es dir zeigen«, sagte Hunter. Er griff hinter sich und nahm die Lanzette vom Tisch. »Sieh genau hin.« Er zog seine Vorhaut zurück und hielt das Instrument ganz dicht an seine Eichel, um es dem Mann zu demonstrieren. »Ich werde dich nur ganz leicht berühren, genau hier. Du bist ein robuster Mann, du wirst gar nichts spüren. Dann kannst du dir deine Hose wieder zuknöpfen, und du bekommst von mir sechs Pence.«

»Acht«, sagte der Bettler.

Hunter holte tief Luft. »Also gut. Acht«, sagte er.

Der Bettler richtete sich ein wenig auf und begann mit ängstlich zusammengezogenen Schultern seine Hose aufzuknöpfen. Er trug keine Unterwäsche und stank widerlich. Hunter streckte die Hand aus und ergriff das bleiche, schrumpelige Organ des Mannes.

Der Better schrie auf. »Finger weg!«

»Beruhige dich, Mann. Ich muss dich untersuchen, um festzustellen, ob du gesund bist.«

»Und, bin ich's?« Die Stimme des Bettlers zitterte.

Hunter schob die Vorhaut mit dem Daumen zurück, als würde er Bohnen puhlen. »Scheint in Ordnung zu sein.«

Er war so in sein Vorhaben vertieft, dass er erst, als ein scharfer Luftzug vom Fenster ihn streifte, bemerkte, dass sein eigenes Organ immer noch aus seiner Hose baumelte. Es wäre professioneller gewesen, die Hose wieder zuzuknöpfen, dachte er, fachmännischer – wenn Wullie ihn jetzt sehen würde –, aber zum Teufel damit. Er packte den Bettler fester. »Halt still.« Er zog die Vorhaut des Mannes wieder vor und machte einen kleinen Schnitt. Dann schob er sie blitzschnell wieder zurück und machte einen weiteren Schnitt in die Eichel.

Der Bettler schrie entsetzt auf. »Schon vorbei«, sagte Hunter.

Aber nein – es war nicht vorbei – nein – o Gott, was war das? Der Bettler knurrte wie ein kranker Hund, Speichel lief ihm aus dem Mund, und sein Blick war starr.

»Reiß dich zusammen«, schrie Hunter. »Du führst dich ja auf, als hätte ich dich tödlich verwundet.«

Der Arm des Mannes schoss hervor. Seine Hand war zu einer Klaue gekrümmt. Sie war dürr, aber sehnig. Er packte Hunters Handgelenk, das rechte. Seine linke Hand schloss sich um Hunters Finger. Er zwang Hunters Arm nach unten und auf dessen Körper zu. Die in der Faust des berühmten Mannes gefangene Lanzette fuhr scharf in sein Fleisch, und Blut rann aus seinem Organ – Blut, viel leuchtender rot als das pralle Fleisch, aus dem es quoll.

Mit einem Triumphschrei ließ der Bettler los. Die Lanzette fiel zu Boden.

Hunter blickte an sich hinunter. Langsam griff er nach einem Lappen und tupfte das Blut ab.

Der Bettler, der einen Kopf größer geworden zu sein schien, knöpfte sich beinahe frohgemut die Hose zu. »Jetzt hätte ich gern meine acht Pence«, sagte er.

Nun gut, sagte sich Hunter. Vielleicht war es am Ende Glück im Unglück. Ich hätte den Bettler im Auge behalten müssen, und er schien mir kein besonders zuverlässiger Mann zu sein; womöglich hätte er sich davongemacht, oder man hätte ihn deportiert oder gehängt, und dann hätte ich keine Möglichkeit gehabt, das Auftreten der Symptome zu studieren. Und zweifellos hätte er jedes Mal Geld verlangt, wenn ich ihn zu mir bestellt hätte – nun gut, es ist, wie es ist, und in zwei oder drei Wochen werde ich selbst die Syphilis haben, und was könnte zweckmäßiger sein? Ich kann meine Beobachtungen und Aufzeichnungen bequem von meinem Sessel aus machen. Außerdem stelle ich mir selbst keine Rechnungen.

7

Das Experiment war an einem Freitag durchgeführt worden. Am Samstag, nichts. Am Sonntag, ein lästiges Jucken. Bis Dienstag war das Jucken wieder verschwunden. Aber dann der harte Schanker: ein Grund zum Jubeln. Seine Theorien würden bald bewiesen werden, an seinem eigenen Fleisch.

Er hält seine Schreibfeder, als wäre sie ein chirurgisches Instrument. Er beginnt seine Aufzeichnungen, wohl wissend, was er von nun an zu erwarten hat: Befall der Eichel und der Harnröhre, Ausfluss in wechselnden Farben, Blutungen, Reizung und Anschwellen der Hoden, Muskelkrämpfe, die bewirken, dass der Urin nur noch stoßweise austritt; Eiterungen, Fisteln im Perineum, Schmerzen in den Oberschenkeln, Erbrechen, Darmkrämpfe und Koliken. Seine Handschrift ist klein – um Papierkosten zu sparen –, aber stets leserlich. Auf die Behandlung mit Baldrian, Moschus und Kampfer, auf kalte und heiße Bäder, Behandlung mit Strom und Opium folgt die Quecksilberkur. Aber erst in drei Jahren. Ein Mann braucht Zeit, um seine Studien zu betreiben. Arzt, kuriere dich selbst; dasselbe gilt für Chirurgen.

Inzwischen geht das Experimentieren weiter. Er beschäftigt sich mit den venerischen Flecken, die sich auf der Haut bilden. Er injiziert einem pockennarbigen Bettler Eiter aus den Geschwüren eines Syphiliskranken ein und stellt mit Interesse fest, dass sich Geschwüre bilden. Um sich zu vergewissern, dass es sich nicht um einen Zufallstreffer handelt, wiederholt er das Experiment mehrmals. Einem weiteren Bettler impft er Eiter aus einer entzündeten Rachenmandel ein – ohne Ergebnis – und infiziert ihn mit gonorrhoischem Ausfluss: Letzteres verursacht ein Geschwür. In seinem Kopf jagen sich die Theorien. Er nimmt sein Glied heraus und betrachtet es. Hier liegen die Mysterien des Universums.

Eine fünfundzwanzigjährige Frau kommt mit blühendem Hautausschlag ins St. Georgshospital. Er behält sie dort, bis er jemanden mit Eiterbeulen gefunden hat, die noch nicht mit Quecksilber behandelt wurden und bei denen er sich ziemlich sicher sein kann, dass sie von einer Geschlechtskrankheit und nicht von Skrofulose herrühren. Er injiziert Eiter aus den Beulen in die Haut der fünfundzwanzigjährigen Frau und sicherheitshalber auch noch Eiter aus ihren eigenen Geschwüren. Über seine Fälle führt er genau Buch.

Mittlerweile hat er sich an die belegten, näselnden Stimmen derjenigen gewöhnt, deren Hals befallen ist. Ihr Pech ist, dass sich diese Geschwüre nicht schließen, da sie durch das Schlucken ständig feucht gehalten werden. Häufig tritt Taubheit auf und Eiterbildung im Ohr. Auswirkungen auf die gesamte körperliche Verfassung sind vorhersehbar; in einigen Jahren werden die bohrenden inneren Schmerzen einsetzen, die aus den Knochen zu kommen scheinen. Nachts ist es am schlimmsten. Er liegt wach und denkt an all die Experimente, die er noch machen könnte. Die Sache mit den Ertrunkenen lässt ihn nicht los. Früher rollte man sie über ein Fass oder hängte sie an den Füßen auf in der Annahme, das Wasser würde wieder herauslaufen. Er wälzt sich im Bett hin und her – in seinem einsamen Bett. Die Spaniels kläffen, die Bulldogge knurrt, die Leoparden brüllen im Mondlicht.

Er hat nachgewiesen, dass die Syphilis nicht durch Speichel übertragen werden kann. Er hat es probiert, und es ist ihm nicht gelungen. Es verhält sich also nicht wie beim Biss eines tollwütigen Hundes. Manche behaupten, die Krankheit bliebe über Jahre im Blut. Das kann er sich nicht vorstellen. Wie sollte das gehen? Manche Leute haben zu viel Phantasie, und ihre Behauptungen werden durch keinerlei Untersuchungsergebnisse untermauert.

In jenem Sommer wurde der Riese reich. Er wusch sich mit Castille-Seife und kaufte sich einige Karaffen. Seine Gefährten aßen grüne Erbsen und Erdbeeren. Joe Vance beschäftigte sich mit seinem Schreibzeug, und Pybus, Jankin und Claffey trieben sich auf den Kegelbahnen herum, gingen zum Preisboxen, sahen sich Hahnenkämpfe, Hundekämpfe und Stierhetzen an. »Wenn wir so weitermachen«, sagte Claffey grinsend, »dann haben wir bald tamburierte Westen wie die vornehmen Herren und silberne Schnallen an den Schuhen.«

»Was soll das heißen, wenn wir so weitermachen? Ich werde schon nicht schrumpfen.«

»Du bist neuerdings ziemlich gereizt«, bemerkte Joe und blickte von seiner Kalligraphie auf.

Abends war der Riese häufig von seinen Auftritten erschöpft, und sie weckten ihn durch ihr betrunkenes Herumstolpern auf der Treppe. Sie tranken jetzt nur noch Wasser und Gin, und auch Schlampe Mary brachten sie davon mit.

Wenn ein Besucher seine halbe Krone bezahlte – der Preis, den es kostete, den Riesen zu sehen –, gab Joe Vance einen Jeton aus; es war das bevorzugte System bei den meisten guten Lustbarkeiten und Darbietungen. Ausgewählte Gruppen von zehn bis zwölf Personen wurden eingelassen, und den ganzen Juni und Juli über riss der Strom der Schaulustigen nicht ab:

in den Monaten, wenn die Straßen dampften und faules Wasser aus den Pumpen tröpfelte und Londoner Scheiße die Gräben verstopfte, wenn die Milch sauer wurde und der Fisch zum Himmel stank und die geblendeten Vögel in ihren goldenen Käfigen in der Hitze verstummten. Manchmal wurden kleinere Gruppen eingelassen – Damen in raschelnden Röcken, mit glühenden Wangen, mit rüschenbesetzten Unterröcken und Moschusduft und welkenden Blumensträußen. Oft wünschten sie, mit dem Riesen zu parlieren – diesen Wunsch erfüllte er mit Gewandtheit und Höflichkeit –, und sie entrichteten nicht nur ihre halbe Krone, sondern gaben ihm ein fürstliches Trinkgeld. Er träumte davon, wie sie mit ihren winzigen Füßen auf Londoner Treppenstufen trippelten wie emsige Mäuse.

»Ich finde, von dem Trinkgeld steht ihm kein Anteil zu«, sagte Claffey und deutete mit einem Nicken auf Joe. »Schließlich hat er es nicht verdient, es ist ein Zeichen der Hochachtung, eine Art Prämie oder Belohnung für den Riesen, weil er so groß ist.«

»Ja, es steht eigentlich nur Charlie zu«, sagte Pybus.

Joe zog eine Braue hoch. »Soll ich dir einen Hieb auf die Nase verpassen, dass sie an deinem Hinterkopf wieder rauskommt?«, fragte er. »Soll ich dir die Wangen quetschen, bis dir die Augen aus dem Kopf fallen und über den Boden hüpfen?«

August: Sonnenlicht lief wie ranzige Butter an den Wänden herunter. Stirnrunzelnd wandte Joe sich wieder dem Buch zu, das er gerade las, und kaute auf seiner Lippe. Es war ein Buch über Prinzen, und Jankin wartete ungeduldig darauf, dass er es zu Ende las und ihnen die Geschichten daraus erzählte. »Der Mann, der das Buch geschrieben hat, heißt McEvilly«, sagte Jankin. »Joe Vances Großvater hat seinen Großvater gekannt.«

Der Riese blickte lächelnd auf. »Stimmt, Jankin. Waren sie nicht beide Stalljungen bei den O'Donaghues in Glen Flesk?«

Der Horizont war weit an jenen Abenden, mit hohen Wolken, die in der Abenddämmerung wie Perlen schimmerten. Doch endlich wurde es Nacht, und der Antares leuchtete blutrot über der Stadt.

»Neben allen Wundern der Natur gibt es auch eine Menge Humbug«, sagte Hunter zu Howison, seinem treuen Gehilfen. »Erinnerst du dich an Mary Toft?«

»Die, die fünfzehn Karnickel geboren hat?«

»Die, die das mitnichten getan hat.«

»Aber der Hof selbst, Sir – hat nicht der Prince of Wales seinen Chirurgen nach Godalming geschickt?«

»Was? Sie kamen in Scharen, Mann, kamen nach Surrey geritten, um sich den faulen Zauber anzusehen. Und haben die Narren sie nicht in die Stadt geschafft und sie fürstlich untergebracht? Kein Zweifel, die Frau hatte einen enormen, prallen Bauch, und es war reichlich Leben darin, aber das heißt noch lange nicht, dass das Karnickel waren.« Hunter schnaubte: denn Menschen schnauben manchmal. »Das sind Märchen, ja, Märchen sind es, und Karnickelfelle und Lumpen unter ihren Rock geschmuggelt, und Stöhnen und Ächzen von diesem Frauenzimmer, während die Münzen im Topf klimpern. Sir Richard Manningham hat es richtig gemacht, er hat ihr mit einer Operation gedroht, um sie aus ihrem Zustand zu erlösen – ha, er hat sie das Messer sehen lassen.« John Hunter kicherte: denn Menschen kichern manchmal. »Ich sage dir, ihr Bauch ist schnell geschrumpft. Nein, Howison, ich würde dir keine drei Pennys zahlen für eine Frau, die mit Karnickeln schwanger ist. Ich würde noch nicht mal die Straße überqueren, um mir das anzusehen – ebenso wenig, wie ich über die offene Heide reiten würde, nur um mir meinen Beutel stehlen zu lassen.«

»Ah, Sir, Ihr Beutel kann Ihnen an jedem lauen Abend auf der Bond Street gestohlen werden.«

»Nicht dass etwas darin wäre«, sagte Hunter seufzend und kratzte sich. »Ich bin der größte Chirurg Europas, Howison, das ist wohl bekannt, und doch bin ich oft so arm wie damals, als ich noch ein zerlumpter Bengel war mit einer Triefnase und Löchern in der Hose.«

Schade, dass er jetzt kein Loch in der Hose hat, dachte Howison, dann könnte er sich bequemer kratzen. »Sie haben so viel für Ihre Experimente ausgegeben, Sir«, sagte er, »und für den Kauf von Versuchsobjekten.«

»Und für Mrs. Hunter! Kannst du dir vorstellen, Howison, was diese Frau mich per annum allein an *Notenblättern* kostet?«

»Ich bin kein vornehmer Herr«, sagte Howison. »Die Frauen, die ich kenne, machen die Beine breit für Austern und Gin.«

»Halt dich an deinesgleichen, das kann ich dir nur raten. Wenn ich nicht die verdammten Ausgaben für ihre Viertel- und Achtelnoten am Hals hätte, ganz zu schweigen von ihren Nachthauben – sie besteht auf Spitzenhauben, Howison –, könnte ich mir einen Wilden kaufen.«

»Ich könnte Ihnen leicht einen Neger besorgen. Tot oder lebendig oder irgendwas dazwischen.«

Hunter rümpfte die Nase. »Die Londoner Schwarzen sind verdorben. Sie sind bronchitisch und schlapp. Nein, ich will einen freien Wilden, auf dem noch der Savannenstaub haftet, dessen brünstiger Schrei aus gesunden Lungen röhrt, dessen

Stammesnarben nicht verheilt sind; einen mit frischen Striemen auf Wangen und Rippen, mit Geschlechtsteilen, die frei und ungezügelt zwischen seinen Beinen schwingen ...«, im Gegensatz zu meinen, dachte er und verzog mürrisch das Gesicht, denn er war mittlerweile gezwungen, ein Suspensorium zu tragen.

Howison hatte keine Lust, sich in eine unangenehme Lage bringen zu lassen. Hunter beschäftigte ihn sowohl wegen seiner guten Ressourcen als auch wegen seiner rohen Kräfte und seiner sicheren Hand. Er wusste, dass sein Herr nicht nur knauserig, sondern auch mittellos war, aber er wusste auch, dass Hunter die nötigen Mittel auftreiben konnte, wenn das passende Versuchsobjekt auftauchte. Als hätte er seine Gedanken gelesen, sagte Hunter: »Ich kann mir nicht einfach einen von einem Schiff kaufen – denn so einen Wilden kann ich nicht gebrauchen, einen, dessen schwitzender Körper in einem Frack steckt und der sich den Magen schon an Haferschleim von Maden zerfressenem Schiffszwieback verdorben hat. Oh, ich weiß genau, was du sagen willst – fahren Sie doch selbst in die Wildnis und suchen sich einen aus. Aber ich bin nicht mehr der Jüngste, und mein feuriges schottisches Temperament macht mich ungeeignet für Reisen in die heißen Zonen dieser Welt.«

Howison hoffte, dass John Hunter nicht vorhatte, ihn auf eine Reise nach Patagonien oder Guinea zu schicken, um einen mit Narben geschmückten Jämmerling einzufangen, der Schwimmhäute an den Füßen hatte und den Kopf unter dem Arm trug. Er, Howison, ging ein und aus im *Dog and Duck* in St. George's Fields, und er machte sich Hoffnungen auf eine Liaison mit der Patentochter der Wirtin vom *Swan with Two Necks*: zumindest hieß es, sie sei die Patentochter, und er hatte noch nie davon gehört, dass sie einem anderen auf der Tasche lag, jedenfalls noch nicht. Um sein Glück zu beschwören, drehte Howison die Münzen in seiner Hosentasche um; es war die Nacht des neuen Mondes.

Jankin war in der Abenddämmerung nach Hause gekommen, außer sich vor Aufregung: »Wir haben uns Dr. Katterfelters Zaubervorstellung angesehen. Er hat einem Mann ein schwarzes Kätzchen aus der Hosentasche gezaubert, Charlie, das hat er wirklich getan!«

Joe blickte nicht einmal von seinem Buch auf. »Katterfelter ist ein gewöhnlicher Taschenspieler.«

Claffey und Pybus kamen herein und riefen: »Hier, Schlampe Mary!«

Die junge Frau kam aus der Ecke, wo sie sich von ihrer schweren Arbeit ausruhte; in dieser Ecke rollte sie sich gewöhnlich auf einem Haufen Lumpen zusammen wie eine Hündin, die ein Nest für ihre Welpen zusammenscharrt.

»Siehst du dieses Wasser?«, sagte Claffey. »Siehst du das Wasser in dieser Flasche? Das ist kein gewöhnliches Wasser. Dieses Wasser ist von Seiner Heiligkeit dem Papst gesegnet und wurde speziell unter der Aufsicht von Franz Mesmer, dem Weisen von Wien und Paris, magnetisiert. Man nennt es Olympischer Tau. Die Königin von Frankreich badet jeden Tag darin.«

»Na ja«, sagte Schlampe Mary, »für ein Bad reicht es nicht, nur für eine kleine Gesichtserfrischung – aber ich danke euch, Gentlemen.«

»Schau mal«, sagte Claffey. Seine Sommersprossen glühten; sein Finger mit dem angeknabberten Nagel schoss wie ein Pfeil auf das Etikett. »Sieh mal, das Kreuz hier, das heißt Seine Heiligkeit, und hier das Auge in dem Dreieck bedeutet, dass M. Mesmer es selbst mit Lebenskraft gesegnet hat –«

»Bist du sicher, dass er es nicht gepisst hat?«, fragte Joe.

»Oder dass der Papst es gepisst hat?«, sagte Schlampe Mary.

»Schäm dich«, sagte Jankin. »Seine Heiligkeit pisst doch nicht.«

»Ihm wird das Wasser von Engeln abgezapft«, sagte der Riese. »Natürlich ganz schmerzlos und angenehm. Was haltet ihr davon, wenn wir heute Abend alle zu Hause bleiben und ich eine Geschichte erzähle?«

Er wagte kaum, den Kopf zu heben.

Jankin sagte: »Die von den Zwergen mit Entenfüßen?«

»Ich hoffe, wenn du sie mal triffst, Jankin, wirst du nicht so unhöflich sein und ihre Entenfüße erwähnen.«

»Das wird kaum passieren«, sagte Claffey. »Du hast doch gesagt, dass sie in der Schweiz vorkommen. Wir könnten nicht beweisen, dass du Unrecht hast.«

»Und ich könnte nicht beweisen, dass ich Recht habe«, sagte der Riese. »Aber wenn ich den geringsten Zweifel bei euch spüre, werde ich schweigen. Was sollte mir daran liegen, Claffey, welches Interesse könnte ich daran haben, euch von der Existenz von kleinwüchsigen Alpenbewohnern mit Schwimmhäuten an den Füßen zu überzeugen?«

Claffey starrte ihn mit offenem Mund an. Er begriff die Frage nicht. Sein Gesicht lief bis an die Haarwurzeln rot an. Er hatte das Gefühl, dass ihm sein großer Auftritt bei Schlampe Mary verdorben worden war.

»Außerdem«, sagte der Riese, »wisst ihr genau, dass ich Geschichten von Zwergen nicht mag. Sie sind zu traurig. Ich mag sie einfach nicht.«

Um halb zehn war es an jenem Abend noch hell, aber es hatte zu nieseln begonnen. Schlampe Mary, die am Fenster hockte, stieß einen überraschten Schrei aus; alle – außer dem

Riesen – stürzten ans Fenster, um nachzusehen, und Sekunden später rannten Claffey, Pybus und Jankin die Treppe hinunter und nach draußen.

»Was war da?«, fragte der Riese. Es widerstrebte ihm, sich zu bewegen; seine Beine schmerzten.

»Ein Engländer«, sagte Schlampe Mary. »Er ging unter einem Baldachin, den er an einem Stock trug.«

»Ein Schirm«, sagte Joe gelangweilt. »Die werden am liebsten von Anfängern gestohlen. Es ist bekannt, dass sie leichte Beute sind, denn sie werden meistens von Pfaffen getragen und von zimperlichen, nervösen alten Herren.«

»Von solchen«, sagte Schlampe Mary, »die glauben, der Regen würde ihnen durch die Haut dringen und ihr Blut verdünnen.«

»Kleine Jungs werfen Steine danach und jagen die feinen Herren, bis die Zelte über ihren Köpfen zusammenklappen und sie pitschnass werden.«

»Ach ja«, sagte der Riese und gähnte. »In Dublin wären sie froh, wenn sie so viel Spaß hätten.«

An jenem Abend kehrten die drei Gefährten zerschlagen und mit blauen Flecken übersät heim. Vor allem Pybus war übel zugerichtet. Sie waren guter Dinge und vom Gin beflügelt, und sie waren kaum über die Türschwelle getreten, als Claffey rief: »Erzähl uns von Prinz Hackball, dem Bettlerkönig!«

»Hackball?«, sagte der Riese. »Ich weiß noch, wie ihr Geschichten über die Taten von Königen hören wolltet.«

Joe hatte ihm eine Flasche Schnaps mitgebracht, die richtige Sorte. Er hatte einen klaren Kopf, seine Sprache war präzise, seine Stimme sonor, sodass sie in seinen Ohren widerhallte, so wie es der Stimme eines Helden geziemt.

»Hackball«, riefen die Gefährten im Chor. »Wir wollen Hackball.«

»Hackball war der Bettlerprinz«, sagte Claffey. »Sein Wagen wurde von zwei Hunden gezogen.«

»Herrgott im Himmel.« Joe sah unwirsch von seinem Prinzenbuch auf. »Ich würde sagen, du verwechselst ihn mit Billy Bowl, einem Mann ohne Beine, der sich in einem auf eisernen Kufen befestigten Holzbottich durch die Stadt bewegte und sich mit den Armen abstieß, um vorwärts zu kommen. Einmal haben zwei Frauen ihn gehänselt und ihn einen Krüppel geschimpft, und hat er da nicht die beiden von Flöhen zerbissenen Weiber nach Strich und Faden verdroschen? Und dafür hat man ihn doch – Charlie, du weißt es doch auch –«

»Dafür hat man ihn vor den Richter gebracht – sein Kübel und seine Kufen wurden in dem Tumult zerschlagen – in einer Schubkarre hat man ihn zum Gericht geschafft, und er wurde zu lebenslanger Zwangsarbeit verurteilt.«

Der Riese legte seinen Kopf in die Hände. Seine Schädelknochen schienen zu pulsieren, als wären Knochen lebende Wesen, als würden sie miteinander kämpfen. Die Haut an seinen Schläfen fühlte sich brüchig an, und er fragte sich, ob der innere Aufruhr sie zerreißen würde. Pybus und Claffey gingen, um ihre Prellungen zu kühlen. Der Riese fürchtete, dass seine Gefährten unter dem neuen Mond Geschmack an Raufereien gefunden hatten. Was würden sie erst anstellen, wenn die Nächte lauer wurden und der Vollmond am Himmel stand?

Bei Vollmond zogen sie mit Entermessern, Spießen, Flaschen und Schürhaken los, um sich mit ein paar Engländern zu prügeln. Hinterher schlossen sie sich einem aufgekratzten Haufen Betrunkener an und jagten einen Juden durch die Straßen, und nach dem Judenhetzen verlegten sie sich aufs Fenstereinschlagen und Geländerabreißen.

Der Riese war allein in ihrem Quartier. Es war eine heiße Nacht, und er öffnete die Fenster. Es war die zehnte Stunde, draußen war es still und grau. Das Geschrei und das Gestöhn der Londoner drang an sein Ohr, ihre Nachtgebete wurden von weit her zu ihm hingetragen, auf einer Brise, so feucht wie in Honduras. Hinter ihm flackerte die Kerzenflamme, drohte zu erlöschen: als wäre sie unter der Erde. In ihrem schwachen Licht spreizte er seine Hände und sah sie sich prüfend an. Ich brauche, ich brauche unbedingt, dachte er, einen Stock zum Messen. Möglich, dass ich sehe, was ich sehen möchte – oder, um es genauer zu sagen, was ich nicht sehen möchte. Er streckte seine Hand aus, um die Spanne zu begutachten. Seine neuen Schuhe waren enger geworden, aber in der Sommerhitze schwellen einem die Füße an, das ist nicht anders zu erwarten. Er durchquerte den Raum und duckte sich probehalber unter den Türrahmen. Das war aussagekräftiger. Er lebte nun seit mehreren Wochen in diesen Räumen, und seine Kniegelenke enthielten den Code dafür, wie tief er sich bücken musste. Und es war keine Einbildung – seit zwei Wochen musste er sich tiefer bücken.

So.

Er schlenderte ans Fenster zurück. Er schaute in den Hof hinunter. Schlampe Mary stand am Tor und plauderte mit einer Frau. Er sah den bleichen, leuchtenden Hinterkopf des Mädchens; ihr Haar glänzte wie Silber. Sie hob die Arme, um die Frau zu herzen, und als die Frau vortrat, bemerkte der Riese, dass er sie kannte; es war die Rothaarige aus dem Keller, die mit dem grünen Halstuch, die Joe Vance mit ihrer Schlagfertigkeit in die Schranken gewiesen hatte. Beinahe hätte er ihnen zugerufen; doch nein, dachte er, ich wäre keine angenehme Gesellschaft. In seinen Knochen und in seinen Eingeweiden spürte er, dass sich bewahrheitete, was er aus Anekdoten und aus Erfahrung wusste: ein Riese, der wieder zu wachsen beginnt, lebt nicht mehr lange.

In der Abenddämmerung wanderte Hunter allein an der Themse entlang. *Ich habe noch keine Gelegenheit gehabt, mit Ertrunkenen zu experimentieren ...* Es war nicht seine Schuld, dass es bisher nicht dazu gekommen war. Aber es ist nicht die richtige Jahreszeit für Selbstmorde. Der Frühling tötet den Melancholischen, der seinen Gemütszustand nicht mehr erträgt; im Spätherbst ertränken sich die Bettler aus besseren Gründen, nachdem sie die erste Nacht der kalten Jahreszeit von eisigem Regen durchnässt in einem Graben oder einem Loch verbracht haben. Frauen, die ein Kind der Schande in ihrem Schoß tragen, ertränken sich zu jeder Jahreszeit. Wenn seine Leute wachsamer wären, könnte er genügend Nachschub an dieser Sorte Wasserleichen haben, entweder um sie zu reanimieren oder um sie zu sezieren. *Geh nicht davon aus, dass sie tot ist. Pumpe das Wasser aus ihr heraus. Walk die Schlampe durch, als wäre sie ein Stück Fleisch. Quetsche ihre schwammigen Lungen, als hieltest du sie in der Faust.* Und wenn sie sich im tiefen Winter ertränken, wenn das Eis aufbricht, dann besteht Grund zur Hoffnung – denn die Kälte, so glaubt er, versetzt den Körper in einen Schock, der das Individuum in einer Art Schwebezustand hält. Bei richtiger Behandlung kann so ein Mensch wieder belebt werden, obwohl er zehn, zwanzig Minuten lang unter Wasser gewesen ist ... wo verläuft die Grenze zwischen Leben und Tod? Was wäre, überlegt er, wenn man diesen Kältezustand künstlich herbeiführen könnte, ganz plötzlich – wenn ein Mann in der vollen

Blüte seines Wohlstandes und seiner Gesundheit sich, sagen wir, freiwillig in Grönlandeis verpacken ließe ... Die Kälte würde ihn betäuben, die Kälte würde ihn einschläfern, und wenn man das Eis immer wieder auffüllen würde ... *Ich muss mir einen Eisbär aus Grönland beschaffen* ... Könnte der nicht ein Jahr oder mehr verschlafen? Oder würden seine Organe versagen?

Es wäre ein willkommenes Spezifikum für gelangweilte Städter: ein eleganter Vorwand für das Vernachlässigen von allein stehenden Tanten und farblosen Erbinnen. »Ich bin leider bis zum nächsten Juni vereist ...« Oder eine gute Möglichkeit, seinen Gläubigern zu entgehen, und von denen hat er momentan mehr als genug. Man stelle sich vor, Howison würde sie in sein Eiskabinett führen: »Gentlemen, Sie können John Hunter jetzt sprechen – aber John Hunter ist nicht in der Lage, mit Ihnen zu sprechen.« Er hat jedoch nicht vor, jedenfalls nicht ernsthaft, sich einfrieren zu lassen. Sein Gehilfe Howison ist ein verlässlicher Mann, und würde ihn nicht auftauen lassen, aber er selbst hat zu viel zu tun, er muss das Fortschreiten seiner Krankheit beobachten.

Die Feuchtigkeit auf seiner Haut, die natürliche Feuchtigkeit einer nasskalten Nacht, hat sich in kalten Schweiß verwandelt, der ihm über den Rücken läuft. Er denkt an die Toten. In Gedanken beschäftigt er sich oft mit ihnen. Leichen sind meine Bibliothek, pflegte er zu sagen, wenn ein impertinenter Buchhändler ihm die umfangreiche (illustrierte) Enzyklopädie des Todes von Doktor Allwissend aus Amsterdam oder Professor Schnüffelnase von der medizinischen Akademie in Wien aufzuschwatzen versuchte. Macht Experimente, sagte er dann, seht selber nach, schneidet mit dem Messer auf und seht euch an, was ihr findet.

Dennoch widersetzen sich ihm die Toten. Irgendetwas an

ihrem Zustand. Das Prinzip des Lebens ist aus ihnen entwichen – das Prinzip, von dem er weiß, dass es existiert, von dem er sich jedoch nicht sicher ist, um was es sich handelt. Seinen Männern sagt er immer wieder, man kann nie wissen, bei den Gehenkten ebenso wenig wie bei den Ertrunkenen – ob Wiederbelebung möglich ist –, also bestehlt sie nicht, damit sie euch später nicht gerichtlich belangen können. Aber wenn ihm eine Leiche geliefert wird, wenn sie auf seinen Seziertisch gelegt wird, steigen ihm häufig Tränen in die Augen. Dann sagt er sich: Komm schon, John Hunter, das ist nichts als Sezierraumsentimentalität, du trauerst den Tagen nach, als du noch Schulter an Schulter mit Wullie gearbeitet hast, der Zeit, bevor ihr euch über die Beschaffenheit der Plazenta zerstritten habt; das ist die sentimentale Sehnsucht nach der Zeit, als du noch ein wilder Bengel warst und nicht der in ganz Europa bewunderte Chirurg.

Aber tief in seinem Herzen weiß er, dass es mehr ist als das. Es sind die Toten selbst, die ihn zu Tränen rühren. Unempfindlich für die Düfte eines warmen Sommerabends: taub für Gelächter, blind für die Wolken. Nicht nur reglos, nicht nur kalt, sondern wächsern, ausgelöscht – dahingegangen … aber wohin? Das ist es, was ihn quält: die Frage nach dem Wohin. Er würde sie am liebsten zurückholen, mit eisernen Haken. Er möchte sie fragen: Wohin? Er will wissen, ob es eine Seele gibt und ob die Seele sich vom Körper trennen kann, und wenn ja, wie kommt sie hinaus – durch eine gewöhnliche Öffnung, oder indem sie die Haut durchdringt? Was wiegt eine Seele? Wenn man ihn drängte, würde er schätzen ein paar Unzen, mehr nicht.

Ein Chirurg zeigt sich nicht oft an einem Krankenbett, und er hat, im Gegensatz zu einem Arzt, nicht die Möglichkeit, eine Krankheit in ihrem Verlauf zu beobachten: die Veränderungen der Hautfarbe und der Atmung, die signalisieren, dass Gevatter Tod schon auf leisen Sohlen die Treppe heraufschleicht. Die Patienten des Chirurgen sterben einen gewaltsamen Tod unter seinen Händen, es sei denn, er kommt zu dem Schluss, dass er ihnen nicht mehr helfen kann, und erachtet es als unter seiner Würde, sie zu behandeln, denn es ist sinnlos, jemanden zu verstümmeln, wenn keine Hoffnung auf Heilung besteht. Man würde gern jedes menschliche Wesen von seinem Schmerz erlösen, aber welchen Sinn hat es, einer Frau ihre verfaulte Brust zu amputieren, es sei denn, sie ist so gesund und kräftig, dass sie die Operation wahrscheinlich überlebt und sich bedanken und ihre Rechnung bezahlen kann? Also: seien wir pragmatisch.

Aber die Toten sind nicht pragmatisch. Sie sind zu nichts nütze, außer zum Zerschneiden. Sie beantworten keine Fragen, die man ihnen stellt. Sie liegen da, stocksteif und vollkommen selbstgenügsam. Sie wollen nicht verstanden werden. Hunter grübelt über jenen Bruchteil einer Sekunde nach, wenn alles, was ist, für immer verloren geht. Wenn Leben und Hoffnung getrennte Wege gehen.

Pybus und Claffey kommen hereingestürzt und reißen den Riesen aus seinem ersten, tauleichten Schlaf. »Wach auf, Charlie – wir waren bei einem Aufruhr dabei.«

»Nicht schon wieder.«

»Es war ein besonderer Aufruhr – wir haben gegen Anatomisten protestiert. Das ist einer, der Leute aufschneidet, wenn sie tot sind, und ihnen das Herz rausreißt und es aufißt.«

»Nur das Herz?«

»Sie laufen hinter dem Henkerskarren her zur Richtstätte, und sie zahlen Geld, damit sie die Leiche kriegen, und dann rotten die Männer sich –«

»Und dann rotten die Männer sich –«

»– und dann rotten die Männer sich zusammen und versuchen, den Henker niederzuschlagen –«

»– und die tote Leiche zu stehlen –«

»– und dann reiben sie ihm den Hals, bis er wieder zum Leben erwacht –«

»– reiben den Hals und die Brust.«

»Oder verschaffen ihm ein ordentliches Begräbnis.«

»Aber wenn sie nicht genug Gehängte kriegen, dann gehen sie auf die Friedhöfe, die Anatomisten, und graben sie aus.«

»Und essen ihre Leber und machen Eintopf aus ihren Innereien.«

»Ja, ja«, sagte der Riese. »Ihr habt also bei einem Aufruhr mitgemacht und dann –«

»Da war ein Mann in einer Kutsche, und wir haben seine Pferde ausgeschirrt und laut gelacht, und dann haben wir uns selbst in die Deichsel gelegt und ihn zusammen mit ein paar Engländern gezogen.«

»Wer war der Mann?«

»Wir wissen nicht, wie er heißt. Er war die Regierung. Eins von den Pferden, die wir ausgeschirrt haben, wurde von einem Mann aus Limerick weggeführt. Fancy Boy Craddock nannte er sich.«

»Der war nicht die Regierung, der Mann, den wir gezogen haben. Er war gegen die Regierung. Als wir die Fenster eingeworfen haben, das war die Regierung.«

»Wirklich?«

»Manchmal, wenn der Anatomist gerade den ersten Schnitt machen will, richtet die Leiche sich auf und packt ihn an der Gurgel. Und manchmal stirbt der Schurke dann vor Schreck.«

»Passiert das oft?«, wollte der Riese wissen.

»Och, zwei- oder dreimal im Jahr.«

»Dann dürfte er doch eigentlich nicht so einen Schreck bekommen.«

John Hunter ist jetzt zu Hause, und er hört ein lautes Poltern an seiner Hintertür, und er brüllt: »Howison, Mann, beweg dich!«

Zwei Männer, vor Anstrengung keuchend, lassen ihre Last auf den Steinfußboden fallen, nehmen, leise vor sich hin fluchend, ein Messer heraus und hacken das Seil durch: ein Sack, der über den Kopf gezogen war, löst sich, und Hunter erblickt ein fahles, zerbeultes Gesicht –

Hinter Howison, der bereits den Mund geöffnet hat, um zu protestieren, wettert er: »Diese Leiche habe ich schon mal gesehen.«

»Stimmt«, sagt der Händler katzbuckelnd. »Respekt für Ihr scharfes Auge, Mr. John Hunter, Sie haben diese Leiche schon einmal gesehen. Aber ich bringe sie Ihnen diesmal zu einem besseren Preis.«

Er überlässt es Howison, den Kerl mit einem Fußtritt aus dem Haus zu befördern, mitsamt seinem Kumpan und seiner so rapide im Wert fallenden Ware.

John Hunter seufzt. Er will Gesellschaft, und Howison versteht sofort. Erschöpft und umsichtig zugleich steigt er die Stufen hinauf. Hunter sitzt brütend zwischen seinen Büchern – von denen er einige besitzt, obwohl er stets erklärt, Leichen seien seine Bibliothek. »Hier«, sagt er, »habe ich dir diese Kuriosität schon einmal gezeigt? Der Text ist unwichtig, Mann, aber fühl mal den Einband. Das ist die Haut von William Thorburn, der Kitty Flinch, die Schöne von Wrexham, erschlagen hat. Es hat einige Mühe gekostet, ihn aus dem Balg zu schlagen.«

Er sieht Howisons Gesicht und einen Anflug von Verachtung darin. »Du glaubst mir nicht?« Seine Stimme steigt um eine Tonlage; sein Puls geht schneller: in den Schläfen pocht es.

»Dass es schwer war, ihm die Haut abzuziehen? Oh doch, das ist bestimmt eine Aufgabe für jemanden mit Fingerspitzengefühl. Ich meine nur, ich habe schon andere Gentlemen behaupten hören, sie hätten das gleiche Buch in ihrem Regal, und da fragt man sich doch, was für ein Hüne dieser Thorburn gewesen sein muss, dass er so viele Bibliotheken ausstatten kann?«

»Du meinst also, man hat mich betrogen?« Beherrsch dich, John, ermahnt er sich. Immer mit der Ruhe, John. »Na ja, es ist nur eine Lappalie. Es spielt keine Rolle.« Er schiebt den Band wieder zurück, neben die *Osteographia* von Cheselden. »Hast du schon mal von dem Enfield-Kind gehört?«, fragt er beiläufig.

Howison spitzt die Ohren. »Achtzehn Zoll Schenkelumfang im Alter von neun Monaten und zwei Wochen.«

»Mehr als drei Fuß groß – angeblich – im Alter von einem Jahr. Eine berühmte Missgeburt. Schade, dass er gestorben ist.«

»Im zarten Alter von achtzehn Monaten verschieden.« Aus Respekt vor dem Verstorbenen zieht Howison den Hut und drückt ihn an seine Brust.

»Und wohin? Wer hat das Skelett, das wüsste ich zu gerne.«

»Es gibt …« Howison räuspert sich. »Es gibt einen Riesen, der sich in Spring Gardens zur Schau stellt, über dem Laden, wo es Spazierstöcke zu kaufen gibt. Falls Euer Ehrwürden ihn zu sehen wünschen …«

»Welchen Preis verlangt er?«

»Eine halbe Krone.«

John Hunter schnaubt. »Versuch, einen besseren Preis auszuhandeln oder freien Eintritt für mich. Welchen Nutzen hat es, berühmt zu sein, wenn man für jede Missgeburt, die sich in die Stadt verirrt, in die Tasche greifen muss?«

»Ich werd's versuchen«, sagt Howison gähnend.

»Pack dich ins Bett«, befiehlt ihm Hunter. »Und lass mich mit meinen Gedanken allein.«

Schließlich allein, öffnet er die Fensterläden und lässt die Nacht ins Zimmer. Er wohnt in Earl's Court, und er hört das Bellen seiner Bären, das Knurren seines Wachhundes. Er setzt sich und schenkt sich ein Glas ein. Zu später Stunde schlägt er sich immer wieder mit alten Konflikten herum. *Man wird nicht durch Schießpulver vergiftet.* Besorgt mir einen Wilden. Oder einen Zwerg. Oder einen Riesen. Eine halbe Krone! Für einen Riesen! Andererseits: was man nicht kurieren kann, daran soll man sich ergötzen. Dann bezahl halt, sieh dir den Kerl an. Könnte interessant sein. Vielleicht.

Erinnerst du dich noch an den Abend, als die Eskimos zum Essen kamen? George Cartwright, der Händler, hatte sie mitgebracht: wohl wissend, dass er sich für Kuriositäten interessierte. Es waren fünf, zwei Männer, zwei Squaws, ein Kleinkind. Cartwright hatte sie in der Little Castle Street einquartiert, ihnen die Stadt gezeigt und sie bei Hof vorgestellt. Wenn man sich überlegte, dass sie Wilde waren und rohes Fleisch aßen, hatten sie doch ziemlich gute Tischmanieren. Nach dem Abendessen gab es ein Missverständnis; er wollte ihnen seine Sammlung zeigen, aber beim Anblick der aufgehängten Knochen fürchteten sie sich zu Tode. Später fand er heraus, dass sie glaubten, die Knochen seien Reste seiner früheren Mahlzeiten.

Alle diese Eskimos erkrankten an den Blattern und starben in Plymouth, bis auf eine Squaw. Er hatte die Gelegenheit verpasst, sich einen der Eskimos für seine Sammlung zu beschaffen; eine Blatternleiche kann man nicht sezieren, das Risiko ist zu groß. Dennoch haben sie sich in sein Gedächtnis gebrannt, das Gedächtnis eines Physiognomen: ihre Köpfe waren lang und groß, sie hatten schwere Augenlider und bronzefarbene Haut. Er hatte kaum Gelegenheit gehabt, ihre Stimmen zu hören. Die jüngere Squaw lächelte höflich, aber nicht mehr, nachdem sie die Skelette gesehen hatte.

Später hörte er, dass das Haar der toten Frau abgeschnitten und zu ihren Freunden nach Labrador gebracht worden war und dass auf diese Weise die Krankheit in diese Breiten vorgedrungen war und mehr als dreihundert Tote gefordert hatte. Er weiß nicht, ob das stimmt.

Er erinnert sich, wie an dem Abend, als die Eskimos sein Haus verließen, eine Menschenmenge in der Straße gestanden und stumm hinter ihnen hergegafft hatte. Das Licht der Straßenlaterne schien auf ihre flachen, braunen Gesichter, und er meinte einen Ausdruck von Abscheu in ihnen zu lesen.

John Hunter stützt den Kopf in die Hände. Hätte er sich nicht mit Wullie überworfen, könnten sie nach einem langen Arbeitstag zusammensitzen, Wullie würde sagen: Verdammt saures Gesöff, und so was nennt sich Rotwein, das Zeug würde ich nicht mal ins Schweinefutter rühren … Wullie, der immer herummeckerte und an allem etwas auszusetzen hatte, Wullie mit seinem sorgfältig gebundenen Zopf, der, einen Finger nachdenklich an die Wange gelegt, so derb fluchte wie ein schottischer Bengel. Aber jetzt bin ich allein, und es wird wirklich dunkel um mich.

Er nimmt sein Lieblingsbuch aus dem Regal, *De Sedibus Causis Morborum*. Über den Sitz und die Ursachen von Krankheiten. Er schlägt es auf seinen Knien auf und starrt mit leerem Blick auf die Seiten. Sein Verstand arbeitet langsam.

Giovanni Battista Morgagni, der berühmte Autor, führte persönlich über siebenhundert Autopsien durch, und gewöhnlich findet John in diesem Werk endlose Zerstreuung. Aber heute Abend hat er an nichts Freude. Er ist unruhig, blättert lustlos in dem Buch herum, steht auf und stellt es zurück ins Regal. Das Einzige, was jetzt noch helfen kann, ist, seine Schädelsammlung zu ordnen.

Mit der Kerze in der Hand steigt er in sein Laboratorium hinunter.

Der kupferne Bottich glänzt im Mondlicht, der Bottich, in dem er das Fleisch von den Knochen kocht. Die Augenlosen starren ihn an; die namenlosen Versuchsobjekte grinsen und lauern, auf ihren runden Glasgefäßen bricht sich das Licht; die längst sezierten Lungen holen einmal pfeifend Luft. Für seine Zeit macht er kühne Experimente. Er hat einen menschlichen Zahn in einen Hahnenkamm implantiert und erlebt, dass er angewachsen ist. Er hat ein Schwein mit Färberröte gefüttert, bis seine Zähne rot-weiß-gestreift waren. Er hat einen Gibbon seziert!

Plötzlich fährt er herum; meint, im Dunkeln etwas zu sehen. Eine vielfingrige Hand, die über Marmor kriecht … oder vielleicht ein Glibbern und Schwappen in der Flasche mit den zusammengewachsenen Zwillingen, die miteinander um Platz rangeln.

Er hebt seine Kerze. Da liegen die Schädel, in keiner besonderen Ordnung; oder vielmehr in beabsichtigter Unordnung, geschickt vermischt, damit niemand heimlich seine Überlegungen ausforschen kann. Er besitzt den Schädel eines europäischen Mannes, eines australischen Aborigines, eines jungen Schimpansen, eines Makaken, eines Krokodils und eines Hundes. Seine fleischige Hand streichelt die kalten Öffnungen, die bleichen Rundungen. Er ordnet die Schädel. Krok. Hund.

Makak. Ein Affe ist halb Tier, halb Mensch, denkt er. Von seiner ein wenig schwitzenden Hand geht Wärme und Feuchtigkeit auf die Knochen über. Schimpanse. Wilder. Europäer. John Hunter tritt einen Schritt zurück. Er sieht Muster, die zu sehen ihm nicht erlaubt ist.

Und seufzend stellt er wieder Unordnung her; und zurück aus dem Keller, ist sein Gang langsam. Etwas bellt in den Käfigen: etwas, das weit von zu Hause fort ist. Das Mondlicht fällt auf Long Calderwood, fällt wie kalter Zunder auf das Strohdach, weckt Bruder James in seinem vertrauten Grab; die nächtliche Brise seufzt durch East Kilbride und schüttelt die Baumwipfel mit den Fingern eines Taschendiebs aus der Chick Lane.

»Schlechte Nachrichten«, sagte Joe Vance, der mit einem Zettel in der Hand hereinkam. »Es geht um Patrick O'Brien.«

»Ach ja?« Der Riese blickte ohne großes Interesse auf.

»Es heißt, er sei zehn Zoll gewachsen, seit wir von zu Hause aufgebrochen sind.«

»Aber Paddy ist doch noch ein Junge.«

»Ja, und umso mehr Zeit hat er, noch zu wachsen! So schnell, wie das bei ihm geht, wird er dich in drei Monaten überholt haben, Charlie. Ich kann mir nicht vorstellen, dass er nicht größer wird als achteinhalb Fuß. Und das Schlimmste ist, er droht herzukommen.«

»Lass ihn nur«, sagte der Riese. »Wenn der Reiz des Neuen nachgelassen hat, können wir vielleicht zu zweit für den Preis von einem auftreten. Außerdem bekomme ich etwas Gesellschaft. Du musst wissen, Riesen haben sich viel zu erzählen, wenn sie sich begegnen.«

Joe sah ihn durchdringend an. »Ich glaube, du hast die Sache noch nicht richtig erfasst, Charlie. Ich kenne Paddys

Agenten, das ist ein gewiefter Hund. Paddy braucht sich nur anzukündigen als, sagen wir ›P. Byrne, der größte Mann der Welt‹, sich irgendwo im Stadtzentrum ein Zimmer zu mieten, und schon bringt er dich um die Hälfte deiner zukünftigen Kunden. Sie werden irgendeinen Gelegenheitsarbeiter dafür bezahlen, dass er ein paar Handzettel verteilt, und eh du dich versiehst, wirst du verleumdet und gedemütigt, Charles. Und selbst wenn wir alle rechtlichen Mittel gegen ihn ausschöpfen, kann er einfach nach Bath oder sonstwohin gehen, dort absahnen und dich um die Früchte einer lukrativen Tournee durch die Provinz bringen.«

»Ach. Ich gehe auf Tournee?«

»Das war meine Absicht.«

»Nenn es Rundreise, sei so gut. ›Tournee‹ hat einen niederen Beigeschmack.«

»Niedrig – das Wort solltest du nicht in den Mund nehmen. Nachts träume ich schon davon, dass Patrick so groß ist wie ein Baum.«

Der Riese beugte sich vor und öffnete seine Hand. Er schlug sie auf Joes Brust und spreizte die Finger. »Schick Pybus los, um ein Messinstrument zu besorgen.«

»Worauf willst du hinaus?«

»Pass auf, Joe Vance. Komm hier rüber an den Tisch. Siehst du den Ast da im Holz? Und da, siehst du diese Markierung, diese Kerbe?«

Joe nickte.

»Siehst du den Abstand? Vor einem Monat konnten meine Finger ihn nicht überbrücken.«

Joe starrte ihn an. »Du wächst, Charlie?« Ein durchtriebenes Grinsen breitete sich auf seinem Gesicht aus. »Du wächst?«

»Mein Kopf wird immer länger und dehnt sich aus. Ich spüre den Schmerz tief in den Knochen, als würde das dichte Gewebe meines Schädels sich allmählich unter meiner Kopfhaut lockern und lösen. Mein Kiefer schmerzt, als würde er einer Belastungsprobe unterzogen, es fühlt sich an, als könnte das Gelenk das größere Gewicht, das zu erwarten ist, nicht tragen. Meine Füße passen nicht mehr in meine Stiefel, Joe. Sieh dir das an – ich musste sie aufschneiden. Meine Knie- und Fußgelenke sind überlastet.«

»Gut! Sehr gut!«, sagte Joe Vance. »Bei den Titten der heiligen Jungfrau, das wird ihm einen Strich durch die Rechnung machen, diesem Mr. Möchte-gern Patrick Byrne!« Seine ehrlichen blauen Augen funkelten. »Darauf stoßen wir an«, sagte er.

Im September, bevor die Tage kühl wurden, gingen sie zur Bartholomew Fair. Der Riese musste wie üblich das Haus hüten, aber sie berichteten ihm ausführlich, als sie zurückkehrten. Tanzende Hunde und Affen. Musikalische Darbietungen, ein überdachtes französisches Puppentheater mit Mr. Punch und dem Teufel.

»An der Pye Corner haben wir Kohl gegessen«, sagte Pybus, »und jeder ein Stück Rindfleisch. Joe hat's uns spendiert.«

»Das war aber großzügig von ihm«, sagte der Riese.

»Da müssten wir hin, Charlie«, sagte Claffey. »Wir müssten dir eine Bude besorgen.«

»Was, wie für einen tanzenden Affen?«

»Da gehen die Leute hin, und wo die Leute sind, da ist das Geld.«

Pybus platzte heraus: »Joe Vance sagt, dass du wächst.«

»Ist euch noch nichts aufgefallen?«

»Wir sehen dich jeden Tag«, sagte Claffey. »Da bekommen wir solche allmählichen Veränderungen nicht mit.«

»Aber die Messlatte beweist es«, sagte Pybus. Das späte Sonnenlicht fiel auf sein rotes Haar und ließ es wie Feuer aufleuchten. »Bei Gott, Charlie, ich bin froh, dass ich mitgekommen bin. Der Ruhm ist uns sicher. Wir werden demnächst in Sänften getragen!«

»Oder wir tragen eine, das scheint mir wahrscheinlicher. Das passt eher zu einem Iren.« Er blickte auf und schaute Claffey an. »So, so – ihr habt also eure eigenen Vorstellungen davon, wie ihr meine Haut zu Markte tragen wollt, was? Ihr glaubt, ihr könnt das besser als mein bewährter Agent?«

Claffey warf sich in die Brust. »Auf jeden Fall kenne ich diese Stadt, Charlie, das kann ich wirklich behaupten. Was hältst du davon, wenn wir Joe zurück nach Irland schicken, um die Sache mit Paddys Leuten auszuhandeln, und dann übernehme ich die Geschäfte mit dir, und zwar für eine geringere Beteiligung?«

Der Riese schaute Claffy prüfend an. Schmale, graue, nahe zusammenstehende Augen. Der Gesichtsausdruck dümmlich, aber habgierig. »Also«, sagte er, »hast du Mary von eurem Tag auf der Kirmes etwas mitgebracht?«

»Ja, das hat er«, rief Jankin. »Das hat er, und mir hat der Teufel in dem Puppentheater gut gefallen. Ja, und er hat ihr Zyprische Seifenkugeln mitgebracht.«

»Komm her, Schlampe Mary«, rief der Riese.

Mary erhob sich von ihrem Lager. Sie trat vor Claffey hin, ohne ihm in die Augen zu sehen.

»Claffey will dir seine Aufwartung machen«, sagte Pybus. »Er hat Fortschritte gemacht in der Kunst des Werbens. Er will dich nicht bedrängen, sondern abwarten, bis du bereit bist und ihm dein Jawort gibst.«

»Das reicht«, fauchte Claffey und spuckte fast vor Zorn. Er holte tief Luft – er musste sich beherrschen, um Pybus nicht auf der Stelle kurz und klein zu schlagen: aber nur, weil die Frau hinterher den Fußboden würde putzen müssen. »Mary«, sagte er, »ich schenke dir diese Zyprischen Seifenkugeln unter einer Bedingung.«

»Und welche ist das?«

»Wenn ich abends nach Hause komme, sehe ich dich manchmal am Tor stehen und mit dieser Hure plaudern, die mit dem grünen Halstuch.«

»Sie heißt Bride.«

»Ich will, dass du ihr aus dem Weg gehst. Du sollst sie überhaupt nicht mehr grüßen.«

»Bloß, weil sie deine Eitelkeit verletzt hat«, sagte der Riese. »Das hat sie nämlich, an dem Abend im Keller. Sie hat euch ganz schön zugesetzt, dir und Joe.«

»Nicht deswegen«, sagte Claffey. »Sondern weil sie eine Kupplerin ist. Die ist bis in die Fingerspitzen verseucht.«

»Ich tue, was ich muss und wenn es nötig ist«, sagte Schlampe Mary. »Bis dahin behalte ich mir meine Entscheidung vor. Bist du damit zufrieden?«

»Es gefällt mir nicht«, sagte Claffey. »Aber wie du willst – hier, nimm.«

»Wozu sind diese Zyprischen Seifenkugeln denn gut?«

»Damit deine Hände weiß bleiben.«

Schlampe Mary betrachtete ihre Pfoten. »Ich weiß nicht«, sagte sie. »Darüber muss ich nachdenken. Es gefällt mir, dass du mir den Hof machst, Claffey, aber es könnte immerhin sein, dass du eines Tages beschließt, von hier fortzugehen, was ich ganz sicher niemals tun werde.«

»Na ja«, sagte Jankin, »du kommst ja auch besser mit der Sprache hier zurecht als wir. Selbst Charlie besitzt nicht deine Zungenfertigkeit.«

Claffey fällte ihn mit einem Hieb. »Was weißt du von ihrer

Zunge? Du Schwachkopf, du brichst dir doch bei jedem Wort die Zunge!«

Mary lief los, um Eimer und Putzlappen zu holen. Jankin blutete so stark, als wäre sein Gehirn auf die schwarzen Bodendielen gespritzt. Gleichgültig wischte sie Jankin und den Fußboden ab. Beim Arbeiten summte sie leise vor sich hin. Pybus stand über ihr und starrte lüstern auf ihre schaukelnden Hüften. »Bride sagt, sie kann mir lukrative Arbeit anbieten«, bemerkte Schlampe Mary.

Die Nächte werden länger. Bei Kerzenlicht – nur eine, um zu sparen – stellt John Hunter einen (vorläufigen) Index zu seinem großen Werk über Geschlechtskrankheiten auf.
Das Faulen der Testikel, 45
Karbunkel oder Wucherungen, 48
Ödematöse Inflammation, 75
Über die Sarsaparillenpflanzen, 112

Und der Riese, der sich im Schlaf wälzt, hört Francis Claffey heimkommen und auf der Treppe singen:

There's not a mile in Ireland's isle,
Where the dirty varmint musters,
Where'er he puts his dear forefeet,
He murders them in clusters;
The toads went hop, the frogs went pop
Slap haste into the water.

Claffey: der Unternehmer.

Dann eine Pause, Poltern und Scharren im Dunkeln. Schließlich hörte der Riese eine andere Stimme, aber auch immer noch die von Claffey; sie klang brüchtig, reserviert, nüchtern.

»Gib mir was zu trinken, ich bitte dich … eine Flasche frischen Tau.«

8

Howison, geh los und besorg mir ein paar Bettler. Ich will sie zum Erbrechen bringen.«

Howison starrt ihn nur an.

»Erbrechen, Mann, Kotzen. Ich experimentiere gerade damit.«

»Ja, Euer Ehrwürden. Und wie hoch ist der derzeitige Kurs?«

»Oh, verdammt, Mann! Sie werden schon keine bleibenden Schäden davontragen. Würden sie es für einen Penny tun?«

»Das bezweifle ich, Sir. Wenn Sie einen Mann zum Kotzen bringen, müssen Sie ihm mindestens den Gegenwert einer Mahlzeit zahlen. Drei Pence, würde ich sagen. Eine Frau würde es auch für weniger tun, und man kann immer einen Iren finden, der den Preis noch unterbietet.«

»Dann also Frauen und Iren.« Er wendet sich knurrend ab und fragt sich im Stillen, ob irische Frauen vielleicht noch billiger wären.

Seiner Theorie zufolge wird das Erbrechen durch das Zwerchfell ausgelöst, und nicht, wie einige schwachsinnige Pfuscher behaupten, durch den Magen. Es ist das Zwerchfell, dieser kräftige Muskel, der sich zusammenzieht und in die Bauchhöhle drückt … Aber wie soll man das beweisen? Man müsste einer Versuchsperson ein Brechmittel verabreichen und dann das Zwerchfell lähmen. Er kann sich nicht vorstellen, welche körperlichen Schäden ein solches Experiment verursachen könnte, falls seine Theorie stimmt.

Umzugstag. Sie verlassen Spring Gardens, um sich in neuen Räumen im Piccadilly einzuquartieren, im Wirtshaus zum *Hampshire Hod*. Joe ist hin- und hergerissen zwischen zwei Möglichkeiten: entweder dem Riesen alles aufzuladen und ihn dorthin zu führen oder einen Fuhrmann anzuheuern. Die erste Möglichkeit ist kurzfristig betrachtet billiger, hat aber den langfristigen Nachteil, dass der Riese gratis zu sehen ist.

»Diesen wackeligen Mahagoniteetisch können wir eigentlich verkaufen«, sagte Joe. »Wir können uns sowieso keinen Tee leisten.«

»Wieso nicht leisten?«, fragte der Riese.

»Es mag deiner erhabenen Aufmerksamkeit entgangen sein, aber seit den Hundstagen geht es mit unserem Geschäft bergab.«

»Wir sind das Opfer neuer Sensationen«, sagte Schlampe Mary, »die für die Herbstsaison in die Stadt gekommen sind.«

»Charlie könnte uns mit Tee versorgen«, sagte Pybus. »Er hat einen Haufen Geld, ich hab's selbst gesehen. Zumindest habe ich den großen Beutel gesehen, in dem er es aufbewahrt.«

»Ja«, sagte der Riese. »Joe, ich muss noch einmal das Thema einer stabilen Kassette ansprechen.«

Von Anfang an hatte Joe dem Riesen geraten, sein Geld stets bei sich zu tragen, mit dem Argument: Wer würde es schon wagen, einen Riesen zu bestehlen? Der Riese hatte geantwortet: Wäre es nicht besser, wenn wir eine eisenbeschlagene Kassette hätten? Vance: Selbst die stabilste Kassette ist vor den erfinderischen Londoner Dieben nicht sicher. Wenn du zu Hause wärst und wachsam, dann hättest du keine Truhe nötig, und wenn du unterwegs wärst, könntest du sie nicht mit dir herumtragen. Es würde einen seltsamen Eindruck machen. Es würde linkisch wirken. Nein, es ist besser, du trägst dein Geld bei dir.

Also: Joe Vance, der ebenso wenig ein Wahrsager war wie Sie oder ich, hatte sich, ohne genau sagen zu können, warum, vage ausgerechnet, dass ihm diese Regelung eines Tages zugute kommen könnte. Da der Riese kaum Gelegenheit gehabt hatte, das Haus zu verlassen und Geld auszugeben, hatte er mittlerweile eine beträchtliche Summe angehäuft, eine Summe, deren Höhe Claffey und Pybus nur erahnen konnten, denn sie war ein zwischen Joe und seinem Kontobuch wohl gehütetes Geheimnis. Ihre Finger und ihre Augen hätten sich vielleicht gern verirrt; aber O'Brien schlief mit seinen Ersparnissen unter dem Kopfkissen, und Vance bewahrte seine Bücher unter Verschluss auf.

Am Tag des Umzugs hockte Schlampe Mary weinend in ihrer Ecke. »Komm mit uns«, sagte Pybus. »Ach, mach doch, liebe Schlampe.«

»Ich kann nicht. Ich habe dem Hauswirt versprochen, für einen Penny am Tag für ihn zu arbeiten.«

»Joe Vance wird dir einen Penny pro Tag geben, vielleicht auch mehr.«

»Aber ich habe mich verpflichtet zu arbeiten, bis ich meine Schulden abbezahlt habe.«

»Welche Schulden?«

Das Mädchen runzelte die Stirn. »Ich weiß es nicht genau. Bride weiß es.«

»Wessen Schulden sind es denn? Die von dieser Kupplerin?«

»Bride war wie eine Mutter zu mir«, sagte Mary, »als ich mit dem Schiff hier ankam. Sie ist eine echte Irin; sie hat mich am Kai aufgegriffen und vor dem sicheren Verderben bewahrt, denn beinahe hätte ich mich dazu verleiten lassen, mit einem Mädchenhändler mitzugehen. Bride hat mich in ihren Unterschlupf gebracht und mir Brot und eine Decke gegeben, und zusammen mit dem Blinden, den sie Ferris nennen, hat sie mich mit nach London genommen. Zuerst habe ich in der Henrietta Street gewohnt, bis ich hierher gekommen bin, für einen Penny pro Tag, sauberes Stroh und genug zu essen. Was die Schulden betrifft, ich weiß nicht, wessen Schulden es sind, aber ich weiß, dass ich sie bezahlen muss, und wenn ich mit euch zum *Hampshire Hod* gehe, dann kommt der Hauswirt hinter mir her und schlägt mir die Zähne aus, das hat er mir nämlich angedroht, für den Fall, dass ich ausbüchse.«

»Wer ist denn der Hauswirt?«

»Sein Name ist Kane, er stammt aus Derry.«

Pybus war schockiert. »Einer von uns?«

»Natürlich. Warum würde euer Agent Joe Vance sonst mit ihm Geschäfte machen?«

Das sind schlechte Verhältnisse, dachte Pybus. Er wartete, bis Claffey hereinkam. Claffeys Bart und Schnurrbart waren weiß; er hatte aus einem Milcheimer getrunken, den er im Hof hatte stehen sehen. Pybus wollte keine Bemerkung darüber machen, aber es fiel ihm schwer, sich auf das Gespräch zu konzentrieren. »Mary kommt nicht mit«, sagte er. »Sie hat Schulden, und sie weiß nicht wie viel.«

»Schulden?«, fragte Claffey. »Das hört sich nicht gut an. Sie ist ziemlich jung, um Schulden zu haben.« Er schniefte heftig – die Morgenluft war feucht und kühl –, und Pybus sah einen Milchtropfen in einem Nasenloch verschwinden, als würde er bis ins Gehirn aufsteigen. Es war nicht schwer, sich Claffey als kleines Kind vorzustellen. Wie er mit den Fäusten auf seine

Brust trommelt. Kaum Haare auf dem Kopf – genau wie jetzt – mit den Füßen strampelnd, während er an einem Lumpen nuckelt.

Pybus blinzelte. Er war mit den Gedanken woanders gewesen. Claffey sagte gerade: »… dann kann man nichts machen. Ich fand sie ganz appetitlich, auch wenn sie kaum Titten hat, aber wenn sie Schulden auf dem Buckel hat, dann packe ich mein Bündel und mache mich aus dem Staub.«

Pybus suchte den Riesen auf. »Schlampe Mary hat Schulden«, sagte er. »Sie ist gezwungen, sich zu placken.«

»Dann müssen sie bezahlt werden, dann müssen sie bezahlt werden«, sagte der Riese. Dann ließ er sich auf den Rücken fallen, sein mächtiger Kopf sank auf seinen Geldvorrat. In letzter Zeit verspürte er ein immer größeres Bedürfnis zu schlafen, und immer weniger kämpfte er dagegen an. Sein lautes Schnarchen trieb Pybus zur Tür hinaus.

Pybus sagte zu Vance: »Schlampe Mary hat Schulden.«

»Stimmt«, lautete die liebenswürdige Antwort. »Und sie muss arbeiten, um sie zu bezahlen.«

»Aber wie viele Jahre lang?«, fragte Pybus.

Joe zuckte die Achseln. »Wer weiß? Und wenn sie krank wird und stirbt, muss jemand anders sie an ihrer Stelle bezahlen.« Er stand auf und streckte sich. »Zeit, uns in Bewegung zu setzen«, sagte er. »Komm schon, Junge, steh nicht herum und halte Maulaffen feil, spute dich und pack unsere Sachen ein, der Fuhrmann wird in einer halben Stunde hier sein.«

Denn Joe hatte sich für einen mittelfristigen Profit entschieden und beschlossen, den Riesen nicht mit dem Nachtstuhl auf der Schulter und dem Vogelkäfig mit den Zeisigen an einer Hand baumelnd durch die Straßen marschieren zu lassen.

»Wach auf, Charlie«, rief Vance von der Tür; als das nichts half, hockte er sich hin und brüllte dem Riesen ins Ohr.

Der Riese drehte sich murrend um und schlug mit dem Arm aus, sodass seine Decke sich hob wie das sturmgeblähte Segel einer Galeone. Wuschsch! Er setzte sich auf. Aus dem Schlaf geschreckt. »Würdest du die Güte haben, mir den nötigen Respekt zu erweisen, Joe?«

»Aus welchem Grund?«

»Weil ich eine Berühmtheit und ein Gelehrter bin.«

»Scheiße und nochmal Scheiße!«, sagte Joe. »Deine Schulbildung hast du in der Hecke genossen, und als die Engländer sie abgeholzt haben, war deine Ausbildung damit beendet. Deine Gelehrtheit besteht aus ein paar lateinischen Phrasen und deinem angeborenen Talent zu reden, wie ich eben schon sagte.«

Der Riese gähnte. Joe tippte auf seine Taschenuhr. »Steh gefälligst auf. Von heute Mittag an gehört dieser Fußboden wieder dem Mann aus Derry, und er hat es bereits an einen Wassermann und seinen Schwarm vermietet.«

»Welcher Mann aus Derry?«, fragte der Riese. Vorsichtig rieb er sich die Augen. Sie fühlten sich an, als würden sie ihm aus dem Kopf quellen. »Welcher Wassermann? Welcher Schwarm?«

Eine Stunde später waren sie an der Tür und bereit, sich auf den Weg zu machen. Joe sagte: »Hör zu, wo wir uns nun schon in Unkosten gestürzt und einen Karren gemietet haben, um dich *sub rosa* und *in camera* zu halten –«

»Und wer ist jetzt der Phrasendrescher?« Der Riese grinste.

»– könntest du dich nicht zusammenfalten? Und dann ziehen wir dir einen Sack über den Kopf.«

»Und dir ziehen wir einen Ziegelstein über den Kopf, Joe.«

Der Riese nahm einen Schluck aus der silbernen Taschenflasche, die er immer bei sich trug. Er wartete, bis er die Wärme spürte, direkt unter seinem klammen und pulsierenden Brustbein. Sogleich fühlte er sich von innen her gestärkt. Er trank noch einen Schluck. Wartete. Spürte ein leichtes Wiederaufleben, eine Regung in den toten Nerven. Seine Füße waren neuerdings immer weiter entfernt. Seine Fäuste ebenso. Er hob eine Fingerspitze, beschrieb schwungvoll einen weiten Bogen und traf ziemlich genau Joe Vances Schulter. »So erhebe dich denn, du großer Klassizist. Nach Piccadilly wollen wir ziehn, mit Mann und Maus.«

Warum willst du meinen Kopf in einen Sack hüllen, dachte er. Wenn Gott ihn in Wolken gehüllt hat.

»Trotzdem«, sagte Claffey. Er schlug seine schmalen Augen nieder und rang seine geröteten Knöchel. »Trotzdem. Vielleicht sind die Schulden gar nicht so hoch. Vielleicht kann sie nicht zählen.«

»Denk nicht drüber nach, Francis.«

Joe Vance hatte ihn noch nie zuvor bei seinem Vornamen genannt. Er fühlte sich geschmeichelt.

»Sieh es einmal so. Der Hauswirt hat eine bestimmte Summe bekommen, wie hoch, geht mich nichts an. Nenn es einen Vorschuss, nenn es, was du willst. Er verpflichtet sich, sie zu verpflegen und sie leichte Putzarbeiten verrichten zu lassen, sie vielleicht ein Jahr oder so zu beschäftigen, bis sie unten ein paar Haare und oben ein paar Rundungen hat. Dann kann sie verkauft werden, und die Investition zahlt sich aus.«

Claffey rieb sich den Kopf. »Wenn du so weitermachst«, sagte Joe, »hast du bald noch eine kahle Stelle. Ich habe noch nie erlebt, dass einem Mann in London so schnell die Haare ausgehen.«

»Ich dachte«, sagte Claffey, »unbehaarte junge Haut würde besonders hoch gehandelt – ich rede nicht von Köpfen, sondern von kleinen Mädchen. Das hat mir ein Mann erzählt, den ich in der Dover Street kennen gelernt hab. Er hat mir gesagt, es gibt vornehme Herren, die fünf Guineen dafür bezahlen, um es mit einer Neunjährigen treiben zu können.«

»Hast du gedacht, du könntest Mary als Neunjährige anbieten?«

»Sie ist sehr klein und schmächtig.«

»O ja, aber Bride Caskey –«

»So nennt sie sich?«

»Bride kennt sich aus. Sie sagt, Mary würde nicht als Neunjährige durchgehen, nicht mal als Zwölfjährige, denn diese Gentlemen wollen unberührte Mädchen oder wenigstens den Anschein von Unschuld, und sie sagt, Mary hat nicht das Zeug dazu. Sie sagt, sie ist zwar so fügsam wie alle diese Mädchen, aber sie wirkt verwirrt anstatt ängstlich. Sie will reden anstatt den Mund zu halten.«

»Ja und?«

»Deswegen meint Bride, es wäre besser, sie noch ein Jahr zu füttern und abzuwarten. Bis sie so alt ist, dass ihr Gesichtsausdruck besser passt.«

Pybus drückte sich in Spring Gardens herum. Er wollte Mary eine Blume bringen. Aber als sie aus der Tür kam, kam sie gerannt mit ihrer flachsfarbenen Mähne, so weiß wie das Fell eines Widders, und mit einem Hut auf dem Kopf, der ihr nicht gehörte. Sie duckte sich, flitzte um die Ecke, sah ihn nicht. Sie trug ein fleckiges Bettlaken um die Schultern, das in der schwülen Luft flatterte, und in der Hand hatte sie etwas Schweres, das klimperte und wie Leder aussah, mit anderen Worten, einen Beutel. Er stellte sich ihr in den Weg. »Pybus!«, sagte sie.

»Ist das der Beutel des Riesen?«

»Hast du nicht gesehen, wie O'Brien sein Geld mitgenommen hat?«

»Doch, hab ich.«

»Also?«

»Also gehört das Geld dem Mann aus Derry?«

»Das ist der Lohn, den er mir schuldet. Bride hat mir gesagt, wie viel ich nehmen soll.«

»Du kommst also mit uns nach Piccadilly?«

»Ich melde mich bei euch.« Sie rannte die Straße hinunter, ihr Zopf flatterte über ihre Schulter wie ein aus Licht geflochtenes Seil.

Dem Riesen gefiel das Quartier im *Hampshire Hod* nicht. Sie wohnten unter dem Dach, und manchmal musste er sich so tief bücken, dass seine Finger seine Stiefel berührten. Claffey erklärte, er sehe aus wie der Affenopa, den er auf der Bartholomew-Kirmes an einer Kette gesehen hatte. Was für eine Art Mann war dieser Affe, fragte der Riese interessiert, und Claffey erwiderte: Er muss ein naher Verwandter von dir sein, Charlie, denn er knurrt genauso, wie du es im Schlaf tust, und obwohl er hellwach war, konnte keiner ein Wort von dem, was er sagte, verstehen.

Als Mary an jenem ersten Abend nicht kam, waren sie gezwungen, ihre Betten selbst zu machen und eigenhändig Wasser zu holen. »Der Mann aus Derry hat sie längst eingesperrt«, sagte Joe Vance. »Wir müssen uns eine neue Putzfrau suchen.«

Pybus dachte daran, wie er ihr auf der Straße begegnet war. Er sagte nichts. Viel Glück, dachte er. »Vielleicht kommt sie uns besuchen«, sagte Jankin.

Als Schlampe Mary nach drei Tagen immer noch nicht aufgetaucht war, fing Jankin an, sich zu beschweren. Joe ging das Gejammer auf die Nerven, und er haute ihm eine runter. Er hatte jedoch nichts dagegen einzuwenden, dass sie alle loszogen, um die Straßen nach ihr abzusuchen, und – vorausgesetzt, sie warteten die Dunkelheit ab – dass der Riese mitkommen sollte. »Du kannst nämlich über die Häuser gucken, Charlie«, sagte Jankin. »Du kannst in die Höfe und über Mauern sehen und in hoch gelegene Fenster.«

So kam es, dass in der Stunde, nachdem die Laternen angezündet worden waren, manche Londoner, die beim Abendessen saßen, zu ihrer Überraschung plötzlich das riesige Gesicht eines Iren vor ihren trüben Fensterscheiben erblickten. Manche gingen in Deckung, manche stießen Verwünschungen aus, manche riefen nach ihrem Wachhund. »Mary, Schlampe Mary!«, rief Jankin mit seiner Fistelstimme. Kinder liefen hinter dem Riesen her – barfüßige, krummbeinige, zahnlose Kinder, so frech, wie sie noch nie welche gesehen hatten – und eins von ihnen warf einen Stein, der Joe hart an der Schulter traf. Die Gefährten hörten nicht auf zu rufen, bis sie die Felder im Westen erreichten, wo sie sich niedersetzten, um sich auf dem wogenden dunklen Gras auszuruhen. Die Kälte kroch ihnen in die Glieder, und der Riese verzog gequält das Gesicht, als er seine Finger ausstreckte, um sich den Nacken zu massieren. Sie kehrten zurück nach Hause und aßen ein Stück Brot und madigen Käse. Joe hatte aufgehört, Essen aus der Garküche kommen zu lassen. »Seien wir ehrlich«, sagte er, »die Geschäfte gehen einfach nicht mehr so gut. Wir können unseren bisherigen Lebensstandard nicht aufrechterhalten, es sei denn, O'Brien greift mal in seinen Geldbeutel.«

»Aber das Geld ist für meine eigenen Zwecke«, sagte der Riese. »Es ist nicht dafür da, dass ich es für Hammelpasteten ausgebe. Dieses Geld geht zurück nach Irland.«

»Wozu?«, fragte Pybus. »Du hast doch noch nicht mal Verwandte.«

»Um Mulroneys Taverne wieder aufzubauen. Diesmal aus behauenen Steinen und mit Säulen. Sodass sie nicht wieder zusammenfällt. Mit Kaminen aus Marmor, mit Urnen und Kränzen geschmückt. Möbliert mit Stühlen mit leierförmigen Lehnen und mit Tischen, auf denen die Früchte der verschiedenen Jahreszeiten als Intarsien abgebildet sind.«

»Jetzt glaubt er schon an seine eigenen Geschichten«, sagte Claffey.

»Mit Spiegeln, die von vergoldeten Schwänen gehalten werden, und Konsolen, die auf vergoldeten Frauen mit Flügeln und nackten Brüsten ruhen. Mit Uhrenkästen, die mit Lorbeerkränzen und einer lächelnden Sonne geschmückt sind. Mit Ofenschirmen, auf denen neapolitanische Landschaften abgebildet sind, und Kommoden mit gedrechselten Füßen und Geheimschubladen. Und mit einem Fries, auf dem die neun Musen tanzen.«

Am nächsten Abend blieb Vance schlecht gelaunt zu Hause. Er habe etwas Besseres zu tun, erklärte er, als sich auf der Straße steinigen zu lassen. »Was denn?«, fragte Claffey verschlagen. »Das Geld des Riesen zählen?«

Joe wusste nicht, welche Art von Antwort Claffey erwartete, ja oder nein. »Du wirst reichlich anmaßend«, knurrte er.

»Ich nehme meinen Beutel mit«, sagte der Riese. Sein Ton war gelassen. »Auf diese Weise braucht sich niemand zu fragen, ob etwas fehlt, und es brauchen keine bösen Worte zu fallen. Heute Nacht suchen wir im Osten, meine unerschrockenen Freunde. Ich schwöre, bevor die Sonne aufgeht, werden wir Mary zu Gesicht bekommen.«

Denn er hatte sich vorgenommen, sie in dieser nebligen Nacht zu finden; vielleicht würde sie im grauen Schmutz des

Flussufers sitzen, mit ihren Haaren so hell wie der Schweif eines Kometen und ihren Augen wie kleine Teiche, in denen sich das letzte tiefe Blau des Himmels spiegelte: er wollte sie finden, wollte in den stinkenden Löchern auf der Old Street laut ihren Namen rufen, oder vielleicht in Clerkenwell ihr Lachen hören. Ach, Mary, unser Herzensliebling, bist du im *Pickle-Herring Stairs* gestrandet? Musst du Kutteln feilbieten oder Lumpen sammeln, musst du im *Limehouse* Bierkrüge scheuern oder Asche sieben vor den Toren der Stadt?

Er ließ Jankin, der über schmerzende Füße klagte, irgendwo auf einer Mauer sitzend zurück, und er verlor Claffey an ein Würfelspiel, und Pybus, der beim Kegeln hängen blieb. Unterwegs kehrte er ein, und in einem Raum mit schmierigen Balken und verrußten Wänden aß er heiße Mehlsuppe mit Brotbrocken und Pfeffer; er bat um einen Stich Butter, und die Wirtin sagte: Was glaubst du, wo du hier bist, in Holland House? Er bemerkte, wie einige Banditen seinen Geldbeutel beäugten, und richtete sich zu seiner vollen Größe auf, worauf sie maulend den Raum verließen.

Später lauerten sie ihm mit Verstärkung auf, aber er drückte einem von ihnen lässig den Ellbogen in die Augenhöhle, stieß einen anderen zu Boden, sodass er sich die Nase auf den Pflastersteinen blutig schlug, und schubste einen dritten mit dem Kopf voran gegen eine Mauer. Dann nahm er sich den Anführer vor – er war müde und wollte der Sache ein Ende machen – und schleuderte ihn in einen Misthaufen.

Es begann zu regnen. Gegen Mitternacht ging er langsam den Strand entlang nach Hause. In einem Hinterhof sah er im Vorbeigehen unter einem tropfenden Giebel eine Frau stehen, die er kannte, aber es war nicht Schlampe Mary. Er hatte sie zuletzt in Irland gesehen, wo sie zwischen den Pfützen herumgestapft war, ihr Kind in ihrem prall gewölbten Bauch. Diese wasserblauen Augen, und auch die weißen Arme, die aus ihren lumpigen Kleidern hervorschauten, waren unverwechselbar. Sie hatte das Grab also schließlich doch verlassen, dachte er, das Grab ihres kleinen Heldensohnes. Ich hatte ihr angeboten, meinen Thron mit mir zu teilen.

Er wollte sie nicht beschämen, indem er sie ansprach; es war offenbar, dass sie sich Engländern verkaufte. Er nahm eine Münze aus seinem Beutel und ließ sie im Vorbeigehen in den Dreck vor ihren Füßen fallen. »Hier.« Ihre Stimme ertönte hart und leer. »Verdammte Missgeburt, wirft mir seinen erbärmlichen Lohn vor die Füße.« Er drehte sich um. Dieser Tonfall: eine Hure aus Hoxton. Er sah, dass ihr Gesicht ganz anders aussah.

Im *Hampshire Hod* angekommen, bemühte er den Wirt wegen einer Flasche Schnaps und stieg die Treppe hinauf.

»Und, hast du sie gefunden?«, fragte Joe. Er hockte mit seinem Prinzenbuch und einer Kerze in der Ecke.

Der Riese antwortete nicht. »Ich möchte von hier weg«, sagte er. »Nicht geräumig genug.«

»Hör zu, Charlie, ich habe nachgedacht.«

»Ach, tatsächlich, Joe Vance? Ist das das Jammern und Stöhnen, das man von hier bis Ludgate hört?«

»Sarkasmus paßt nicht zu dir«, sagte Joe und blickte auf. »Eingeschlagene Schädel sind eher deine Sache. Was hältst du davon, wenn wir dich in einem Preiskampf gegen den kleinen Riesen antreten lassen, der sich im Haymarket zur Schau stellt?«

»Nein.« Der Riese setzte sich. »Das ist ein Mann auf Stelzen, und im Übrigen geht es mir nicht gut. Ich fühle mich nicht wohl in meiner Haut, und ich möchte umziehen.«

»Die Kosten für Träger steigen. Du immer mit deinen Launen und Grillen.«

»Es war nicht meine Idee, hierher zu ziehen. Außerdem – du sagtest doch, du hättest nachgedacht.«

»Ich habe über das Geld nachgedacht, das du dauernd mit dir herumschleppst. Soll ich es für dich nach Irland schicken?«

»Wohin denn?«

»In O'Connors Hütte wäre es sicher aufgehoben. Der Mann, der ihn immer überfällt, ist nur auf die Kühe aus, die ihm rechtmäßig zustehen, er würde nicht so dreist sein und in O'Connors Hütte eindringen, um etwas aus seiner Truhe zu stehlen.«

»Dieses Geld ist für Mulroney, verstanden?« Der Riese dachte angestrengt nach. »Vielen Dank für das Angebot, Vance. Aber ich behalte es vorerst lieber da, wo ich es sehen kann.«

Jede Nacht, die sie in Piccadilly verbrachten, träumte der Riese von dem essbaren Haus. Die Geschichte beginnt damit, dass die Wanderer das Haus essen, aber es endet damit, dass sie von dem Haus gefressen werden.

Am Quartalstag zogen sie in die Cockspur Street um. Ihr neuer Hauswirt – er war nicht ganz so neu, denn es war Kane – zeigte ihnen die Räume und machte mit Joe eine Bestandsaufnahme der Einrichtung.

»Zum Glück haben wir unsere eigenen Feuereisen mitgebracht«, sagte der Riese. »Diese schwarze, hässliche Zange sieht aus wie ein Werkzeug des Teufels persönlich, und der Schürhaken erfüllt mich mit Abscheu.«

»Ein Kochtopf«, sagte der Hauswirt.

»Müssen wir für das Loch im Boden extra bezahlen?«, fragte Joe.

»Eine Tasse für Salz. Ein eiserner Kerzenleuchter –«

»Verbogen«, sagte Joe.

»Verbogen, aber brauchbar. Ein Kissen. Irgendwelche Einwände gegen das Kissen? Hat jemand etwas dazu zu sagen? Gut. Zwei Stühle mit aus Stroh geflochtenen Sitzen, ein bemalter Stuhl mit einem Riss in der Rückenlehne, ein dreibeiniger Hocker. Und dass mir keiner behauptet, er wackelt, denn das ist genau das, was ein dreibeiniger Hocker eben nicht tut. Drei Zinnbecher. Ein Krug für Essig. Zwei grüne wollene Vorhänge mit kaum sichtbaren Mottenlöchern. Und ein aus rohen Brettern gezimmerter Tisch.«

»Dieser Tisch ist gerade gut genug für Landstreicher«, sagte Claffey. »Mein Gott, Kane, in dieser Wohnung ist kein einziges Möbelstück, das ein Pfandleiher auch nur eines Blickes würdigen würde.«

»Genau das ist Absicht«, sagte Kane.

Es war Claffey, der ihm zur Tür folgte. »Hast du irgendeine Ahnung, wo das Mädchen Mary stecken könnte?«

»Nein, aber wenn ich es wüsste, würde ich ihr das Fell abziehen.«

»Weil nämlich Jankin, unser Idiot hier, nichts mehr isst, und weil wir uns alle große Sorgen machen, bis wir wissen, dass sie nicht ertrunken oder verschwunden ist. Weißt du vielleicht, wo Bride Caskey sich aufhält?«

»Wenn ich wüsste, wo Caskey sich rumtreibt, würde ich die Wache rufen und sie nach Newgate abführen lassen. Als eure Freundin Mary plötzlich abgehauen ist, hat sie meinen Beutel mit einer Guinee drin mitgehen lassen, und ich könnte schwören, dass Caskey ihr das eingeflüstert hat.« Seine Augen wurden schmal. »Was wollt ihr überhaupt von Mary?« Er kicherte. »Ihr wollt sie auf die Straße schicken und euch von ihr aushalten lassen, solange sie noch Frischfleisch ist. Ihr seid darauf aus, abzukassieren und euch wieder großzutun wie im

Sommer. Wird euch das Geld knapp? Euer Riese ist nicht gerade das, was man freigebig nennt, stimmt's?«

»Er spart sein Geld«, sagte Claffey. »Um den Wettstreit der Dichter wieder ins Leben zu rufen.«

Kane starrte ihn an.

Drinnen bemühte sich Joe, die Sache mit Fassung zu tragen. »Das ist nicht der Standard, den wir gewöhnt sind, aber wir werden ihm schon unsere individuelle Note geben. Wartet nur ab, bis ich meine satirischen Drucke aufhänge, das wird die Stimmung heben.«

»Jemand hat die Fenster zugenagelt«, sagte Pybus. »Und seht euch mal die Lumpen an, mit denen die Ritzen zugestopft sind. Wenn das Feuer an ist, wird die Luft hier drin so dick, dass man sie mit dem Messer schneiden kann.«

»Ein kluger und sparsamer Mann«, sagte Joe Vance, »braucht keine seidenen Bettvorhänge und begnügt sich mit Halbleinen. Was diese Löffel betrifft – nun, ein Philosoph würde sie nicht verschmähen.« Joe schaute lächelnd in die Runde. »Ich werde mich jetzt an die Arbeit begeben. Ein paar Handzettel drucken lassen. Ich werde deinen Preis senken, Charlie. Du trittst jetzt für einen Shilling auf. Wir müssen die Nachfrage anregen und ein breiteres Publikum ansprechen.«

»Gibt's irgendwas Neues von Patrick O'Brien?«, fragte Claffey.

»Ja.« Joe lächelte immer noch. »Es heißt, er hat seine Überfahrt gebucht, und er bringt eine ganze Entourage mit.«

Der Käfig stand auf dem Holztisch, und die Zeisige begannen zu singen.

Einer ihrer ersten Besucher, nachdem sie den Preis gesenkt hatten, war ein kleiner, bulliger Mann mit wenig Haar auf dem

Kopf, einem rotblonden Schnurrbart und einem kräftigen Unterkiefer. Als die Schaulustigen hereingelassen wurden, setzte er sich in die hinterste Reihe und verschränkte die Arme. Er sagte kein Wort, aber er konnte seinen Blick nicht mehr abwenden.

»Mein Gott«, sagte der Riese. »Der müsste doppelt bezahlen, so wie er gafft. Sein Blick schneidet einem ja ins Fleisch.«

Als die üblichen Fragen beantwortet waren – Wie fühlt man sich als Riese? Wollten Sie schon immer ein Riese sein? Kann jeder ein Riese werden, oder wird man so geboren? –, war Joe wie immer aufgestanden, hatte sich leise geräuspert und mit den Händen taktvoll zur Tür gewiesen. Der Rothaarige trat vor, und als die anderen Besucher gegangen waren, fragte er: »Geht es Ihnen gut, mein Freund?«

Er sprach schottisch und hart. Aber aus der Nähe wirkte sein Blick nicht beunruhigend; sein Blick war unruhig, und er kniff die Augen zusammen.

»Ob es mir gut geht?«, fragte der Riese. »Eigentlich nicht. Meine Füße sind gewachsen, und ich spüre, wie die elastischen Knorpel meiner Knöchel und Knie verkalken. Meine Hände sind geschwollen, und meine Arme halten kaum noch in den Gelenkpfannen. In meinen Nieren rumort es, und mein Gedächtnis lässt nach. Ich habe einen Abscheu gegen scharfen Käse entwickelt, mein Kopf schmerzt, und ich stoße mir die Zehen beim Gehen.«

»Verstehe«, sagte der Schotte. »Sonst noch etwas?«

»Ich spüre, wie sich Wasser in meinem Brustkorb sammelt.«

»Aha.«

In diesem Augenblick kam Joe Vance, der die Besucher hinausgeleitet hatte, in den Raum zurückgestürzt. »Charlie, ich wollte dir schon die ganze Zeit sagen – Ich hab den Brief kurz vor der Vorstellung bekommen – kennst du Mester Goss aus Dublin, den Goss, der das intelligente Pferd dressiert hat?«

»Intelligent?«, sagte der Schotte. »Es war wohl ein Pferd, das Kunststückchen vorführte, was?«

»Sie können es Kunststückchen nennen«, sagte Joe, »aber sie haben Goss Ruhm und Reichtum beschert. Der Gaul konnte sogar zählen! Er ist in ganz Europa mit ihm aufgetreten. Sie müssen doch davon gehört haben, Sir, wo leben Sie denn? Also, Charlie, ich habe jetzt gehört, dass Goss dabei ist, ein kluges Schwein zu dressieren. Und ich dachte, vielleicht könnte ich ihm ein Angebot machen, wenn er mit der Dressur fertig ist. Könnten wir nicht groß ins Geschäft kommen, was meinst du, ein Riese und ein gelehrtes Schwein auf eine Eintrittskarte?«

Der Riese fragte: »Wie heißt es?«

»Toby. Alle klugen Schweine heißen Toby.«

»Tatsächlich? Das ist eine der wenigen Tatsachen, von denen ich bisher keine Kenntnis hatte.«

»Gentlemen«, sagte der Schotte, »ich würde Ihnen empfehlen, einen Experten zu Rate zu ziehen, bevor Sie sich von Ihrem Geld trennen, und falls es zum Vertrag kommt, eine Klausel einzufügen, die es Ihnen gestattet, das Schwein zurückzugeben, falls Sie nicht vollauf zufrieden sind – innerhalb einer angemessen Zeit, sagen wir, einen Monat, sodass Sie ausreichend Gelegenheit haben, es auszuprobieren.« (Während der ganzen Zeit durchbohrt er Charlie mit seinen Blicken; der Riese hat das Gefühl, als würden seine Knochen aufbrechen und das Mark herausquellen.) »Das ist mein Rat, und er ist kostenlos, denn ich habe eine ganze Reihe so genannter gelehrter Bären und dergleichen gesehen, und es ist bekannt, dass sie ihre Kunststücke nicht halb so gut vorführen, wenn man sie von ihren ursprünglichen Besitzern trennt.«

»Vielleicht trauern sie«, sagte der Riese.

»Nein, es ist die Dressur. Wenn sie zählen oder die Zukunft vorhersagen können, dann nur, weil ihre Besitzer sie auf ein Stickwort dressiert haben.«

»Das ist aber raffiniert«, sagte der Riese. »Ich könnte mich an diesen Toby gewöhnen, wenn er dressiert wäre.«

»Wärst du denn bereit«, fragte Vance, »dafür zu investieren, Charlie? Ich meine, das Geld aus deinem Beutel dafür auszugeben? Oder einen Teil davon? Wenn ich Goss einen Brief schreiben würde?«

Der Riese rieb sich das Kinn. »Dürfte ich Ihren Puls fühlen, Sir?«, fragte der Schotte.

»Ich weiß nicht. Verlangen wir dafür etwas, Joe?«

»Eine Spende würden wir dankbar annehmen.«

Der Kunde fuhr mit der Hand in die Tasche und knallte einen Farthing hin. Er zog die Mundwinkel herunter. Er packte das Handgelenk des Riesen. »Hm«, knurrte er. »Hm.« Er begann zu zählen. »Hm«, sagte er noch einmal.

Als er losließ, stand der Riese auf. Der Kunde reichte ihm bis zur Taille. »Sie sind also Arzt?«

»Nein, ich betreibe ein anderes Handwerk. Guten Tag.«

Joe Vance schaute ihm nach. »Das war aber ein seltsamer kleiner alter Herr, was? Er hat tatsächlich versucht, uns von unserem Schwein abzubringen. Ob er vielleicht selbst Tiere dressiert? Und versucht, mit uns ins Geschäft zu kommen?«

O'Brien sagte: »Hast du schon mal von den Rotkäppchen gehört, den kleinen Leuten aus Schottland? Sie sind vier Fuß groß, sie tragen einen Stecken mit sich, ihre Fingernägel sind scharfe Krallen und ihre Zähne lang und gelb. Weißt du, wie sie ihre Mützen rot färben? Sie tauchen sie in Menschenblut.«

Pybus kam die Treppe herauf und bellte: »Wollt ihr zu Abend essen?«

Joe brüllte zurück: »Was gibt's denn?«

Darauf schrie Pybus: »Hering.«

»Jeden Tag vermaledeiten Hering«, sagte Claffey.

Zurück in Earl's Court begutachtete John Hunter den Raum, der ihm zur Verfügung stand. Ich muss erweitern, dachte er, muss mir bessere Räumlichkeiten beschaffen, irgendwo in zentraler Lage, und eine Galerie einrichten, wo ich meine Objekte ausstellen kann. Leicester Square schien ihm geeignet; diese Gegend im Allgemeinen. Das wird meinen Ruhm vermehren und mir vielleicht etwas Geld einbringen. Er rieb sich die Augen. Er kratzte sich den Kopf. Ich bin ruiniert, sagte er sich, wenn ich weiterhin so viel für Studienobjekte verschleudere. Meine Experimente werden mich noch in den Bankrott treiben; im Dienst der Wissenschaft werde ich am Ende barfuß gehen. Meine Frau wird mir davonlaufen. Und meine Freunde werden mich in Scharen im Stich lassen.

Dort, dachte er, genau dort soll der Riese hängen. Ich werde das Gürteltier drei Fuß weiter nach links verrücken, dann können die Knochen des Riesen, wenn ich sie erst blank gekocht habe, frei an ihren Drähten schwingen; denn der Mann ist todgeweiht. Er sagt es ja selbst; die Gezeiten brauen sich hinter seinen Rippen zusammen; die salzigen, ödematösen Gezeiten. Seine Finger gehorchen ihm nicht mehr, seine geistigen Fähigkeiten lassen nach; geben wir ihm noch sechs Monate, dann wird das gottlose Subjekt mein sein.

»Also«, sagte Joe Vance, »so sehr ich deine Skepsis verachte, werde ich dir jetzt erklären, wie das mit so einem Schwein funktioniert. Man legt die Buchstaben vor ihm aus, auf Karten, und fordert es auf, einen Namen zu buchstabieren, dann geht es zu jedem einzelnen Buchstaben und zeigt mit seinem Huf darauf.«

»Das ist gehobene Unterhaltung«, sagte der Riese. »Für jene, die lesen können.«

»Dann legt man Karten mit Zahlen aus und gibt ihm Rechenaufgaben. Danach legt man wieder Buchstaben aus und fordert es auf, die Gedanken der Leute im Publikum zu lesen und zu buchstabieren. Oder ihnen die Zukunft vorherzusagen, wie der Schotte angedeutet hat. Manchmal, wenn das Schwein ein besonders kluges Exemplar ist, kann man ihm die Augen verbinden, und es wird alles genauso machen.«

»Aber würdest du deiner Zukunft trauen«, fragte der Riese, »wenn sie von einem Schwein vorausgesagt wird?«

»Das glaube ich schon«, sagte Pybus. »Denn ein Schwein würde sie nicht schönfärben, um ein Trinkgeld zu bekommen.«

»Der Junge ist nicht dumm«, sagte Joe.

»Und wenn ein Schwein sagte: Hüte dich vor einem Karren, der mit hoher Geschwindigkeit von links kommt, er wird dich an einer Wand zerquetschen, ja, dann würde man sich vorsehen.«

»Aber nicht, wenn ein Mensch das sagen würde?«, fragte der Riese.

»Sieh mal, Riese«, erklärte Pybus, »dem Schwein wäre es egal, ob es die Zukunft richtig oder falsch voraussagt. Aber wenn ein Mensch dir dasselbe voraussagen würde und wenn dann ein Karren käme und dir die Rippen zerquetschte, dann würdest du glauben, der Onkel des Wahrsagers hätte den besagten Karren gefahren. So was nennt man eine List. Um dir in Zukunft noch mehr Geld aus der Tasche zu ziehen.«

»So, so«, sagte Riese. »Du scheinst ja neuerdings recht weltgewandt zu sein. Hast du in Joes Prinzenbuch gelesen?«

Pybus errötete. »Ich kann nicht lesen«, sagte er. »Und das weißt du, Charlie. Noch weniger ein Buch in einer fremden Sprache.«

»Du vernachlässigst deine Bildung.« Der Riese schnüffelte. »Joe, wie willst du die Damen in unsere Show locken? Und die feinen Herren? Denn Schweine stinken.«

»Da irrst du dich aber«, sagte Joe gereizt. »Es liegt nichts in der Natur der Rasse, was sie stinken lässt; es zeugt von einem groben Vorurteil, dass du so sprichst, O'Brien, und das wundert mich doch sehr. Das Schwein von Goss stinkt garantiert nicht.«

Die Lautstärke, die Joe an den Tag legte, war größer als seine Überzeugung. Claffey saß kichernd in der Ecke und sagte: »Joe Vance ist mit einem Schwein verwandt, darum macht er sich für seine Rasse stark.«

»Komm mit nach draußen, du Glatzkopf«, schlug Vance vor, »dann werde ich deine Leber zu einer feinen Pastete verarbeiten, um damit die Risse im Türrahmen zu stopfen.«

»Gentlemen«, sagte der Riese, »eure Streitereien schmerzen mir in den Ohren, und euer unaufhörliches Gezänk nagt in meinem Gehirn wie eine Ratte in einer Hutschachtel. Wie wäre es, wenn ich euch die Geschichte von Bernard Owen O'Neill erzähle, dessen Onkel auf dem Weg zum Forellenfischen einem Mann ohne Kopf begegnete?«

Und Hunter nimmt ein Buch aus seinem Regal.

William Harvey: »Blut ist das, was zuerst entsteht … Blut lebt aus sich selbst heraus … Blut ist nicht nur die Voraussetzung des Lebens im Allgemeinen, sondern die Ursache für längeres oder kürzeres Leben, für Schlaf und Sehfähigkeit, für

Genie, Geschick und Kraft.« Lass mich ein bisschen Glück haben, betet er. Lass mich diesen Riesen bekommen. Denn ich habe noch nie ein Stück vom Glück gehabt. Bruder Wullie hat alles abbekommen.

Er legt das Buch weg. Nimmt seine Aderpresse und seine Lanzette zur Hand. Das Instrument schneidet in die Haut. Zarte, geschwollene Gefäße. Zapfe eine kleine Unze ab, oder fünf. Verfehle sie nicht. So wie er seine widerspenstigen Affen zur Ader lässt, um sie zu beruhigen; unterdrücke die animalische Unruhe, die sich in deinem Innern regt. Wie granatrote Lava, wie geschmolzener Edelstein rinnt es über den Rand der Porzellanschale. Seine Kerze tropft. Ein Luftzug hebt die Papiere auf seinem Pult, die vom Gewicht seiner Handschrift getränkt sind.

Als Pybus zum Pissen in den Hof ging, fand er Schlampe Mary, die an der Wand kauerte. Als sie den Kopf hob, sah er einen dunklen Fleck an ihrem Mund. »Hol mir einen Lappen«, sagte sie.

Er versuchte, ihr auf die Füße zu helfen. »Einen Lappen, um das Blut zu stillen«, sagte sie.

»Nicht so schlimm«, sagte er. »Komm mit rein.«

»Ich brauche einen Lappen, um das Blut zwischen meinen Beinen zu stillen. Ich möchte nicht, dass ein Mann wie der Riese sieht, wie die Frauen seines Landes gedemütigt werden.«

William Harvey, der das pulsierende Herz eines Kükens in einem befruchteten Ei studiert hatte, missdeutete seine Beobachtungen und berichtete, das Blut habe ein eigenes Leben, einen eigenen Puls. Seine Lebensfähigkeit bleibe erhalten, solange es nicht vergossen werde. Sobald es vergossen werde, gehe das Lebensprinzip verloren. Dann spalte das Blut sich in seine toten Bestandteile auf, in wässrige und faserige; Bestandteile, die im lebenden Blut nicht vorhanden seien. Seine Beschaffenheit werde durch den Tod verwandelt: verdorben, sagte er, zersetzt.

Mary zitterte vor Kälte. Ihr Haar war kurz, in Büscheln abgeschnitten, über den Ohren geschoren. Ihr Geld war weg; nicht ein halber Penny, zu dem sie sich beglückwünschen konnte. Es war jetzt November und der Mond klein und verdrießlich: eine Kupfermünze mit einem Hauch Silber überzogen, ein trügerisches Licht.

9

Mit ihren geschwollenen Lippen sagte Mary: »Das war nicht Bride. Wirklich nicht.« Ihre Augen waren vom Weinen verquollen. Sie berichtete von einem Keller, in den man sie eingesperrt hatte.

Da sagte Claffey: »Bride Caskey ist die Kellerkönigin.«

Aber Mary sagte: nein, sie sei allein in dem Keller gewesen. Bis sie, nachdem sie zwei Tage lang nichts zu essen bekommen hatte, bereit gewesen war, jeden um einen Brocken anzubetteln. Über das, was danach geschah, wollte sie nicht sprechen. Nur über eine Maulschelle wegen Aufmüpfigkeit, aber das kam später. Sie hatte jedes Zeitgefühl verloren, eine Fähigkeit, um die die Männer sie stets beneidet hatten, und sie schien bestimmte Wörter und Redewendungen ihrer Muttersprache vergessen zu haben, sodass sie gezwungen waren, sich mit ihr in einer Mischung aus zwei Sprachen zu verständigen, ein Kauderwelsch, das ihnen im Hals stecken blieb und ihren Gedankenfluss behinderte.

Howison kommt hereingepoltert. Was für ein Rüpel! Ist es ein Naturgesetz, dass ein Mann, der genug Kraft und Grimm besitzt, um mit bleischweren Leichen zu hantieren, nicht die Rücksicht aufbringt, sich unter den Lebenden leise zu bewegen? Denn jetzt ist immer Nacht, es ist immer Nacht in Earl's

Court. Hunter geht mit seiner Kerze die Treppen hinauf und hinunter und denkt beim ohrenbetäubenden Gebrüll der Tiere an die Zeiten heroischer Experimente, heroischen Zorns.

Wullie ist krank, heißt es. Da kann man nichts machen. Unsere ganze Familie hat marode Knochen.

»Was gibt's?«, bellt er Howison, seinen Gehilfen, an. »Welche Tollheit führt dich her? Mit welchem Unrat willst du mir diesmal die Ohren voll stopfen?«

»Sie haben mir aufgetragen, Euer Ehrwürden, Ihnen Neuigkeiten über den Riesen Charles O'Brien zu bringen.«

»Von dem? Was gibt's denn Neues?«

»Mr. Harry Graham, der eine Schaubude –«

»Fass dich kurz, ich kenne diesen Marktschreier.«

»Mr. Harry Graham hat O'Brien angeboten, sein Himmlisches Bett zu benutzen, Empfängnis garantiert. Mit einer Jungfrau seiner Wahl. Umsonst und gratis, während der normale Preis –«

»Ach, geh mir aus den Augen, Howison. Ich kenne den Preis. Ich kenne den Preis für Scharlatane. Ich werde dir sagen, was es mit dem Erfolg von Mr. Grahams Himmlischem Bett auf sich hat. Es sind nicht die nackten Nymphen, die auf Saiteninstrumenten spielen, es ist nicht der Duft von Weihrauch und es sind auch nicht die Fächer aus Straußenfedern –«

»Wirklich?«, sagte Howison begierig. »Von den Fächern aus Straußenfedern hatte ich noch nichts gehört.«

Vielleicht übertreibe ich, dachte John Hunter: kann es sein, dass ein Mann, der sich Fakten und Beobachtung verpflichtet fühlt, seinen Bericht mit Übertreibungen ausschmückt?

»Es sind *auch nicht die Fächer aus Straußenfedern*«, sagte er laut, um seine eigenen Bedenken zu übertönen. »Es sind nicht die Rosenblütenblätter – es gibt nur eine Methode, um ein Kind in den Bauch einer Frau zu pflanzen, und die besteht darin, ihr die wesentliche Flüssigkeit im richtigen Winkel einzuflößen, das Weibsstück mit den Beinen hoch auf dem Rücken liegen und die Natur ihren Lauf nehmen zu lassen. Was die erste Bedingung angeht, ist es der Kippmechanismus von Grahams Bett, der seinen Erfolg erklärt, und die zweite Bedingung – die ruhende Position der Frau – wird erklärt durch die einschläfernden Düfte und die süße Musik.«

Süße Musik. Seine Anne hat Verse geschrieben: »Meine Mutter heißt mich mein Haar zu flechten.« Er hatte sie das Lied singen hören. Eines Abends, als er spät nach Hause kam, die Hände schmerzten ihm vom Schrubben, die Augen brannten ihm vor Müdigkeit. Ein Mann, der an seinen eigenen Herd heimkehrt, um die Stube von fröhlicher Stimmung erfüllt vorzufinden, voll Begeisterung über eine Melodie, von einem Fremden komponiert und von seiner eigenen Ehefrau vorgetragen. »Raus hier! Packt euch in eure eigenen Betten! Für solch ein Theater habe ich keine Erlaubnis gegeben!«

Das Verstummen des Instruments, als wäre eine gespannte Saite gerissen. Die Gesichter nur leicht gequält; das höfliche Lächeln, das Lächeln, das nicht zu den Augen passte, der hastige Aufbruch, die plötzliche Stille, und die Diener, die eingeschüchtert Gläser abräumten. Peinliches Klimpern von Kristall; Reste von Gelee und Mousse eilig entfernt. Anne ließ den Kopf hängen: Anne stumm leidend. Leiden? Was wusste sie schon davon? Hatte sie etwa eine Fistel? Hatte sie etwa einen Abszess unter einem Backenzahn?

Heroischer Zorn. Heroische Experimente. »Erinnerst du dich an die Frau des Kaufmanns?«

Die Frau des Kaufmanns aus London: konnte kein Kind bekommen. Die Frau selbst wirkte gesund, breite Hüften, frische, rosige Wangen, keine Anzeichen für die ziehenden Rückenschmerzen und das gequälte, aschfahle Gesicht, das typisch ist bei Frauen mit Erkrankungen an den Eierstöcken. Auch erzählte sie freimütig, was in ihrem Ehebett vor sich ging: »Woraus ich schloss, Howison, dass der Mann nicht gerade das war, was man einen funktionierenden Betrieb nennt. Er konnte nicht mal in die Nähe seiner Frau kommen, ohne das Bettzeug zu besudeln. Näher als bis an ihren Schenkel –«

»Das haben Sie mir schon erzählt«, sagte Howison.

»Also habe ich ihr das Zeug mit dem Löffel eingeflößt, Mann. Mit dem Löffel.«

»Das sagten Sie bereits.«

»Das Kind war gesund, und es wächst und gedeiht.«

»Haben Sie nicht … Waren Sie nicht in Versuchung …«

Er brauchte einen Augenblick, bis er begriff, worauf Howison hinauswollte. »Nein, Sir«, sagte er ruhig. »Ich bin ein Mann wie jeder andere auch, aber ich würde nie etwas tun, was ein Experiment verfälschen könnte.«

Aber genau die Frage Howisons – was, wenn andere sie auch schon gestellt hatten, hinter vorgehaltener Hand kichernd? – versetzte ihn, als der Mann hinausging, in bebende, stumme, die Schläfen berstende Wut, die kurzen Fingernägel in die Handflächen gegraben, wipp, wipp, wipp auf seinem Stuhl, sein Leben den Launen jedes Schwachkopfs ausgeliefert, der seinen Spott mit ihm treiben wollte … Ja, mancher Mann wäre in Versuchung geraten beim Anblick ihrer braunen Augen und ihrer geröteten Wangen; manch einer hätte sich zweifellos gesagt, es gibt einen einfacheren und natürlicheren Weg, und wenn die erste Behandlung ohne Erfolg geblieben wäre, hätte er vielleicht für die nächste eine Guinee genommen, und der Erfolg hätte sich bald eingestellt, denn ein Mann, der sie einmal angefasst hatte, würde von der Weichheit ihrer Haut, der Festigkeit ihrer Gliedmaßen wissen … Doch nein. Es ist schön und gut, sich selbst in ein Experiment einzubeziehen – unvermeidlich sogar –, aber von der Verfahrensweise abzuweichen, die geeignet ist, das gewünschte Resultat zu erbringen, ist unverzeihlich. Das Kind der Frau des Kaufmanns war das Kind des Kaufmanns, und in keiner Weise – wie jeder selbst sehen kann – rothaarig, sommersprossig oder kleinwüchsig. Die Befriedigung, die der Verlauf des Experiments ihm bescherte, übertraf bei weitem die eines sexuellen Akts. Dennoch blieben die Frage und die Wut: eine kleine Explosion in seiner linken Schläfe.

Diese Art Wut kann entstehen, wenn Pläne vereitelt werden: oder durch die Bemerkungen von gewöhnlichen, niederträchtigen Fremden, die kommen, um England und seine Institutionen zu diffamieren. »Was, dieses Land gefällt Ihnen nicht, Sir? Dann sollten Sie es verlassen.« Nie wieder, zum Beispiel, möchte er die pochenden Schmerzen ertragen, die seine Stirn (beide Seiten) befielen, als einer seiner Kollegen bemerkte, dass »Dr. Jean-Paul Marat, der bekannte Schweizer Gelehrte, der jeden Tag in *Slaughter's Coffee House* vorbeischaut ... Dr. Marat hat den Wunsch geäußert, Ihre Versuchsobjekte zu sehen.«

»Ach, tatsächlich?«

»Er steht Ihnen zu jeder gewünschten Zeit zur Verfügung.«

»Tut er das? Marat? Er will also meine Versuchsobjekte sehen? Eher hacke ich sie kurz und klein. Ich verbrenne sie alle – ich verbrenne sie, sage ich, tot oder lebendig – ehe ich diesen verdammten Wilkes-Anhänger in mein Haus lasse.«

Denn er ist dabei, seine Sammlung zu ordnen. Nacht für Nacht: Systematisierung der Schädel. Er beginnt, die Hierarchie zu durchschauen; und diese Demokraten werden alles ruinieren. Vor allem ein Mann wie Jean-Paul Marat mit seinen fünf verschiedenen Namen, seiner silbernen Zunge, die sieben Sprachen beherrscht, seinen Urkunden auf geprägtem Papier, seinen akademischen Kritteleien und Spitzfindigkeiten, seinen geschickten Fingern – was würde der Mann alles mitgehen lassen?

»John Hunter, Ihre Wutanfälle werden Sie noch umbringen«, sagte sein Kollege, womit er eine simple Wahrheit aussprach.

»Ja. Und wenn ich tot bin, werden Sie so schnell keinem zweiten John Hunter begegnen.«

Und nun: Die Geschichte von Schlampe Mary.

»Sie haben mich so lange eingesperrt, bis ich es vor Hunger kaum noch aushalten konnte. Noch ein paar Stunden, und mit mir wäre es aus gewesen, dann hätte der liebe Gott mich ohnmächtig gemacht. Vor Hunger war ich ganz willenlos und konnte nur noch weinen, es war die reine Qual. Aus Erfahrung wusste ich, dass dieser Schmerz vorübergeht. Doch manchmal weiß man etwas und kann doch nicht danach handeln. Sie holten mich aus dem Keller, als meine Kraft fast am Ende und mein Hunger am größten war.«

»Darum weiß ich, dass es Bride gewesen ist«, sagte Claffey. »Denn welches Volk ist mehr bewandert in der Kunst und der Wissenschaft des Hungers als das unsere?«

»Nun gut«, sagte Joe Vance, »wie dem auch sei, heute Abend kommen Männer zum Abendessen. Mary, meine Liebe, ich weiß, deine Kleider sind zerrissen, aber du kannst deine Blößen mit einer Decke verhüllen, und dann mach dich an die Arbeit – und wenn du dich nützlich machst und hier alles in Ordnung bringst, dann bekommst du morgen ein Kleid und einen Schal.«

»Kauf mir meine Kleider nicht in der Monmouth Street, Joe, bitte. Schick Pybus zum Lumpenhändler, damit ich wieder für euch Besorgungen machen kann.«

»In der Monmouth Street werden anständige Kleider verkauft«, sagte Joe. »Meine Weste stammt von dort, und du musst zugeben, dass sie sehr fein ist.«

»Gestohlen.«

»Gestohlen, so, so? Ich habe sie in gutem Glauben gekauft, ich werde mein Besitzrecht an dieser Weste vor jedem Gericht dieses Landes verteidigen. Hüte deine Zunge, Schlampe. Die einzigen Freunde, die du hast, findest du unter diesem Dach. Vergiss das nicht.«

Der Riese, der in der Ecke lag, erwachte aus seinem Schlaf. Die Reden, die sie führen, dachte er, sind voller Gemeinheit. Wir vernachlässigen unsere eigene Sprache, weil wir neue Wörter für Dinge brauchen, die wir uns bisher nicht vorstellen konnten; und weil sie überflüssige Wörter enthält für Dinge, die wir uns nicht mehr vorstellen können. »Welche Männer?«, fragte er. »Welche Männer kommen zum Abendessen?«

»Slig«, sagte Joe. »Erinnerst du dich an Slig, den guten alten Slig?«

»Und mein Bruder«, sagte Claffey beflissen. »Constantine Claffey, wie er im Clement's Inn genannt wird. Da wohnt er nämlich.«

»Das ist nämlich ein Misthaufen«, sagte der Riese. »Ich kenne die Gegend. Das ist ein Misthaufen und ein Schlupfwinkel für Gauner, und in jeder windschiefen, kleinen Hütte und jeder Gasse wimmelt es von Straßenräubern und Falschmünzern und Zuhältern, von Quacksalbern und Katzendarmdrehern, von Küttlern und Neuigkeitskrämern und Karnickelzüchtern und Unruhestiftern. Warum muss dein Bruder dort wohnen, Claffey? Könnte er nicht zu uns in die Cockspur Street kommen?«

»Vielleicht tut er das«, sagte Claffey.

»Was diesen Mann angeht, den du Slig nennst – gehört dem

nicht dieser verlotterte Keller, wo wir nach unserer Ankunft gewohnt haben?«

»Beim Blut Christi!«, sagte Vance. »Dein Geschwätz hängt mir zum Hals heraus. Slig ist für mich wie ein Bruder. Slig hat euch Stroh gegeben und ein Dach über dem Kopf, und das für vier Pence. Verlotterter Keller? Es war ein ganz gewöhnlicher Keller. Ich sage dir, O'Brien – er war auf seine Art richtig gut.«

»Mein Geschwätz hängt dir zum Hals heraus?«, sagte der Riese. »Meine Geschichten auch?«

»Die überlasse ich den Raufbolden, die beschwichtigt werden wollen.«

»Hängt dir vielleicht meine Gegenwart zum Hals heraus, meine Größe?«

»Nun«, sagte Vance spöttisch, »es sieht so aus, als wäre deine Größe gar nicht so bemerkenswert. In Anbetracht der neuesten Nachrichten aus Cork, nämlich, die ich erst heute erhalten habe, und zwar von Slig persönlich, dass Patrick O'Brien inzwischen neun Fuß groß ist und in vierzehn Tagen hier erwartet wird.«

»Und in Sligs Keller wohnen wird?«

»Das bezweifle ich. Slig ist jetzt sein Agent. Er wird ihm eine gute Adresse besorgen und ein Dutzend dicke Jungfrauen, die ihm die Federbetten aufschütteln. Pat wird eine Pagode bekommen, was ich dir von vornherein vorgeschlagen habe; aber nein, du wolltest ja nichts davon wissen, und das bloß auf den Rat von so einem einfältigen –«

Der Riese wandte sich ab. Er hörte nicht mehr hin. Mary sagte: »Als ich durch die Straßen lief und mich verirrt hatte und schon stundenlang nicht mehr wusste, wo ich war, gelangte ich an einen großen Platz, der mir bekannt vorkam. Während ich mich auf dem Platz umschaute – es war schon heller

Morgen, und ich schämte mich so in meinen Lumpen, die mich kaum bedeckten –, da kam eine Kutsche, und eine Lady saß darin und rief mir etwas zu. Sie sagte, ich solle der Kutsche folgen, dann würde ich sechs Pence und ein Frühstück bekommen.«

Pybus zog die Luft durch die Zähne ein. »Das hättest du nicht tun sollen.«

»Das weiß ich«, sagte Schlampe Mary. »Aber weißt du denn nicht mehr, Pybus, dass ich viele Tage lang kein Frühstück gehabt hatte und dass der Gedanke an sechs Pence mich dazu brachte, meine letzten Kräfte zusammenzunehmen, damit ich ihren Willen befolgen und laufen konnte?«

»Joe verlangt«, sagte der Riese, »dass wir uns das Geschwätz verkneifen.« Er stellt sich vor, wie Wörter abgeknickt werden wie Schößlinge in einem Dickicht: abgeknickt und zertreten, zermalmt und zerstört.

»Das mache ich«, sagte Mary. »Denn ich habe nicht mehr viel zu erzählen. Ich kam zu einem vornehmen Haus und dachte, man würde mich in einen Saal führen, wo lauter Kerzen brennen.«

»Was, am helllichten Tag?«, fragte der Riese.

»Es war ein trüber Morgen. Ich hatte Wandbehänge aus Brügge und türkische Teppiche und Silber aus Antwerpen erwartet, aber was ich dann vor mir sah, war Londoner Stahl. Denn anstelle all dieser prächtigen Dinge erblickte ich die steinernen Regale einer Vorratskammer, und dann haben sie mir den Kopf auf den Boden gedrückt und mir die Haare geschoren und mir einen Penny und einen Brotkanten in die Hand gedrückt und dann wieder hinaus in die Kälte, in ein Hofgitter, und Warum, Warum? Und sie sagten: Um die Perücke von Milady zu verschönern. Da hab ich gesagt: Sixpence, und sie sagten: Ja, Sixpence – ein Penny für dich und fünf für uns. Wir sind Engländer, und wir sind im Recht, und sei froh, dass wir dir nicht die Zähne gezogen haben.«

Constantine Claffey war ein Dandy, von dem man nie gedacht hätte, dass er aus einem Diebesnest wie Clement's Inn kommen könnte. Sein Haar war seltsam bläulich gepudert, sodass sein Gesicht sehr, sehr bleich wirkte. Seine schlechten Zähne waren angemalt, und seine breite Brust zierte feine Stickerei und ein Eigelbfleck. »Ihr habt also ein interessantes Schwein?«, sagte er zu seinem Bruder. »Darf ich das mal sehen?«

»Ach«, sagte Claffey. »Das Schwein ist bisher nur ein Gerücht. Wir diskutieren darüber.«

Constantine grinste spöttisch. »Du hast mich also den ganzen Weg von der Cockspur Street bis hierher gelockt, damit ich mir ein Schwein ansehe, über das ihr diskutiert?«

»Es ist nicht mal eine halbe Meile weit.«

»Ja, ja«, sagte Constantine gereizt. »Aber meine Geschäfte sind unbeaufsichtigt. Das scheinst du nicht zu begreifen, Bruder. Die Zeit und die Gezeiten warten auf niemanden. Nicht im Clement's Inn.«

Slig, der schon einige Gläser geleert hatte, schien weniger erpicht darauf zu gehen. »Hattet ihr uns nicht eine Geschichte versprochen?«, fragte er. »Euer Schwachkopf Jankin hat behauptet, es gäbe eine Geschichte, die du nicht gern erzählst, eine von Zwergen. Hast du schon mal vom Grafen Buruvalski gehört? Der Mann ist hier in London, er ist noch nicht mal drei Fuß groß. Hast du ihn schon gesehen, Charles?«

»Darf ich dich korrigieren?« Der Riese schaute Slig durchdringend an. »Der Graf ist kein Zwerg. Er ist ein Liliputaner. Das ist etwas anderes. Außerdem ist er ein erfahrener Fachmann in seinem Metier. Er kommt aus dem Land namens Polen, wo tiefer Schnee liegt und wo die kleinen Leute ehrlich sind. Falls – Joe Vance – falls ich mich entschließen sollte, auf deine Dienste zu verzichten – dann wird der Graf mein Agent werden.«

»Ich habe dich gefragt, ob du ihn schon gesehen hast.«

»Ich habe ihn gesehen, ich habe ihm einen Schnaps spendiert. Ich habe ihn zum Trinken auf die Theke gesetzt, der Graf und ich« – der Riese verschränkte die Hände – »stehen so zueinander.«

»Ach Gott, ach Gott«, sagte Vance. »Das höre ich ja zum ersten Mal, Charlie. Natürlich wusste ich, dass der Liliputaner hier herumschnüffelt.«

»Hör mal«, sagte Slig, »es würde mich freuen, wenn du jetzt mit der Geschichte anfangen würdest, denn ich will immer Geschichten hören. Egal welche du erübrigen kannst, O'Brien, ich kann sie begutachten und an den Punch and Judy-Mann verkaufen. Also, ich kann dir einen Shilling pro Guinee anbieten.«

»Das war früher mein Anteil«, sagte Joe Vance. Er kicherte. »Wie tief die Mächtigen gefallen sind.«

»Ich weiß nicht, wie tief denn?«, fragte der Riese.

»Ich werde deinen Eintrittspreis auf einen Shilling reduzieren müssen, Charlie, oder vielleicht sind neun Pence realistischer. Es sei denn, die Geschäfte gehen wieder besser, oder wir besorgen uns schnellstens das Schwein von Mr. Goss, oder wir lassen dich zu Preiskämpfen antreten, wogegen du dich ja zu sträuben scheinst. Du weißt ja selbst, dass dich neuerdings keiner mehr sehen will, außer diesem Schotten, diesem Tierbändiger –«

»Hunter«, sagte der Riese. »Er hat mir seinen Namen aufgeschrieben. Er sagte, ich soll nach ihm schicken, falls ich krank werde. Aber er sagt, die Medizin ist nicht sein Geschäft, ich weiß also nicht, warum.«

Hunter: er war in der vergangenen Woche zweimal da gewesen. »Ich kenne diesen Mann«, hatte Claffey gesagt, der finster dreinblickend im hinteren Teil des Raumes saß. »Der Höcker auf seiner Nase, direkt auf der Spitze, kommt mir bekannt vor, und seine blassen Augen. Ein Schotte, wenn ich mich nicht irre.« Claffey war stets auf eine Rauferei aus. Er würde jeden Besucher hinauswerfen, der irgendwelchen Ärger machte. Aber der Schotte machte keinen. »Zu geizig, um sich eine Beleidigung zu leisten«, sagte Claffey. »Aber so sind die Schotten.«

Er sah den Riesen von der Seite an: hatte er nicht gesagt, sein Vater stamme aus Schottland?

»Der Mann ist recht höflich«, sagte O'Brien. »Soweit es ihm von der Natur gegeben ist. Sicher, er ist rau, ungebildet, schroff; ich dagegen bin gebildet, poetisch, und ich schätze feinsinnige Gesellschaft.«

Außerdem, dachte der Riese, ist er der Einzige, der sich nach meiner Gesundheit erkundigt und mir zuhört, wenn ich ihm antworte. Erst gestern hatte er wieder still und aufmerksam wie immer im Publikum gesessen, seine seltsamen Augen auf Charlies Gesicht fixiert, hatte geschaut und geschaut. Nachher war er vorgetreten. »Wie fühlen Sie sich, Sir?«

»Die Schmerzen in meinen Knochen werden schlimmer.«

»In meinen auch, Sir, in meinen auch.«

Der Riese überlegte kurz. »Aber Sie wachsen nicht mehr, Sir, nicht wahr? Das ist sicherlich vorbei, Ihr Alter dürfte das bestätigen. Das ist der Grund für mein Leiden. Riesen unterliegen nicht den Gesetzen, die für andere Sterbliche gelten.«

»Das ist mir bereits aufgefallen«, sagte der Schotte: sehr

trocken. »Diese Vergrößerung Ihrer Statur. – Rechnen Sie mit einem guten Ende?«

»Was mein Einkommen betrifft?«

»Was Ihre Zukunft betrifft, Sir.«

»Was bedeutet Ihnen meine Zukunft?«

Und dann rieb der kleine Mann sich die Hände. Sein Gesicht rötete sich. Später sagte der Riese, er habe noch nie erlebt, dass einen Mann etwas so bewegt hätte. »Ich würde Sie gern wieder sehen«, sagte der Schotte. »Wenn ich mit Ihrem Agenten rede, glauben Sie, er wird mir einen Nachlass auf den Eintrittspreis geben?«

»Was, einen Nachlass? Ich glaube, ich muss den Preis sowieso bald auf neun Pence reduzieren.«

»Das sind gute Neuigkeiten.«

»Nicht für mich.«

»Haben Sie übrigens noch andere Anzeichen oder Symptome?«

»Wie bitte?«, sagte der Riese.

»Ich meine, haben Sie irgendwelche weiteren Beschwerden?«

»Außer denen, die ich Ihnen beschrieben habe? Ja. Ich habe Druck im Kopf und in den Ohren, wo die Sprache durch tägliche Zermürbung allmählich zerstört wird, und wo die Gedanken dröhnen, als wäre mein Schädel eine belagerte Stadt.«

»Sonst noch etwas?«

»Ich schlafe viel. Viele Stunden am Tag. Ich wache im Morgengrauen auf und höre mich selbst wachsen, bevor der Lärm der Marktschreier und der Karrenräder anhebt. Tagsüber wird es von den Geräuschen der Stadt übertönt, aber in den stillen Nachtstunden kann man das Knacken hören, wenn meine Knochen sich aus ihren Vertäuungen lösen, wenn die Flut gegen meine Leber schwappt. Mr. Hunter, können Sie sich meine Besorgnis vorstellen? Ein Stuhl reicht nicht mehr für mich aus. Mein Schneider muss auf eine Leiter steigen. Er schickt Rechnungen, die unerträglich sind.«

»Ihr Agent … Es überrascht mich, dass er unter diesen Umständen den Eintrittspreis reduziert. Ich hätte gedacht, er würde im Gegenteil …«

»Für Joe wachse ich nicht schnell genug. Patrick O'Brien in Cork schießt von Tag zu Tag höher auf. Es heißt, er sei neun Fuß groß und bereits mit einem Fuß auf dem Schiff.«

»Tatsächlich? Es würde mich sehr interessieren, ihn zu sehen. Wie alt ist er?«

»Pat? Er ist ein junger Kerl, siebzehn oder so.«

»Gesund?«

»Kerngesund.«

»Ah ja.« Der Schotte runzelte die Stirn. »Neun Fuß, sagen Sie?«

»So wird berichtet.«

»Wir werden sehen.«

»Es scheint, Sie haben eine Vorliebe für Riesen, Mr. Hunter.«

»Oh, ich verpasse nie eine Gelegenheit, mir einen anzusehen. Wenn der Preis annehmbar ist.«

Für Slig, der nichts über Zwerge wusste, bemühten sie sich um Erklärungen.

»Sie sind so groß wie ein siebenjähriges Kind«, sagte Pybus. »Ihre Haut ist erdfarben, und das liegt daran, dass sie unter der Erde leben. Ihr Haar ist schwarz, wenn sie jung sind. Ihre Kleider sind schwarz –«

»Oder rot«, sagte Jankin.

»– und sie tragen lange Umhänge, damit man ihre Entenfüße nicht sieht. Manche haben Haare an den Ohren –«

»Und wie verbergen sie die?«, fragte Slig.

»Mit Hüten«, sagte Jankin. »Sie können einen Kohlebrocken in einen wertvollen Edelstein verwandeln. Stimmt's, Charlie O'Brien?«

»Sie machen Käse«, sagte der Riese. »Sie beherrschen die Kunst, Vieh zu hüten. Es war einmal ein Mann, der hatte sieben weiße Kühe, und es war Zeit, sie von den Bergen auf die saftigen Weiden im Tal zu bringen. Aber die Kühe waren verschwunden, und obwohl er den ganzen Tag nach ihnen suchte, fand er keine Spur von ihnen. In jener Nacht legte er sich erschöpft schlafen, ohne seine Gebete zu sprechen. Als er am nächsten Morgen aufwachte –«

»– und immer noch keine Spur von den Kühen zu finden war«, sagte Jankin.

»– beschloss er, so weiterzumachen, als wären die Kühe noch da. Und so melkte er die unsichtbaren Kühe, führte sie ins Tal und fütterte sie den ganzen Winter über mit unsichtbarem Futter. Als der Frühling kam –«

»Wie er bloß auf so eine Idee gekommen ist«, sagte Slig.

»– als der Frühling kam, trieb er sie wieder in die Berge. An jenem Abend, als es Zeit war, sie zu melken, kamen seine sieben Kühe muhend auf ihn zu, und hinter ihnen her trotteten sieben glänzende, weiße Kälber, die sich an ihre seidigen Flanken drückten.«

»Hätte Connors Großvater das bloß gewusst«, sagte Claffey sarkastisch. »Anstatt so ein Geschrei zu machen und den O'Sheas die Köpfe einzuschlagen. Wenn er geduldig abgewartet hätte, wäre er ein reicher Mann geworden.«

»Tja. Das soll jedem eine Lehre sein«, sagte der Riese.

»Du bist zu groß, um so salbungsvoll daherzureden«, sagte Claffey.

»Es ist keine Lektion in der Beschaffung von Vieh«, sagte

der Riese gelassen. »Aber sie lehrt einen zu glauben, dass Dinge, die unsichtbar sein mögen, dennoch existieren.«

Constantine Claffey klimperte mit den Münzen in seiner Tasche und verzog seinen Mund bei dem satten Klang zu einem schmierigen Grinsen. »Ich verlasse mich lieber auf meine fünf Sinne«, sagte er.

»Dann bist du kein kluger Mann, Con. Angenommen, eine Mücke landet auf deinem Handrücken. Was sagen ihr ihre Sinne? Ah, hier ist eine schöne, glatte Ebene, auf der ich mich tummeln kann, ich werde meinen Freunden davon erzählen. Ah, hier gibt es gutes, frisches Blut, ich kann mir eine ganze Gallone einverleiben, und morgen kann ich mir noch mehr holen, wir können saufen, meine Frau und ich, wir können uns nach Belieben satt trinken. Und dann – *klatsch*! Und wo ist sie jetzt, die schlaue Mücke?« Der Riese grinste. »Sie hat eine höhere Wirklichkeit kennen gelernt.«

»Erzähl uns von Zwergen!«, verlangte Jankin. »Ich will von dem Dienstmädchen im Wald hören, wie sie friert und hungert, wenn die Nacht kommt.«

»Heiliger Strohsack, du bist doch ein harter Brocken«, sagte Claffey. »Du bist eine Art Affenlehrling, was, Jankin? Der bei dem Meisteraffen O'Brien in die Lehre geht?«

»Ich habe nur gesagt«, beschwerte sich Jankin, »ich habe nur gesagt, dass sie im Wald ist, und das stimmt. Ich habe nur gesagt, sie hat einen leeren Magen, und das kommt daher, dass man sie aus dem Haus geworfen hat, und ich habe gesagt, sie friert, weil diese Geschichte gewöhnlich im Herbst spielt.«

»Sie geht also durch den Wald«, sagte Joe. »Und es wird Nacht? Aber ich wette, sie entdeckt eine kleine Hütte, stimmt's? Wo ein kleines Licht brennt?«

»Noch nicht!« Jankin war ganz aufgeregt. »Bevor sie das

Licht entdeckt, muss sie durch den Wald wandern – stundenlang – und sie zittert, und die Kälte ist grausam, und die Zweige an den Bäumen verwandeln sich in Eiskristalle, und sie glaubt, sie wird die Nacht nicht überleben, weil das Eis schon ihr helles Haar verkrustet.«

Mit gebeugtem Kopf und leiser Stimme half der Riese Jankin weiter. »Denk nach – ist die Kälte ihr einziger Feind?«

»Überhaupt nicht – sie fürchtet, die Wölfe werden sie verschlingen oder die Bären.« Er sah zu Slig auf. »Wir sagen verschlingen, wenn wir essen meinen, es ist ein besseres Wort, es klingt beängstigender.«

»Du bist sehr redegewandt, Jankin«, sagte der Riese.

»Denn in diesem Land gibt es immer noch Bären.«

»Aha«, sagte Joe Vance. »Aber dann kommt sie an eine kleine Hütte, wie?«

»Und klopft an die Tür«, sagte Pybus. »Vorsichtig. Die Tür wird von einem Zwerg geöffnet, und hinter ihm stehen seine sechs Brüder, die auch alle Zwerge sind.«

»Ist sie hübsch?«, fragte Slig beiläufig.

»Ich weiß nicht. Ist sie hübsch?« Pybus schaute den Riesen an.

»Ihre Augen sind so blau wie die Kornblume«, sagte der Riese. Er hatte das Gefühl, sich in seinen Ausschmückungen zu wiederholen. »Ihr Hals wie der eines Schwans auf einem See im Sommer.«

»Also passabel«, sagte Claffey. »Wenn man von den schmutzigen Füßen und dem Dreck absieht, der an ihr klebt.«

Pybus berührte den Arm des Riesen. »Erzähl du die Geschichte weiter, Mester.«

»Du kennst sie«, sagte der Riese. »Erzähl sie selbst.« In Wirklichkeit verabscheute er die Geschichte von den sieben

Zwergen. Er versuchte immer wieder, sich ein anderes Ende auszudenken, aber das Dumme war, dass sie jedes Mal mit der Wahrheit endete.

»Pybus, erzähl du sie«, bettelte Jankin.

Pybus fuhr sich mit den Fingern durch die Haare und grübelte. »Sie geht also rein. Sie geht rein und sieht, dass es eine gemütliche kleine Hütte ist, mit einem lodernden Feuer und einem eisernen Topf, der darüber hängt, und einem Karnickel, das in dem Topf schmort.«

»Karnickel!« Jankin verdrehte die Augen. »Es war eine fette Henne, die in dem Topf schmorte, so habe ich's gehört. Charlie –«

»Ist doch egal«, sagte der Riese knapp.

»Erzähle ich die Geschichte?«, fragte Pybus.

»Du erzählst sie«, sagte Jankin.

»Der Tisch ist gedeckt, in der Mitte steht ein Korb mit Brot, die Kerzen brennen, und durch einen Vorhang sieht sie einen weiteren Raum, wo Betten in einer Reihe nebeneinander stehen, Zwergenbetten, alle mit einem Berg von Fellen bedeckt. Die Zwerge führen sie an den Kamin, und sie wärmt sich am Feuer. Sie sagt: Meine lieben Herren Zwerge, darf ich die Nacht über bei euch bleiben, und werdet ihr mir aus eurem Topf etwas zu essen geben? Denn da draußen in der Kälte werden die Wölfe und die Bären mich fressen. Verzeihung. Verschlingen. Die Zwerge sehen einander an, und der Älteste von ihnen –«

»Das ist die beste Stelle.« Jankin umschlang sich mit den Armen.

»– der Älteste von ihnen sagt, es gibt keinen anderen Schlafplatz außer unseren sieben Betten, also such dir einen von uns als Bettgenossen aus.«

»So wie ich die Frauen kenne«, sagte Joe, »wird sie nicht

wieder raus in die Kälte rennen. Das ist ihr bestimmt zu ungemütlich.«

»Einen Bären nennst du ungemütlich?«, fragte der Riese. »Sie war also einverstanden und sagte: Wer von euch ist der Älteste? Der älteste Bruder meldete sich. Dann werde ich das Bett mit dir teilen, sagte sie.«

»Und werden die anderen Zwerge zugucken?«, fragte Constantine Claffey. Die Augen des Riesen waren auf den Eierfleck auf seiner Weste fixiert; ob er ihn als Zeichen des Wohlstands trug, um vor seinen Gefährten im Clement's Inn damit zu prahlen, dass er sich satt essen konnte?

Joe Vance sagte: »Was passiert, wenn sie ein Zwergenkind bekommt?«

Con sagte: »Es wundert mich, dass sie nicht sagt: Zieht eure Unterhosen runter, damit ich einen Blick auf eure Schwänze werfen kann. Und sich dann entscheidet. Oder waren die auch zwergenhaft?«

Der Riese stand auf. »Wir brauchen frische Luft«, sagte er.

Mit schweren Schritten ging er die Treppe hinunter und schob die Barriere auf, die ihn von der Nacht trennte. Schlampe Mary kauerte an der Wand, das Gesicht nach Osten gerichtet. Der Schein einer Lampe schnitt einen goldenen Bogen in ihre Wange: einen Sarazenenmond. »Wartest du auf einen Kunden?«, fragte er.

»Warum nicht? Was habe ich noch zu verlieren?«

»Claffey hätte dich geheiratet. Es waren deine Schulden, die ihn abgeschreckt haben.«

»Ach, die habe ich bezahlt«, sagte sie. »Bei Gott, Charlie, jeden Farthing.«

Er stieg die Treppe wieder hinauf. Das Zimmer war voller Rauch. Das Feuer war beinahe aus. Vance schickte Jankin zum Krämer Kohlen holen; er kehrte mit einem halben Scheffel zurück. Seekohle nannten sie sie. Sie seufzte, bevor sie zerfiel, als wäre die Stimme der kalten See in ihr. Die Stimme des jungen Pybus nahm die Geschichte wieder auf. »Und die ganze Nacht in den Armen des Zwergs.«

Hunter: derselbe Mond, schneidet wie ein tropfender Säbelhieb in das Fenster seines Stadthauses: die Fensterläden zum Schutz dagegen geschlossen, die Füße über Kreuz, sitzt er vor dem fast heruntergebrannten Kaminfeuer. Es heißt, Wullie geht es schlechter. Seine Praxis ist völlig heruntergekommen. Sei's drum. Ich bin jetzt der berühmte Hunter. Hat er je etwas anderes zusammengekratzt als geistreichen Gesellschaftsklatsch? Meine Sammlung dagegen erregt den Neid jedes Gelehrten, der den menschlichen Körper erforscht.

Er hat sich allein in seinem Zimmer in der Jermyn Street eingeschlossen. Anne ist unten, vertieft ins Verseschmieden und Saitenzupfen. Der Klang überträgt sich leise von Stockwerk zu Stockwerk; Gelächter, das er nicht versteht. Er schenkt sich einen Schluck ein, obwohl das Laster des Schnapstrinkens ihm fremd ist; das Beispiel von Hicks-Hups-Buchanan ist ihm stets deutlich vor Augen. Nachdem er sich ein halbes Glas einverleibt hat, beginnt er einen Streit mit einem, der nicht da ist: Wullie, vielleicht. *Es gibt ein paar Idioten, die glauben, Fische seien taub. Wer sich je die Mühe gemacht hat, in der Nähe eines Fischteichs eine Pistole abzufeuern, wird feststellen, dass das Gegenteil wahr ist.*

»Früh am nächsten Morgen«, sagte Pybus, »kam eine Frau aus dem nächsten Dorf, um den Zwergen Eier zu verkaufen: Sie hatten nämlich keine eigenen Hühner. Während sie das Tuch an ihrem Korb lüftete, ließ sie ihren Blick durch das Haus wandern, um zu sehen, wie die Zwerge lebten, damit sie ihren Nachbarn davon berichten konnte. Sie lugte durch den Vorhang ins Hinterzimmer und sah, wie das Mädchen nackt aus dem Bett aufstand. Sofort –«

»– schimpfte sie sie eine dreckige Hure«, sagte Claffey.

»Sofort rief sie: Du billige Schlampe – ihnen Eier zu verkaufen, ist eine Sache, aber bei ihnen im Bett zu schlafen – und als die Frau sie ohrfeigte, schrie das Mädchen auf: Ich bin nur hier, nur hergekommen, um mein Leben zu retten.«

Nachdem die Eierverkäuferin wieder gegangen war, wurde es still im Haus. Manchmal schüttelte sie sich, das Mädchen, als würde sie aus einem langen Schlaf erwachen, und ging halbherzig an die Tür. Aber der älteste Zwerg hielt sie zurück, mit seiner Pranke, mit einem Wort und einem liebevollen Blick, während seine Brüder in bedrückter Stimmung das Haus fegten und die Betten ordentlich machten und Gemüse für das Abendessen putzten. Und so wurde es dunkel – denn es ist Herbst, und es ist im Wald –, und sie sagte: Jetzt ist es zu spät, mich zu verabschieden – und sie dachte, dass sie wohl ein oder zwei Jahre bleiben könnte, den ganzen Winter und den Frühling, im Wald bei den Zwergen.

Aber als es Nacht wurde, sahen sie das Licht von Fackeln zwischen den Bäumen tanzen. Sie hörten Stimmengemurmel. Als sie auf ein Klopfen hin die Tür öffneten, stand die Eierverkäuferin da. Hinter ihr waren die Männer aus dem Dorf, alle mit Knüppeln bewaffnet. Sie zerrten die Zwerge in den Gemüsegarten und schlugen sie tot, einen nach dem anderen, jeder Zwerg sah, wie sein Bruder zu Brei geprügelt wurde, und der Jüngste war zuletzt dran. Dann rissen sie das Gemüse aus und packten es ein, um es in ihren eigenen Töpfen zu kochen. Unterdessen hatte das Mädchen sich im Wäscheschrank zwischen den sauberen Leintüchern versteckt, doch dann stieg ihr Rauch in die Nase, und das lockte sie heraus; sie stürzte zur Tür hinaus, und die Männer und Frauen johlten, und die Eierverkäuferin schlug ihr mit der Faust ins Gesicht, während die Flammen am Strohdach züngelten. Sie spuckten sie an, schwangen ihre Knüppel und schlugen ihr brennende Fackeln ins Gesicht, bis sie schreiend in den Wald rannte, barfuß und ohne Umhang, bis sie zwischen den Bäumen verschwand und die Schwärze der Nacht sie verschlang.

10

»*Also,* O'Brien«, sagte Joe Vance. »Du musst dir ein anderes Metier suchen. Groß zu sein reicht nicht mehr.«

Der Riese spreizte seine Hände. Sie zitterten leicht. Er wusste, dass sein erneutes Wachstum nichts Gutes bedeutete, aber er wollte, dass Vance ihn bewunderte. »Aber Joe, du hast doch selbst bemerkt, wie ich wachse. Ich wette, Paddy ist nicht größer als ich. Und er wird es auch in den nächsten Jahren nicht sein.«

»Wachsen, wachsen, das ist ja alles schön und gut. Aber das Publikum ist launisch, und meiner Meinung nach sind die Leute solcher Sachen überdrüssig.« Er ahmte den gestelzten Ton eines Englisch sprechenden Gentleman nach. »Ach, Riesen – Riesen hatten wir letztes Jahr.«

»Du hattest doch von einer Tournee durch die Provinz gesprochen, nicht wahr?«

»Sicher, aber sieh dich doch bloß an. Wie du den ganzen Tag am Kamin hockst, die Nägel nicht geschnitten, dein Mantel nicht gebürstet, dein Haar klebt dir so fettig am Schädel, als hättest du es mit einer Speckschwarte eingerieben. Glaubst du vielleicht, ein solcher Anblick könnte in Ipswich Furore machen? Werden sie uns in Bath die Türen einrennen? Werden die Bürger von Bristol eine Blaskapelle aufmarschieren lassen?«

»Es war ja nur eine Idee«, sagte der Riese und schmollte.

»Die Kosten, die so eine Tournee mit sich bringt, Charlie – da müsste ich mir schon sicher sein, dass sich das lohnt. Nein, was ich mir überlegt habe … hast du schon mal in Erwägung gezogen, als Feuerschlucker aufzutreten? Das ist ein schöner Beruf.«

Der Riese starrte ihn an. »Und warum muss nur ich einen Beruf haben? Warum nicht Claffey?«

»Du würdest doch sicher nicht wollen«, sagte Joe, »dass ein anderer im Vordergrund steht. So viel ich weiß, kann jeder, der eine sichere Hand und seinen Verstand beisammen hat, ein Feuerschlucker werden, aber warum sollte der Ruhm Claffey gebühren? Überleg doch mal.«

»Ich hätte nichts dagegen, einen Beruf auszuüben«, sagte Pybus. »Straßenräuber würde mir liegen. Wenn ich ein Pferd hätte.«

»Du könntest ja Strauchdieb werden«, schlug Jankin vor.

»Hört auf mit dem Blödsinn«, sagte Joe. »Verdient euer Brot mit anderen Mitteln. Sonst schnüren sie euch die Kehle zu, und dann könnt ihr im Wind pfeifen. Erinnert ihr euch an die Geschichte von dem Blinden namens Ferris?«

Der Riese hatte schweigend zugehört. »Ich habe genug Geld«, sagte er schließlich. »Ich bin nicht gezwungen, hier weiterzumachen, ich bin durch keinen Vertrag an dich oder sonst jemanden gebunden. Ich könnte mit dem nächsten Schiff nach Irland zurückkehren. Ich könnte meinen Sack schultern und an der heiligen Stätte, wo Mulroney's Tavern einst gestanden hat, persönlich erscheinen.«

»Ich sage dir, was dein Problem ist«, sagte Joe Vance. »Du trinkst zu viel.«

Anfang November hatten seine Gefährten in den Straßen Feuerwerkskörper und Knallfrösche gezündet; das war ein englischer Brauch. »Seitdem ist mir nicht mehr warm gewesen«, sagte Claffey. Hinterher hatte es eine Rauferei gegeben. Das war fünf Tage, nachdem die irischen Feen, schemenhaft durch die Abenddämmerung gleitend, lautlos in ihre Winterquartiere gezogen waren. Es ist nicht ratsam, sie zu behindern, auf ihren Pfaden zu wandern oder sie direkt anzusehen. Ihre Existenz beruht auf Lichttäuschungen und auf Schatten, die sich im Wasser bewegen; ihr natürlicher Zustand ist der Schatten. Sie zählen nicht, sie kennen keine Wochentage und benutzen nur hölzerne Werkzeuge, denn sie misstrauen Eisen und Stahl. Sie bekommen körbeweise Kinder, und sie tragen sie auf dem Rücken. Alle diese Feen sind sehr alt.

Constantine Claffey kam von Clement's Inn – den Eierfleck immer noch auf der Weste –, um ihnen eine Neuigkeit zu überbringen. Anscheinend war das Schwein von Mr. Goss beim Publikum von Dublin zu einer solchen Attraktion geworden, dass irgendein wichtigtuerischer städtischer Beamter hereingestürmt war und die Vorstellung hatte platzen lassen in der Annahme, es handle sich um eine Versammlung zum Absingen von Schmähliedern und eine Verschwörung zum Abfackeln der Heuhaufen reicher Leute. Seine Sergeanten hatten dem alten Goss ein paar Schläge auf den Kopf verpasst und Toby angedroht, ihn zu hängen und zu pökeln. Mr. Goss hatte sein Geld und seine Habseligkeiten gepackt und war nach Chester geflohen, doch kaum hatte er sich auf den Weg gemacht, als er an Hirnhautentzündung erkrankte und verschied.

»Diese brutalen Mörder«, rief Pybus aus. »Diese Schläge, die sie dem alten Goss auf den Schädel gegeben haben, waren bestimmt das direkte Ergebnis seiner Krankheit.«

»Die Ursache«, murmelte der Riese. »Nicht das Ergebnis.

Und Pybus, *post hoc ergo propter hoc* ist ein fataler Irrtum, und verleitet zu falschen Schlüssen.«

»Ich glaube, ihr habt alle nicht kapiert, worum es geht«, sagte Vance gereizt. »Die Frage ist doch: was ist mit Toby geschehen?«

Con blähte seinen Brustkorb auf: »Diese jammervolle Geschichte werde ich euch erzählen. Toby hat zwei Tage lang am Grab seines Herrn getrauert; die ganze Zeit war er ohne Futter und stieß schweinische Klagelaute aus. Am Morgen des dritten Tages, als Goss' Neffe, der in Chester wohnt, herbeigeeilt kam, um das Schwein zu trösten – fand er ihn verschwunden vor.«

»Fand er ihn verschwunden vor«, sagte Charlie. »Noch ein Satz, der einen zum Grübeln bringen kann.«

»Irgendwann brichst du dir nochmal die Zähne an deiner Pedanterie«, sagte Vance. »Und ihr, Con, Claffey – genug mit dem bombastischen Geschwätz. Wo ist Toby jetzt?«

Con breitete die Arme aus. »Das weiß niemand.«

»Dann setz eine Beschreibung auf«, sagte Vance. »Und schreib dazu, dass ich, Joe Vance, bereit bin, eine – wie heißt das passende Wort, Charlie?«

»Generös.«

»Bereit bin, eine generöse Belohnung für das besagte Schwein zu zahlen oder für Informationen, die mich zu ihm führen.«

»Diese ge-ne-röö-se Belohnung«, sagte Con, »bezahlst du die aus deinem eigenen Beutel?«

Vance zuckte die Achseln. »Ich bin, wie du weißt, ein armer Schlucker, der für einen Schilling pro Guinee arbeitet. Aber ich hoffe, dass O'Brien sich diese Gelegenheit nicht entgehen lässt.«

Der Riese traf seine Entscheidung. »Wenn ich keine Geschäfte mache, bin ich nichts. Schlag ein, Joe Vance. Ich werde in das Schwein investieren.«

An jenem Abend tranken sie zur Feier des Tages ein paar Gläser, und der Riese erzählte die Geschichte von Tannikin Skinker.

»Sie wurde in einer Stadt am Rhein geboren, weder eine freie Holländerin, noch eine Untertanin des Kaisers. Vor Tannikins Geburt wurde ihre Mutter von einer alten Bettlerin um ein Almosen gebeten, doch die Mutter jagte die Bettlerin fort. Als die Alte davonhumpelte, murmelte sie: Dein Charakter ist der eines Schweins, und dein Kind wird Schwein ins Gesicht geschrieben haben.

Als Mistress Tannikin geboren wurde, war sie ein sehr hübsches Kind, bis auf ihre Schnauze und ihr Borstenhaar. Ihre Familie, die sehr wohlhabend war, hielt sie in dunklen, holzvertäfelten Räumen hinter verschlossenen Fenstern versteckt –«

Holzvertäfelte Räume in ihrem großen Haus: wo eine Tür den Blick auf die nächste geöffnete Tür freigab, wo Schatten sich in den Ecken abzeichneten und dunkle Ölgemälde, umrahmt vom matten Glanz rissigen Blattgolds Türen darstellten, die sich zu weiteren Türen öffneten, und Frauen, die hinter gerafften Vorhängen geheime Briefe lasen. Der Riese machte eine Pause: er sah Tannikin, ein kräftiges, viel versprechendes Mädchen von fünfzehn oder sechzehn Jahren, das seine Schnauze an eine Fensterscheibe drückte, der Fensterladen zur Hälfte geöffnet; unter ihr, weit unten, die kleinen, goldenen Schiffe, die lautlos über den Rhein glitten.

»Ihre Mutter und ihr Vater gaben ihr eine gründliche Bildung, und sie beherrschte die Crewelstickerei, Rhetorik und Grammatik, den Gebrauch des Astrolabiums und den Umgang mit Weltkugeln sowie das Notenschreiben; außerdem besaß sie theoretische Kenntnisse im Backen, Bierbrauen und in der Bienenzucht. Obwohl sie sieben Sprachen beherrschte, war ihre Stimme nichts als ein Grunzen, und sie trug stets einen Schleier aus schwarzem Samt über dem Gesicht.«

Und wieder machte der Riese eine Pause. Er hatte die Beschreibungen des Verfassers von Tannikins Lebensgeschichte erheblich ausgeschmückt. Die Ehrlichkeit ließ ihn zu den harten Tatsachen zurückkehren.

»Die alte Frau wurde alsbald gefunden und vor den Magistrat gebracht, doch sie konnte oder wollte den Fluch, den sie über die Familie ausgesprochen hatte, nicht aufheben. Eines jedoch verriet sie, bevor der Scheiterhaufen angezündet wurde – wenn es Tannikin Skinker gelänge, einen Mann zu finden, einen, der sie trotz ihrer Missgestalt liebte, würde sie ihre menschliche Gestalt wiedererlangen; sobald sie das erste Mal die Riten der Liebe erführe, würde ihre Schnauze sich zurückbilden, und ihre Borsten würden ausfallen.«

»Ein Schweinegesicht?«, fragte Joe Vance. »Richtig schweinisch?«

»Durch und durch Schwein.«

»Also, ich weiß nicht«, murmelte Vance. Es war, als fühlte er sich in seiner Männlichkeit herausgefordert. »War sie reich? Darum geht's doch wohl. War sie gut betucht?«

»Ihre Mitgift –«, und wieder sah der Riese die goldenen Schiffe, beladen mit Wollsäcken und Hopfen aus Flandern, mit silbernen Spiegeln, Apfelsinen aus Sizilien und den Früchten von französischen Weinbergen. »Ihre Mitgift war … generös. Sie war – stattlich.«

»Dann zieh ihr einen Sack über den Kopf«, sagte Claffey, »und ich erledige die Sache. Ist sie noch zu haben?«

»Mistress Tannikin«, sagte der Riese, »wurde im Jahr des Herrn 1618 geboren.«

»Und?«, fragte Claffey. Der Kalender gehörte nicht zu seinem Bildungsbestand. Der Riese fuhr fort. »Als dies im ganzen Land bekannt wurde – und wie ihr euch vorstellen könnt, gab es eine Menge neugierige und geschwätzige Zuschauer bei der Gerichtsverhandlung gegen die alte Hexe –, entdeckten die Leute sehr bald, in welcher Stadt sich das Haus der Familie Skinker befand, und es dauerte nicht lange, da belagerte eine große Anzahl von tapferen, aber mittellosen Gentlemen das Haus. Sie hatten Pergamente mit handkolorierten Abbildungen ihrer Wappenbilder und anstelle ihrer Wappen schriftliche Empfehlungen von Magistraten und Geistlichen und manche sogar Schreiben in dreifacher Ausführung vom Heiligen Geist persönlich.

Die Familie Skinker bestellte den besten Schneider und den angesehensten Coiffeur der Stadt. Sie ließen ihre geliebte Tochter Tannikin mit Hüftpolstern aus Roßhaar und mit Reifröcken ausstatten, ihre rosigen, schwitzenden Gliedmaßen wurden in feinsten Brokat und kostbaren Satin gezwängt; sie baten den besagten Frisör, ihr borstiges Haar nach der allerneuesten Mode hochzustecken und zu pudern, und dann bestellten sie eine Putzmacherin und ließen ihr eine Haube anfertigen, die so reich geschmückt war mit Schleifen und Früchten und Blumen, so üppig bestickt mit allen erdenklichen Tieren und Figuren, dass die Leute sie das Wunder des Westens nannten.«

Er machte erneut eine Pause. Bei der Haube hatte er übertrieben, aber was wussten sie schon von Damenmode? Auch beim Heiligen Geist und bei den Freiern hatte er übertrieben, aber was wussten sie schon von der Theologie und der romantischen Liebe? Er stellte sich vor, wie Tannikin Skinker gezwickt und gekämmt und gepudert wurde, wie sie sich die Pfote zum Schutz vor das Gesicht hielt, kaum aufzuschauen wagte: wie sie sich nach der tröstlichen Dunkelheit ihres Schleiers aus schwarzem Samt sehnte.

»Doch es war alles vergebens. Es kamen Engländer, Franzosen und Italiener, Chinesen und Tartaren, doch der Anblick von Tannikins Schweinegesicht schreckte sie alle ab: sie fanden alle eine Ausrede: alle zogen sie den Hut und machten sich auf den Heimweg.«

»Ich hätte mich nicht so geziert«, sagte Claffey.

»Aber Tartaren –«, sagte Joe Vance.

Sagte Claffey: »Tartaren bedeuten nichts.«

»Tartaren, das sage ich dir, sind sehr geschickte Reiter. Ich wünschte, ich könnte einen Tartaren bekommen.«

»Und so lebte sie bis ans Ende ihrer Tage«, sagte der Riese. »Ihr Vater und ihre Mutter starben ...« Es musste so gewesen sein, aber es war ihm gerade erst klar geworden. »Ihre Eltern, die sie in den Sieben Freien Künsten unterwiesen hatten und die ihr ganzes Vermögen hergegeben hätten, um ihr wahres menschliches Gesicht zu sehen. Da war die arme Tannikin allein hinter den geschlossenen Fensterläden, sah den Rhein dahinfließen, sah, wie die Mode sich änderte und wie ihr schöner Kopfputz zu einer altmodischen Haube verkam – und sehnte sich bis ins hohe Alter danach, einen Freier zu empfangen, der erst jetzt von ihr gehört hatte ...«

Bis ihre Diener starben, dachte er, die alten Diener, die sich so an sie gewöhnt hatten, bis niemand mehr da war, um den silbernen Napf zu polieren, aus dem sie ihr Futter aß, niemand, der den Anblick ihres Gesichts ertragen konnte, niemand, der ihr eine Messe lesen oder die Heilige Kommunion reichen oder das Feuer schüren konnte, wenn die Nächte kalt waren. »Mistress Tannikin Skinker«, sagte er, »lebte viele Jahre lang, einsam und bescheiden. Wie es solche Geschöpfe zu tun pflegen.«

Als Pybus aufblickte, meinte er, eine Träne auf der Wange des Riesen zu sehen; aber es wurde langsam dunkel, und der Schein kann trügen.

»Die Geschichte ist nicht schlecht«, sagte Claffey gähnend. »Aber ich hätte lieber die vom Aufstand der Kohlenträger gehört und wie Murphy und Duggan an einem Baum aufgeknüpft wurden.«

Der Riese dachte, es gibt Bäume in Welten, die Claffey und seinesgleichen unbekannt sind, Bäume, die gleichzeitig Blüten und Früchte tragen.

»Wenn ich's mir recht überlege«, sagte Claffey, »würde ich noch lieber im *Talbot* in der Tyburn Road einen Schnaps trinken. Kommst du mit, Bruder?« Er machte eine Kopfbewegung zum Riesen hin. »Noch eine, die du in dein Repertoire aufnehmen solltest, ist die von dem tapferen Angriff der Iren auf die Metzger von Clare Market.«

»Warum haben sie die Metzger angegriffen?«

»Weil sie eine Strohpuppe vom heiligen Patrick gemacht und sie auf einem großen Feuer verbrannt und dazu Lieder gesungen haben.«

»Das haben sie gemacht?«, rief Pybus. »Bei Gott, da hätte ich auch losgeschlagen.«

Sagte der Riese: »Pybus, neuerdings schlägst du schon los, wenn ein Kohlblatt über die Straße weht.«

Sagte Constantine: »Wir haben ihnen das Fell über die Ohren gezogen.«

In der Jermyn Street jonglierte John Hunter, allein im Dunkeln, mit den Mittelhandknochen eines Esels.

Schon bald traf aus dem *Talbot* und dem *Swan with Two Necks,* aus dem *Quiet Woman* und dem *Three Keys* eine Flut von Falschmeldungen über Schweine ein; schlimmer noch, eine ganze Prozession von Stallburschen und Schweinehirten, jeder mit einem elenden Borstenvieh an der Leine, wälzte sich den Piccadilly entlang. Eines war noch nicht mal ein Schwein, sondern eine geschorene Bulldogge; was mal wieder ein Licht auf die Intelligenz der Engländer warf, meinte der Riese. Pybus sagte: Ich wüsste mal gern, was aus dem Schwein aus dem Keller geworden ist, erinnerst du dich, Charlie, das Schwein, das die letzte Hoffnung des Blinden war?

Zu Speck verarbeitet, sagte der Riese: Speck, der längst aufgegessen ist.

Pybus bekreuzigte sich.

Joe Vance stand im Hof und wischte sich die Stirn beim Anblick der Parade aus Schweinespeck. »Jeder weiß«, sagte er, »dass das Schwein von Mr. Goss ein schlankes, schwarzes Tier ist, das zu Goss – Gott hab ihn selig – in die Ausbildung kam, als es ein Läufer war, und jetzt über drei Jahre alt ist. Warum verschwenden sie meine Zeit mit diesen Hochstaplern?« Er wischte sich erneut die Stirn. »Die Arbeit eines Agenten ist nie beendet.«

Der Riese sagte: »Was ist mit dem Schotten? Dem kleinen Tierdompteur? Hältst du es nicht für wahrscheinlich, dass er irgendwelche Informationen hat? Er kann zweifellos schreiben, und vielleicht hat er Verbindungen auf dem Land, die er zu Rate ziehen kann.«

Joe rieb sich das Kinn. »Wir haben ihn schon eine ganze Weile nicht gesehen. Hat er dir nicht eine Visitenkarte gegeben?«

Der Riese sagte: »Sie ist bei meinen Sachen.«

Howison liest ein Buch über Werwölfe. Französische Werwölfe sind im Großen und Ganzen bösartige, geifernde Untiere mit scharlachroten Zähnen, die das schwache Lamm Christi und dessen Schäfchen anfallen; während irische Werwölfe Helden und Prinzen sind, durch einen uralten Fluch dazu verdammt, sieben Jahre mit grauem Zottelfell und funkelnden Augen von rohem Fleisch zu leben und sich vor Feuer zu fürchten. Manchmal bleiben sie unter ihrem Pelz dennoch Christen: bezeugt durch den Werwolf von Meath, der einen durchreisenden Priester anflehte, seiner sterbenden Frau die Sterbesakramente zu erteilen, und ihr dann die Haut abzog, um zu beweisen, dass sie ein Mensch war. 1764 terrorisierte ein grausames Wesen – ein echter Wolf – das Zentralmassiv, fiel erwachsene Männer an und forderte fünfzig Menschenleben. Ein kleiner Junge, der von diesem Wolf in Angst und Schrecken versetzt aber nicht gefressen worden war, berichtete, er habe Knöpfe an der Bauchseite. Die Neuigkeitskrämer behaupteten, der Wolf komme in die Stadt, wenn er frischen Tabak brauche; die Frömmler erzählten, er käme in die Stadt, wenn er – es war ein sprechender Wolf – seine Sünden beichten wolle.

Und die Absolution empfangen?

Die Engländer haben keine Werwölfe. Für sie ist man entweder das eine oder das andere.

Die Morgen waren nun eisig kalt, und zum ersten Mal in seinem Leben begann der Riese die Kälte zu spüren. Leidend und schniefend brütete er über dem qualmenden Feuer; und als Claffey zu ihm sagte: »Also, kommst du nun mit zu dem Schotten?«, blickte er lethargisch auf und schüttelte den Kopf.

»Hunter macht mir Angst«, sagte er. »Als er mir die Hand

auf den Arm gelegt hat, um mir den Puls zu fühlen, habe ich seine Berührung bis in die Knochen gespürt.«

»Wie du willst«, sagte Claffey. »Du siehst aus wie ein kranker Hund.«

In der Jermyn Street wurde die Tür von einem grobschlächtigen Mann geöffnet, den sie noch nie gesehen hatten. »Ja?«, bellte er. »Seid ihr ein Experiment?«

Claffey verstand kein Wort, fand jedoch, es sei das Sicherste, den Kopf zu schütteln.

»Warum kommt ihr dann am helllichten Tag hierher? Wo ist euer Sack?«

»Unser Sack, Sir?«

»Wo ist euer Toter, du Schwachkopf. Wo ist eure Leiche?«

»Wir leben noch, Mester«, sagte Jankin.

»Wir kommen wegen der Tiere, Sir«, sagte Pybus.

»Aha.« Der bullige Mann atmete tief aus und musterte sie schon weniger feindselig. »Die Tiere werden nach Earl's Court gebracht, da hält Mr. Hunter seine Tiere. Was habt ihr denn? Ist es tot oder lebendig?«

Die Iren sahen einander an. Claffeys Füße begannen unwillkürlich zu zucken; offenbar meinten sie, sie sollten lieber kehrtmachen und davonrennen. Aber Jankin sagte enttäuscht: »Dann können wir also Ihre Kunststücke nicht sehen?«

»Kunststücke?«, fragte der Mann. »Verdammt, wir sind doch kein Zirkus.«

»Hören Sie«, sagte Claffey, »mir scheint, es gibt da ein Missverständnis, Sir.« Er langte in seine Hosentasche und brachte ein Stück Papier zum Vorschein, auf dem etwas geschrieben stand. »Das hat der kleine Schotte unserem Riesen gegeben. Ich glaube, das ist sein Name, was da draufsteht.«

»Ja«, sagte der Mann, während er den Zettel betrachtete. »Das ist eine Seite aus dem geheimen Notizbuch von Mr. John Hunter.«

»Das ist der, den wir meinen. Krumme Nase, die Schultern bis an die Ohren und Stoppeln auf den Wangen.«

»Pass auf, du unverschämter Lump«, brauste der Mann auf. »Ich reiß dir gleich die Nieren raus.«

In diesem Augenblick hörten sie aus dem Innern des Hauses eine durchdringende Stimme. »Howison, wer ist da draußen?« Der Schotte erschien in der Tür, über seiner Jacke einen langen, schwarzen Kittel; auf der Brust, genau da, wo Constantine Claffey seinen Eierfleck hatte, klebte etwas Rötliches, Glibbriges.

»Ein paar irische Galgenvögel«, erwiderte Howison. »Ich werde sie fortjagen.«

»Nein, warte. Seid ihr nicht die Gefährten von diesem Riesen? Habe ich euch nicht bei Charles Byrne gesehen?«

»Genau, das sind wir«, antwortete Pybus, der kleine Maulheld.

Sofort breitete sich ein bemüht freundlicher Ausdruck auf dem Gesicht des Schotten aus. »Und wie geht es eurem großen Freund heute?«

»Er sieht aus wie ein kranker Hund, Sir«, sagte Jankin. »Stimmt's, Francis Claffey?«

»Hm«, sagte Mr. Hunter.

»Sitzt am Kamin und tut nichts«, fügte Jankin hinzu.

»Verstehe. Nun denn, Gentlemen –« Mr. Hunter fuhr mit der Hand unter seinen Kittel und tastete nach etwas. Pybus machte sich darauf gefasst, dass er ein Messer ziehen würde; der Fleck auf Hunters Kittel machte ihn misstrauisch. Als Mr. Hunters Hand wieder zum Vorschein kam, lagen drei Halfpence-Münzen darin. »O Gott, Howison. Ich werde einen Patienten besuchen müssen, um mir eine Guinee zu verdienen. Wieso habe ich nur noch so wenig Geld?«

»Sie haben diese Molche gekauft, Sir. Aus einer Laune heraus, Sir.«

»Stimmt, die Molche hatte ich ganz vergessen. Nun, Gentlemen, der gute Wille ist da. Ich würde euch mehr geben, wenn ich könnte. Seid ihr manchmal im *Crown* in der Wych Street anzutreffen?«

»Kann sein«, sagte Pybus.

»Falls ihr meinen Gehilfen Howison dort trefft, wird er euch eine Runde spendieren. Howison, merk dir diese Männer. In nicht allzu ferner Zeit werden wir einige Geschäfte miteinander machen.«

»Der Mann ist ein wandelndes Rätsel«, sagte Pybus, als sie sich auf den Weg zurück in die Cockspur Street machten. Aber bis sie dort ankamen, hatte Joe Vance das Rätsel für sie gelöst. »Slig hat sich umgehört, und er hat mich ins Bild gesetzt. Der Mann ist kein Tierdompteur. Er ist das, was die Engländer einen Steinstecher nennen.«

»Und was ist das?«, fragte der Riese.

»Das ist ein Chirurg. Er schneidet den Star und amputiert grüne Beine. Er ist einer von diesen Anatomenisten, die ihr besungen habt.«

»Sein Gehilfe hat gesagt, er würde mir die Nieren rausreißen«, sagte Pybus. »Ich habe es für einen Scherz gehalten.«

»Wir sollten uns lieber von ihm fern halten«, sagte Jankin. »Und von diesem Howison. Und vom *Crown* in der Wych Street.«

Vance starrte ihn mit offenem Mund an. Das war die längste Rede, die er je aus Jankins Mund gehört hatte, und sie hatte sogar Hand und Fuß. Aber Claffey sagte: »Er hat gesagt, er würde uns eine Runde spendieren, und ich finde, sein Schnaps ist so gut wie der von jedem anderen, Steinstecher oder nicht.«

Claffey war in letzter Zeit bis spät in die Nacht unterwegs gewesen, um die Stadt nach Bride Caskey abzusuchen. Egal, was Mary sagte, er war davon überzeugt, dass sie es war, die seinen Liebling beraubt hatte. Mary zog neuerdings abends auf eigene Faust los. »Ich habe nichts mehr zu verlieren, also versuche ich, etwas zu verdienen«, erklärte sie. Sie wurde böse, wenn sie versuchten, sie aufzuhalten. »Ich will auch Geld in meiner Tasche haben. Ich will so einen vollen Beutel wie der Riese. Aber ich weiß, dass ich längst tot bin, bevor es so weit ist.«

Marys Haar schien dunkler geworden zu sein; sie wirkte älter, verwegener. Der Riese dachte an den ältesten Bruder, den ältesten Bruder der Zwerge. An seine Worte, an seinen liebevollen Blick. Das war es, was das Mädchen im Wald zurückgehalten hatte. Zu Mary sagte er nichts. Sollte sie nur gehen: Draußen im Elend zu sein, war nicht schlimmer, als drinnen im Elend eingeschlossen zu sein. Jeden Abend wurden die Zimmer in der Cockspur Street kleiner. In seiner Brust war ein scharrendes Geräusch zu hören. »Du könntest eine Dosis Medizin gebrauchen«, meinte Vance, aber er sagte: Nein, nein, ich will keine Medizin, und auch nicht den Steinstecher. Gott segne uns, sagte er. Sankt Comgall beschütze uns. Mary vernachlässigte das Putzen. Die Zimmer wurden muffig. Eines Nachmittags brach er das zugenagelte Fenster auf. Ein schwarzer Nordwind rüttelte an den Fensterrahmen.

Es wurde Weihnachten. Der Fraß wurde immer lausiger. Zum Dinner aßen sie einen gekochten Schafskopf und nannten es ein Festmahl; meistens gab es schimmeliges Brot und Haferbrei zum Abendessen.

»Mach deinen Beutel auf, Riese«, stöhnte Pybus, »damit

wir nochmal eine Scheibe Speck zu essen kriegen, so wie früher. Gönn uns einen Gewürzkuchen.«

»Ich werde meinen Beutel für Toby öffnen«, sagte der Riese. »Für kein anderes Vorhaben.«

»Nicht mal für Essen?«, fragte Pybus. »O Elend.«

»Das Vertrackte an einem Schwein«, sagte Slig, während er bedächtig in seinem Rübenbrei rührte, »das Vertrackte an einem Schwein ist: kann es auf einem Stuhl sitzen? Also, Constantine Claffey hat von einem Bären gehört, den man mieten ...«

»Für einen Bären werde ich mich nicht von meinem Geld trennen. Ein Bär liegt mir nicht.«

»Aber Charlie, du hörst ja gar nicht zu. Man kann einen Bären nehmen und ihn scheren. Dann setzt man ihm ein Häubchen auf und zieht ihm ein Kleid über, bis sein Gesicht nur noch scheu und lieblich hervorlugt – und man muss ihm natürlich Handschuhe anziehen und die Finger polstern.«

»Man sollte meinen«, sagte der Riese, »erwachsene Männer hätten etwas Besseres zu tun.«

»Dann behängt man seinen Stuhl mit großen Tüchern, sodass ein kleiner Junge darunter hocken kann. Man ruft ihn als ›die Frau mit dem Schweinegesicht‹ aus – wir könnten sie Tannikin nennen, wenn du willst –, und wenn die Leute ihren Eintritt bezahlt haben, stellt man ihm eine Frage, zum Beispiel: Sind Sie nicht die Lady von Limerick? Dann piekt der Junge ihn von unten mit einem Stock, und Tannikin brummt. Dann sagt man: Wie fühlen Sie sich, wenn die Leute Sie die Lady mit dem Schweinegesicht nennen? Und der Junge piekt zweimal, und Tannikin brummt zweimal, ganz wütend, also tut man so, als wäre man das Mitgefühl in Person und sagt: Ach, wir wollen lieber nicht darüber reden. Der Junge kneift den Bär, und Tannikin stöhnt leise auf, als hätte sie sich wieder beruhigt.«

»Mir scheint«, sagte der Riese, »das Tier hat ein sehr eingeschränktes Repertoire. Ich kann mir nicht vorstellen, dass man damit mehr als ein paar einfältige Gaffer anlockt.«

»Es ist eine raffinierte Sache«, beharrte Slig. »Ich habe so eine Schau schon einmal gesehen.«

Von ihrem ersten Besuch im *Crown* in der Wych Street kehrten die Gefährten betrunken wankend zurück. Constantine Claffey erbrach sich auf seine Weste, trotzdem zog er sie am nächsten Tag wieder an. »Wenn sie neuerdings ins Wirtshaus gehen«, erklärte Joe Vance, »nennen sie ihr erstes Glas ein Schlückchen. Das zweite ist der Wachmacher, das dritte Gutelaunemacher. Ab dann machen sie sich nicht mehr die Mühe, sich Namen auszudenken.«

Joe war schmaler geworden, und seine Augen waren milde, wenn er mit einem Buch auf den Knien am Feuer saß und sein Blick ins Leere ging. Als der Riese eines Tages nach Hause kam, stellte er fest, dass Joe seine Zeisige verkauft hatte. Der Riese setzte sich auf den Stuhl mit dem Riss in der Rückenlehne und weinte.

11

Kane, der Hauswirt, stattete ihnen einen Besuch ab; ihm waren Beschwerden zu Ohren gekommen. »Ich habe gehört«, sagte er, »dass hier laut getrampelt wird.«

»Verdammt«, sagte Claffey, »er ist ein Riese, was erwartest du, dass er sich wie eine Fee bewegt?«

Kane warf Claffey einen wütenden Blick zu. »Schnauze, du Holzkopf, sonst fehlt dir gleich ein Ohr.«

»Claffey hat in gewisser Weise Recht«, sagte Joe.

Der Riese lag auf dem Rücken ausgestreckt auf dem Boden und tat so, als schliefe er. Sein Schnarchen war gespielt.

»Die Leute unter euch bezahlen gutes Geld«, sagte Kane. »Das sind meine Kunden. Sie sagen, die Missgeburt wandert Tag und Nacht herum.«

»Das nennt man Auf- und Abgehen«, erklärte Joe. »Er ist unruhig, und es geht ihm schlecht. Ich fürchte, er hat Heimweh.«

»Du solltest ihn verkaufen«, sagte Kane. »Was nützt er dir noch? Der Lack ist ab. Du könntest ihn als komplette Arbeitskolonne vermieten.«

»Er weigert sich, körperliche Arbeit zu verrichten«, sagte Joe. »Nicht dass er zu stolz wäre, aber er sagt, seine Muskeln lösen sich von seinen Knochen.«

»Hast du schon mal überlegt, ob du ihn eintauschen könntest?«

»Ich würde ihn sofort gegen ein intelligentes Schwein eintauschen, wenn ich eins bekommen könnte.«

»Ich sage dir, was eine gute Nummer ist«, sagte Kane. »Tibor der schreckliche Tartar.«

»Tibor«, sagte Slig. »Ich kenne den Kerl. Sein Vater stammt aus Cork.«

»Der hat zwar nichts zwischen den Ohren«, sagte Kane, »aber er reitet auf zwei Pferden gleichzeitig und fängt noch eine Apfelsine mit einer Gabel.«

»Und er ist zu verkaufen?«

»Einer von den Gäulen hustet und ist reif für den Abdecker. Deswegen sucht er nach einem Geldgeber, den er dann an den Einkünften beteiligen will. Überleg's dir.« Kane sah auf den Riesen hinunter. »Was ist das unter seinem Kopf?«

»Sein Geldbeutel.«

»Ich werd verrückt!«

»Es gibt nur noch einen, der sich für Charlie interessiert«, meldete sich Jankin aus der Ecke.

»Und wer ist das?«

»Der Steinstecher«, sagte Jankin. »Der Anatomist.«

»Welcher Anatomist?«

»Hunter«, sagte Joe Vance.

»Hunter?« Kane rieb sich das Kinn. Beim Hinausgehen inspizierte er den Stuhl mit dem Riss in der Lehne. Stirnrunzelnd wackelte er daran. Er verabschiedete sich und erhöhte ihre Miete.

»Wie war's im *Crown?*«, fragte der Riese eine Woche später. »Das ist wohl euer neues Stammlokal.«

Pybus klopfte sich auf die Brust. »Wir haben uns tapfer geschlagen«, sagte er. »Wir singen immer ein Lied von Sandman Joe. Den Text verstehen wir nicht, aber es ist sehr obszön. Ein misshandeltes Pferd kommt darin vor, deswegen ist Jankin rausgegangen.«

»Und wer hat euch das Lied beigebracht?«

»Mester Howison, der Gehilfe von dem Chirurg. Er trinkt mit den Iren zusammen, er führt nichts Böses im Schilde. Kumpel Kane war auch da, unser Hauswirt, und Con Claffey und der alte Slig.«

»Ach ja?«

»Mester Howison hat sich nach dir erkundigt«, sagte Claffey. »Wie geht es Charles Byrne in letzter Zeit, so hat er sich ausgedrückt.«

Nächte, kalt wie ein Skalpell. Frühlingsfrost, der Saft in den Bäumen eingefroren. Wullie Hunter hat Gicht, ein Leiden, das er verabscheut. Er hat Tag und Nacht Schmerzen. Der Riese denkt: Wenn ich sterbe, wie werden sie mich dann begraben? Der Boden ist härter als das Herz eines Gerichtsvollziehers.

Wullie spürt eine ungewohnte Schwere in sich. Er würde es seinem Bruder gegenüber erwähnen, wenn sie sich nicht zerstritten hätten.

Der Riese sagt: »Joe, immer, wenn ich oben auf einer Treppe stehe, habe ich ein Gefühl, als würde ich gleich abstürzen.«

Schlampe Mary kommt mit zerschlagenem Gesicht nach Hause.

Joe sagt: Die Zeiten haben sich geändert.

John Hunter bleibt bei seinen Gewohnheiten. Er steht vor dem Morgengrauen auf und spült sich den Mund mit Wasser, das seit dem Vorabend abgestanden ist. Er pisst – was weniger schmerzhaft ist als bisher – und reibt sich den Schlaf aus den Augen. Er massiert sich sein stoppeliges Kinn, er schrubbt seinen weißen, sommersprossigen Körper und trocknet ihn mit seinem leinenen Handtuch ab. Er beginnt vor sechs mit dem Sezieren, und die frostige Dämmerung ertappt ihn bei seinen Ungehörigkeiten, sieht seine geröteten Hände mit Eingeweiden hantieren, sieht die Gefäße mit den herausgeschnittenen Blasen und Herzen.

Um neun macht er Frühstückspause. Stachelbeeren in einer Hammelfleischpastete erinnern ihn an Augen, die über seinen Arbeitstisch kullern. Augen erinnern ihn an die Optik, die Optik erinnert ihn an diesen schweizerischen Teufel Marat mit seinen zusehends verworrenen und verrückten Theorien über das Licht. Wo ist Marat heute Morgen? Hunter hört auf zu essen und lässt seiner Phantasie freien Lauf. Sein Puls geht schneller. Er schiebt die Pastete beiseite. Denkt an Bruder James, der wie ein halb verkrüppelter Idiot auf dem Hocker in der Küche in Long Calderwood herumkippelt; und wie Schwester Dolly bei seinem Anblick liebevoll einen zusätzlichen Scheit auf das Feuer legte. James mit seinen geröteten Wangen, seinem kalten Schweiß, den Knochen, die sich durch die Haut arbeiten. Marat glaubte, er könne Schwindsucht und Knochenfäule kurieren und die Pocken ebenfalls, aber wenn er das fertig brachte, dann nur mit seinem Geschwätz, mit seinen ausländischen Hirngespinsten und der schleichenden, magnetisierenden Energie seiner goldgestreiften Augen – so sanft wie die Sünde, Gott möge ihn verrotten lassen.

Nachdem die Gedanken an Marat und andere Kurpfuscher ihm das Frühstück verleidet haben, empfängt er seine Patienten. Dann macht er seine Hausbesuche, und um vier isst er zu Abend. Er füllt seinen Teller nur halb voll und trinkt keinen Wein. (Wein und vor allem Schnaps verursachen ihm plötzliche Kopfschmerzen, die ihm den Schädel zu spalten drohen, Schmerzen so durchdringend, so rasend, dass es ihm vorkommt, als hätte ein riesiger satanischer Fischer ihm seinen Angelhaken in die Schädeldecke geschlagen, um ihn an Land zu ziehen.) Er entfernt sich vom Tisch, sobald es die Höflichkeit erlaubt, und legt sich eine Stunde lang aufs Ohr; wenn er jedoch zu schwer gegessen hat, ist diese Stunde der Erholung erfüllt mit wabernden Erscheinungen von Demokraten und von Toten. Nach dem Aufstehen diktiert er Notizen über seine Experimente oder schreibt sie selbst. Er bereitet eine Vorlesung vor oder hält eine ab. Um Mitternacht sind alle im Bett; nur er allein wandert bis eins oder zwei durch das Haus und lauscht dem Schlagen der Turmuhren der Stadt.

Vor fünf Jahren – er schlägt in seinem Notizbuch nach, und stellt fest, dass es jetzt genau fünf Jahre her ist – nahm alles eine seltsame Wende – er musste seine Gewohnheiten aufgeben, seine Patienten im Stich lassen und an Kollegen verweisen, während er sich zehn Tage lang in einem Zustand befand, als würde er in der Luft hängen und sich immer schneller um sich selbst drehen. Das war die erste Phase: nachts mit diesem rasenden Schwindelgefühl aufzuwachen.

Phase zwei: er ist nur noch zwei Fuß groß.

Phase drei: John Hunters Füße sind taub. Er kann sie bewegen, aber sie sind nicht seine. Sie gehören nicht zu ihm, obwohl er über die Antriebskraft verfügt.

In dieser Phase kann er kein Licht ertragen. Man schließt die Fensterläden, aber er bittet darum, dass man ihm die Augen verbindet; nicht dass irgendjemand seine Worte verstehen könnte. Geräusche lassen ihn aufschreien: jedes Geräusch, das Klippklapp der Pferdehufe auf der Jermyn Street, das Summen einer Fliege, die sich den Kopf in der Zimmerecke stößt, oder Annes Stimme, die ruft: Oh, die Post ist da. Das Cembalo, das Klavichord oder welches verdammte Hammer-, Zupf- oder Saiteninstrument auch immer, sie zerren an den Eingeweiden, reißen an Leber und Lunge, zwicken und zwacken, entlocken ihm spitze Schreie und eine Art grässliches stummes Schluchzen in seinem Innern, das hin und wieder in seiner Kehle aufsteigt bis an die zusammengebissenen Zähne: zwischen denen er hervorstößt, Bringt mir Mesmer, bringt mir Marat, bringt mir irgendeinen verdammten Idioten von Quacksalber – zahlt ihm Geld, damit er dafür sorgt, dass das aufhört, dass das auf der Stelle aufhört.

Phase vier: Nach zehn Tagen kann er aufstehen, wenn ihn jemand am Arm führt. Er erkennt seine Füße als seine eigenen – sein Verstand sagt ihm, dass sie zu ihm gehören –, und er begreift, dass er seine normale Größe wiedererlangt hat. Farben sind trügerisch; das Kaminfeuer brennt violett, und keiner kann ihm erklären, warum. Er findet seine Achse nicht, deswegen verliert er das Gleichgewicht. Seine Hände schwimmen wie losgelöst im Raum. Sie tasten ziellos umher. Wenn er etwas anfassen will, muss er blitzschnell die Entfernung ausrechnen und seine Handbewegung genau beobachten. Wenn er einen Fuß vor den anderen setzen will, muss er vorher festlegen, wo der Fuß mit Ferse und Zehen landen soll. Es ist, als wäre etwas in ihm verloren gegangen, als wäre seine Feder gebrochen.

Und jetzt, in Zeiten von Gewalt und kaltem Wetter, überkommt ihn hin und wieder eine Welle der Übelkeit; wenn er die Augen zusammenkneift, erscheint die Stadt ihm gelb gefärbt, was er für eine Warnung hält, denn diese gelbe Pigmentierung trübte seine Welt zehn Tage lang, bevor der seltsame Zustand und die Schmerzen einsetzten.

Als alles vorbei war, überredete Anne ihn, zur Kur nach Bath zu fahren. Er trank das Heilwasser. Er glaubte immer noch, er würde sterben. Er schlief schlecht, und er hatte Träume, in denen Blut von den Wänden lief, und es war sein Blut.

Nach seiner Rückkehr nach London nahm er am St. Georgshospital an einer Versammlung eines Komitees teil. Die Tagesordnung verschwamm vor seinen Augen. Die Gesichter um ihn herum nahmen absonderliche Formen an, Augen auf der Nase, die Nase nach links verschoben, Zähne lösten sich aus dem Mund und fielen lautlos auf den Tisch. Der Vorsitzende klopfte mit seinem Bleistift auf den Tisch, Komm schon, John Hunter. Reiß dich zusammen.

John Hunter fürchtet sich davor, in der Öffentlichkeit zu sprechen. Wie er vor seinen ehrfürchtig staunenden Studenten steht, geraten seine Gedanken in Unordnung, torkeln und verhaken sich ineinander. Er braucht dreißig Tropfen Laudanum, wenn er das wie ein Mann durchstehen will. Was passiert andernfalls? Seine vollgekritzelten Seiten verrutschen und fallen zu Boden. Habe ich sie fallen lassen? Er muss sich entschuldigen, zum Anfang zurückgehen: »Ich werde noch einmal von vorne beginnen.«

Spät nach Mitternacht ging Pybus in den Hof, um frische Luft zu schnappen. Schnapsgeruch wehte ihm voraus und verströmte in der köstlichen Nacht. Es lag Frost in der Luft, und der Frost tötete den Geruch ab; Pybus blieb stehen und atmete genüsslich ein. Er trat auf dem Pflaster von einem Fuß auf den anderen; seit er in England lebte, war die Hornhaut unter seinen Füßen dicker denn je, aber die harte Haut hielt die Kälte nicht ab. Vance hatte ihnen allen auf Geheiß des Riesen Lederschuhe gekauft, aber Jankin hatte seine auf der Überfahrt über Bord geworfen. Er glaubte, sie seien Folterinstrumente oder eine Art Fußfesseln; aber er, Pybus, war entschlossen durchzuhalten – außer, wenn er allein war –, weil der Riese und auch Joe Vance behaupteten, das Tragen von Schuhen sei ein Zeichen von Wohlstand, und außerdem, Pybus, sagten sie zu ihm, hat dein Vater welche getragen und dein Großvater auch, und nur deine arme Generation ist gezwungen, in so engem Kontakt mit Mutter Erde zu leben. Der Riese selbst trug gewaltige Stiefel, die, so behauptete er, aus der Haut von vierzig Kälbern gefertigt waren, und es war Pybus' Aufgabe, sie mit einem Lappen zu polieren; aber mit der Zeit, dachte er, wird diese Aufgabe Jankin zufallen, denn ich werde mich größeren Aufgaben widmen.

Und wie er so dastand, um ihn herum der Rauch von Kaminfeuern, hörte er ein Geräusch, ein Stöhnen und Keuchen. Das Schwein!, schoss es ihm durch den Kopf. Seine Ohren waren schon darauf geeicht; sie alle rechneten ständig mit dem Auftauchen von Toby Goss, dem redegewandten schwarzen Genie aus Dublin. Pybus fuhr herum und ging in die Richtung, aus der das Geräusch gekommen war.

Neben dem Haus war eine enge Gasse. Sie führte ihn in einen Hinterhof voller Gerümpel. Stinkende, dunkle Gestalten bewegten sich darin, aufgeschreckte Tiere, zwei Köpfe und ein Rücken, der sich hob und senkte. Das Herz schlug ihm bis zum Hals, denn er erinnerte sich an das Geschöpf, das sie in Irland in den Ruinen gesehen hatten: halb Hund, halb Kind. Er trat zurück in die Gasse und bekreuzigte sich. In diesem Augenblick kam der Mond – so fleckig und gefangen in Pfützen – über die Häuser gesegelt.

Im sanften Mondlicht erkannte er Menschen in den Tiergestalten. Er sah, dass Bride Caskey auf dem Boden lag, und auf ihr lag Claffey. Claffeys Hintern war weiß und von magerer Gestalt, aber kräftig in der Bewegung, und die Augen der Frau waren geschlossen, und sie blutete aus dem Mund. Ihr Tuch war vom Kopf gerissen und lag neben ihr auf dem Boden und flatterte leicht im Wind; ein kleiner Zipfel klemmte unter dem Stiefel von Slig, und Pybus sah zu, wie das Tuch flatterte und versuchte, sich zu befreien. Slig hatte die Hose aufgeknöpft, und er hielt sein Glied in der Hand und rieb es an der Spitze und sah und hörte zu, wie der Schädel der Frau mit jedem Stoß von Claffey tock, tock, tock auf das Pflaster schlug.

Etwas berührte Pybus. Fast hätte er aufgeschrien. Eine menschliche Gestalt schlüpfte in die Dunkelheit der Gasse; es war Schlampe Mary. »Pybus?« Als sie ihren Rock hob, leuchteten ihre Schenkel wie zwei Mondstreifen. »Mach schnell«, sagte sie. »Hier, an der Wand. Ich muss ein Kind bekommen, egal, ob runzlig oder gelb oder zwergenhaft, um die Kinder zu ersetzen, die gehängt werden.«

Pybus öffnete seine Hose. Er schaute über seine Schulter. Bestimmt waren sie mittlerweile dabei, eine tote Frau zu vergewaltigen. Neben Caskeys Kopf war eine Art Fleck auf dem Pflaster, welcher Art, darüber wollte Pybus lieber nicht nachdenken. Mary streckte die Hand aus und riss an seinem Schwanz. Er jaulte auf, ganz kurz – sah ihre Augen aufblitzen, und dann kam ihre Faust aus dem Nichts, und aus seiner Nase spritzte Blut, und dann war es dunkel.

Der Riese war von Insektenstichen übersät. Seine Decke hüllte ihn nicht mehr ein, als ein Taschentuch einen normalen Mann bedeckt hätte, aber irgendetwas schien in das Gewebe, in die Fasern geraten zu sein, sodass es ihm auf der Haut kratzte, und er dachte, bis zum Morgen würde er an einigen Stellen bis aufs rohe Fleisch aufgescheuert sein. Die Glocken der Stadt läuteten: zwei Uhr. Er merkte, dass er allein war, nur Jankin – der es noch nie geschafft hatte, in einem Bett zu schlafen – lag wimmernd in einer Ecke zusammengerollt.

Er stand auf. Er streckte sich, nicht in die Länge, sondern in die Breite; er tat dies vorsichtig; trotzdem scheuerte er sich die Knöchel an den Wänden auf. Er zog Hose und Hemd über und warf sich die Decke über die Schulter. »Hicks«, sagte Jankin im Schlaf. Und: »Meine Augen sind geblendet.«

Hinunter und hinaus auf die Straße. Durch die Gasse auf das Geräusch zu, das die Eierschale seiner Ruhe zerbrochen hatte.

Pybus lag auf dem Pflaster wie ein Fisch an Land. Das Mädchen stand über ihn gebeugt. Sie war wütend, breitschultrig und entschlossen, die Hände in die Hüften gestemmt. »Ich habe eine Krankheit«, sagte sie. »Ich kann diesen Affen hier nicht mehr ausstehen, und ich wollte die Krankheit an ihn weitergeben, bevor ich sterbe. Aber dann hab ich es nicht fertig gebracht und hab ihn stattdessen einfach niedergeschlagen.«

»Du solltest nicht schlecht über Affen reden«, sagte der Riese. »Und Pybus ist erst ein Junge.«

»Ich bin erst ein Mädchen.« Mary saugte an ihren Knöcheln; sie hatten Pybus' Zähne getroffen, auf dem Weg zu seiner Nase. »Sie haben Bride erschlagen«, sagte sie. »Claffey und Slig.«

Der Riese machte einen Schritt vorwärts und beugte sich über Bride. Ihr Gesicht war leer; alles war aus ihm gewichen. Er schob seine Hand unter ihren Kopf und fühlte etwas Klebriges auf der Handfläche, Blut und Gehirn. »Mord liegt in ihrer Natur«, sagte er. »So wie es in meiner Natur liegt, Riese zu sein, und in Joes, Agent zu sein.«

»Und meine ist Straßenmädchen und Ausreißerin, Covent Garden-Liebchen. Gegen die Natur kann man nichts machen, nehme ich an. Dagegen hilft kein Gebet. Ich übe mein Gewerbe auf dem Rücken aus, ich bin eine Sternguckerin.«

»Wo können wir sie hinbringen?«, fragte der Riese. »Ich kenne mich mit den Begräbnissitten dieses Landes nicht aus.«

»Misthaufen oder Müllkippe«, sagte Mary. »Das ist das Schicksal unseres Volkes.«

Ein leises Räuspern kam aus der Dunkelheit. Es war Joe Vance, der spät nach Hause kam. »Ich glaube, Mr. Hunter würde sie gern nehmen. Sie ist noch sehr frisch. Sonst wird sie nur verwesen. Davon hat doch keiner was.«

»Es heißt«, sagte Mary, »die Straße von Irland in den Himmel ist ein breiter Trampelpfad, ausgetreten von den Füßen von all den Leuten, die darüber gehen; aber die Straße von England in den Himmel ist mit Gras und Blumen bewachsen, weil sie nur einmal alle zehn Jahre benutzt wird. Früher habe ich das nicht verstanden, aber jetzt verstehe ich es.«

Der Riese sah zu Joe Vance hinunter. »Ich kann dich nicht von deinem Vorhaben abbringen, Joe. Du bist der Agent und unser aller Prinz. Aber ich werde keine Beihilfe dazu leisten, Bride Caskey in Stücke schneiden zu lassen. Es ist ein Mord verübt worden; das ist genug. Wenn du sie an diesen Hunter verkaufen willst, musst du dir einen Handkarren mieten, denn ich werde nicht derjenige sein, der sie diesem abscheulichen Schicksal ausliefert.«

»Also gut«, sagte Joe knapp. »Würdest du die Güte haben, sie ins Trockene zu schaffen? Es fängt an zu regnen.«

Der leichte Nieselregen fiel auf seine Decke, als der Riese sich über Bride beugte. Als Leiche wirkte sie nur halb so groß wie zu Lebzeiten, als hätten Claffey und Slig sie in einer Art Knochenmühle systematisch verkleinert. »So leicht wie ein Vogel«, sagte er. »So leicht wie ein Sack Federn. Mich wundert bloß, dass Constantine Claffey bei dieser Verzweiflungstat nicht auch mitgemacht hat, denn der ist schließlich ein ausgemachter Höllenhund.«

Er legte Bride unter den Dachvorsprung und warf ihr seine Decke über das Gesicht. Die wird sie nicht mehr jucken, dachte er. Er hob Pybus auf und trug ihn hinauf ins Zimmer. Dort wusch er ihm das Gesicht, und dadurch weckte er ihn: damit er dem neuen Tag entgegensehen, seinen schmerzenden Kiefer spüren, sich aus dem Staub machen konnte – bis elf Uhr an jenem Morgen –, weil er den Mord an Caskey beobachtet und nichts gesagt hatte. Joe kam herein, forsch und gut gelaunt, die Guineen von Howison in der Hand, und ging in freigebiger Stimmung vom einen zum anderen: »Ein Shilling für dich, Pybus, mein Junge. Ein Shilling für Mary und ein Shilling für Charlie O'Brien.«

Der Riese warf seinen Shilling auf den Boden. Joe hob ihn auf. »Wie du willst«, sagte er.

»Ein Shilling für Claffey ...« Doch dann besann er sich eines Besseren. »Claffey hat schließlich den Spaß gehabt«, sagte er.

Claffey war dabei, Brocken von einem Stück Käse abzuschneiden. Sein Appetit war ausgezeichnet. »Verdammt gute Idee von dir«, sagte er, »die Alte zu dem Anatomisten zu bringen – ein Geniestreich, Joe. Wenigstens konnten wir ihre Leiche zu Geld machen. Außerdem, wenn sie in Stücke zerlegt wird, kann sie nicht wieder auferstehen am Jüngsten Tag oder an irgendeinem anderen verdammten Tag, um einen anständigen Mann mit ihrer scharfen Zunge zu quälen und kleine Mädchen an die Sünde zu verkaufen.«

Joe reichte Claffey den Shilling mit fragendem Blick. Gott steh ihm bei, dachte der Riese; alle meine Geschichten haben Joe nicht auf diese schlimme Situation vorbereitet, und auch nicht sein Prinzenbuch. Er sagte: »Gentlemen, ich werde euch alle freihalten. Heute Abend werde ich meinen Beutel öffnen, und wir werden alle zusammen im *Black Horse* nach Herzenslust zechen.«

»Wir würden lieber ins *Crown* gehen«, sagte Jankin, aber

Joe schlug ihm auf die Schulter und sagte, Lass dem Mann seinen Spaß.

Alle mussten grinsen. »Ich finde«, sagte der Riese, »ihr seid in letzter Zeit zu oft im *Crown* gewesen.«

Er wollte Abwechslung.

Wullie war geschrumpft, das war Johns erster Eindruck; die Besserwisser am Totenbett erinnerten ihn daran, dass dies ein weit verbreiteter Trugschluss war. Er dachte an die winzige Irin, die man ihm erst gestern gebracht hatte, vergewaltigt und halb erwürgt und totgeprügelt – ihr Schädel eingeschlagen, wahrscheinlich an einer Mauer oder auf dem Boden. Die verrückten irischen Gefährten des Riesen hatten sie angeschleppt, und Howison war klug genug gewesen, keine Fragen zu stellen: er achtete darauf, nur frischen Nachschub an Leichen anzunehmen, solange sie noch geschmeidig sind, und sie auf den Seziertisch zu bringen.

Am fünfzehnten Tag des dritten Monats im Jahre des Herrn 1783 hatte William zum ersten Mal über Symptome geklagt. Er, John, hatte sich das in seinem Buch notiert. Am Donnerstag, dem zwanzigsten Tag, hatte William das Bett verlassen, um eine Vorlesung zu halten. Er war zusammengebrochen, und man hatte ihn nach Hause gebracht. Am zweiundzwanzigsten Tag des Monats ereignete sich während der Nacht ein Vorfall; sagen wir, ein kleines Blutgefäß war geplatzt, sagen wir, es war eine geringfügige Blutung, sagen wir, ein Leck, sagen wir, er ist todgeweiht.

Danach hat man nach John geschickt, und er kommt natürlich. Wer am längsten lebt, gewinnt das Rennen. Wenn er sich selbst gegenüber ehrlich ist – und das ist er immer –, muss er zugeben, dass ihr Streit sich nicht so sehr an der Beschaffenheit der Plazenta entzündet hat, sondern daran, wem von ihnen der Ruhm für diese Entdeckung gebührte. Denn er fand damals, Wullie hätte ihn, wie schon so oft, um das Verdienst gebracht. Er, John, war immer der Bescheidene, Nachgiebige und Hilfsbereite, und Wullie der Dandy, der in höheren Kreisen verkehrte. Aber was spielt das noch für eine Rolle, jetzt wo der Mann kraftlos in seinen Kissen liegt, weiß wie Papier und weinend.

29. März: der Frühling lässt auf sich warten: die Knospen an den Bäumen sind immer noch geschlossen, und Wullie welkt sichtlich dahin. Er spricht gerade, er sagt: »John, wenn es mit dir soweit ist wie mit mir jetzt, denn ich weiß, mit mir ist es aus – wenn es soweit ist, ist das Sterben gar nicht so schwer.«

John beugt sich vor und tupft mit einem Taschentuch etwas Speichel von der Unterlippe seines Bruders.

Irgendeiner von Williams Anwälten sitzt am Bett. Er springt auf, rennt aufgeregt an Johns Ellbogen vorbei ans Fenster und starrt auf die Straße hinunter. »Er hat Ihnen nichts hinterlassen«, sagt er. »Lieber Mr. Hunter, erwarten Sie das nicht.«

»Ich erwarte nichts«, sagt John. Seine Stimme klingt belegt.

William ruft ihm immer noch zu: »Glaub's mir, John, glaub's mir, das Sterben ist nicht so schwer.«

Tränen trüben seinen Blick. Er dreht sich mit dem Rücken zum Bett, um sie nicht zu zeigen. Er sagt: »Es ist armselig, Bruder, wenn es soweit ist.«

An jenem Abend ereignete sich im *Black Horse* etwas, worauf der Riese nicht vorbereitet war. Joe Vance, bleich im Gesicht, die kleinen Hände fuchtelnd. »Ich kann es nicht ertragen«, sagte er. »Ich kann es nicht mehr ertragen.«

»Aber Vance, mein Agent«, sagte der Riese. »Um Gottes willen, lass mich nicht im Stich.«

»Nicht jetzt«, sagte Constantine Claffey; er befand sich – der Riese wusste nicht, wieso – unter seinen Gästen.

»Ich kann nicht länger in dieser Stadt bleiben«, sagte Vance.

»Ach, komm schon«, sagte Claffey. »Joe, mein Lieber, du bist betrunken. Morgen wirst du es dir anders überlegen.«

»Nein, das werde ich nicht«, sagte der gescheiterte, weinende Agent. »Entweder ich gehe, oder ich sterbe. In dieser Stadt kann ich nicht bleiben. In den Straßen lauern die Gefahren an allen Ecken, auf dem Pflaster strömt das Blut. Ich habe die Bibel der Halsabschneider gelesen, ihre Handbücher und ihre Überlieferung, und ich spüre die tödliche Schlinge Englands an meinem Hals: Jack Ketch will mich holen. Ketch, so nennen sie den Henker, und er hat nur einen Namen, und dieser Name ist nicht der seine.«

»Jack Ketch«, sagte Constantine gedehnt, »soviel ich weiß, ist der schon seit ein paar hundert Jahren tot.«

Sagte Pybus: »Das hat er im Puppentheater gesehen. Auf der Bartholomew-Kirmes. Seitdem ist er ganz durcheinander.«

»Durcheinander?«, sagte Claffey. »Er ist völlig kopflos.«

John Hunter sitzt im Dunkeln zwischen seinen Schädeln. Er drückt sich die Knöchel in die Schläfen. Er sagt: Sterben ist nicht so schwer. Er sagt: Armselig, wenn es soweit ist. Er sagt: O Gott, verdammt. Und Wullie hatte noch so viel vor, Arbeit für Jahre. Und er sagt: Ich bin sicher, ich werde niemals sterben: es sei denn bei einem Anfall, wenn die ganze Welt gelb aussieht, bei einem Anfall, wenn alles zu wanken beginnt, wenn die Schmerzen in seiner Brust sein Gehirn so aushungern, dass nichts mehr durchdringt, alles eng und gelb und schief wirkt: wenn er von Tagträumen heimgesucht wird und die Welt in diesen Träumen klein und stickig ist und erfüllt vom Gestank des Todes und seiner Farbe, von der Farbe, die er so gut kennt und die sich, Gott verdammt, so sehr vom Blau in Wullies Gesicht unterscheidet, so sehr, Gott verdammt, wie eine Lerche sich von einem Sperling unterscheidet.

Als sie am nächsten Morgen aufwachten, war Joe Vance verschwunden.

»Das war zu erwarten«, sagte Claffey. »Der ist einfach in Panik geraten. Mein Bruder sagt, er hat das schon mal erlebt, bei Männern, die länger als ein halbes Jahr in London verbracht haben. Irgendwas fängt in ihren Köpfen an zu gären, es entsteht ein Tumult, so nennt er es, in ihren Sinnen – sie können nichts dafür, aber eh man sich's versieht, sind sie auf und davon.«

Pybus schüttelte den Kopf. Der arme alte Joe. Sie alle empfanden Mitleid mit ihm. Es gab nur einen Haken. Was erst bemerkt wurde, als der Riese sich erhob, benebelt und schwindlig, irgendwann nach elf. Zusammen mit Joe war der Geldbeutel des Riesen verschwunden, mit siebenhundert Pfund Sterling darin.

»Ich kriege das Schwein«, sagte Claffey. »Ich werde ihn finden. Ich habe Caskey gesucht, und ich habe sie gefunden, und ich habe ihr den Schädel eingeschlagen. Und dasselbe werde ich mit Vance machen. In dieser Stadt gibt es keinen Graben, in dem er sich vor mir verstecken kann. Kein Loch ist so tief, dass ich ihn dort nicht entdecke.«

»Wieso willst du dir ein Bein ausreißen?«, fragte sein Bruder Constantine. Er wischte ein paar Krümel von seiner Weste. »Denk doch mal nach, Bruder – was schert es dich, dass das Geld des Riesen weg ist? Du hast doch sowieso noch nie was davon zu sehen gekriegt.«

»Tja, da hast du Recht«, sagte Claffey.

Der Riese liegt rücklings auf dem Boden. Ihre Beine bewegen sich um ihn herum und ihre Worte auch. Er hält sich die Ohren zu, um nichts mehr zu hören, aber dazu muss er die Hände von seinen Augen nehmen, und dann dringt das Licht durch. Er drückt seine Augenlider fest zu, so fest er kann. Trotzdem zwickt ihn das rote Winterlicht, raubt ihm die Dunkelheit.

Jemand soll mir die Augen verbinden, denkt er. Er erinnert sich daran, wie Jankin im Traum eine Zeile aus einem Gedicht rezitierte: *Meine Augen sind geblendet.*

Er denkt: *Meine Worte sind stumm.* Das Gedicht ist die Klage einer Mutter, als die Henkersknechte des Herodes kommen, um die kleinen Kinder zu holen und vor den Türen aufzuhängen. *Mein Herz ist ein Blutgerinnsel.*

Angenommen, wir könnten die Zeit zurückdrehen. Angenommen, die unschuldigen Kinder werden erwachsen. Angenommen, sie werden erwachsen, und eins wird ein Pferdedieb und ein anderes ein Bigamist, eins verkauft Lügengeschichten an die Zeitung, und ein anderes steckt die Scheune seines Nachbarn in Brand, sagen wir, eins wird Soldat, sagen wir, eins wird eine Hure: sagen wir, sie marschieren durch Palästina, brennend, schwatzend, verrückt und verdreckt wie Ziegelbrenner aus Uxbridge, sagen wir, eins wird ein Idiot, und eins wird König.

Wo ist Herodes dann?

Die Rippen des Riesen heben und senken sich, heben und senken sich.

Männer starren auf ihn herab. Fremde, bis auf ihre Namen. Sie mustern ihn. Schätzen ihn ab. Verkaufen ihn zollweise.

»Jetzt«, sagte Con Claffey schmeichlerisch, »kannst du die Missgeburt arbeiten lassen, wie es sich gehört. Vergiss die Reichen und ihre halben Kronen. Halbe Kronen sind nicht zu verachten, aber es ist nur eine begrenzte Menge davon im Umlauf. Alle feinen Leute dieser Stadt haben euren Riesen schon gesehen. Jetzt solltest du ihm den Beifall der Menge gönnen. Verlange nur einen Penny Eintritt. Da wird genug zusammenkommen.«

»Das dauert aber verdammt lange, bis so viel zusammenkommt, wie in dem Beutel war, mit dem Joe Vance abgehauen ist.«

»Na und? Ihr könnt ja euer Repertoire erweitern. Jetzt wo Joe Vance weg ist, bist du der Herr im Haus, würde ich sagen. Der Junge und der Schwachkopf werden tun, was du willst, und was dieses Scheusal angeht, mach ihn betrunken, Fran, wenn's sein muss – obwohl mir scheint, dass er ganz umgänglich ist.«

»Ja. Er ist neuerdings ziemlich zahm. Und was kann er schon tun, ohne sein Geld? Eine Zeit lang hat er ab und zu angedroht, er würde sich mit seinem Geld zu Mulroney auf und davon machen, aber wohin soll er jetzt gehen?«

»Ja, wohin bloß?«

»Er wird mein Geschöpf sein«, freute sich Claffey. Er blickte auf den Riesen hinab. »Du bist mein Geschöpf, Charlie O'Brien, und ich bin jetzt dein einziger Agent.«

»Ich sage dir, was du tust. Du gehst zu Slig und sagst, du brauchst einen geräumigen Keller. Bedingung ist, er muss hoch genug sein, dass dieses Ungetüm sich aufrichten und sich zeigen kann. Wenn er sich zusammenkauern muss, geht die ganze Wirkung verloren. Also ein Keller, tief und schmutzig. Ein Penny Eintritt. Sie werden in Scharen kommen, Bruder. Das ganze englische Pack.«

»Könnten wir ihn nicht hier zur Schau stellen?«

»Hier? Auf keinen Fall. Diese Räumlichkeiten, die gebildete Menschen wie ich ziemlich schäbig finden, wären ein Schrecken für den niederen Abschaum, von dem ich spreche. Die Massen zufrieden zu stellen ist eine Kunst – «

»Eine Kunst, sagst du?«

» – ja, denn im Vergleich zu den Massen sind Philosophen und Grafen leichte Beute. Das Problem mit dem gemeinen Volk ist, dass sie dauernd von irgendwelchen Leuten für dumm verkauft werden. Ich meine, da klettert so ein Gauner, der gerade mal fünf Fuß groß ist, auf einen Baumstamm und ruft: ›Seht her, ich bin ein Riese!‹, oder irgend so ein von einem Kropf verunstalteter Cretin gibt sich aus als die von Gott vergessene Missgeburt – also, das reicht nicht. Bloß weil einer verlaust ist, heißt das noch lange nicht, dass er ein Schwachkopf ist, es bedeutet nicht, dass er ein Mondkalb ist, bloß weil er arm ist. Nein, was das große Publikum sehen will, ist eine ehrliche Schau; wenn du ihnen eine Missgeburt bietest, dann eine richtige und echte wie Charlie hier.« Constantine stupste den Riesen mit dem Zeh an. »Schläft er, oder tut er nur so? Die andere Sache ist die, du musst den Leuten gefällig sein, du musst sie hätscheln, du musst dir Gedanken über sie machen; wenn du von ihnen Geld nimmst, musst du ihnen das Gefühl geben, als säßen sie in ihrer eigenen verlausten guten Stube.«

»Darum also der Keller.«

»Ganz genau. Also geh rüber zu Slig.«

»Ich glaube immer noch, dass es verdammt lange dauert, bis wir einen vollen Beutel haben. Vielleicht sollten wir uns gleichzeitig auf die Suche machen, sehen, ob wir Vance finden.«

»Er hat das Geld sowieso längst ausgegeben«, sagte Con

geduldig. »Du kennst doch Joe Vance. Der Kerl ist ein Schnäppchenjäger. Ein Mann zeigt ihm eine Krawatte, die dreimal so viel kostet wie sie wert ist, und Joe sagt: Greif zu, solche Krawatten sind ein Vermögen wert. Wie er es je geschafft hat, als Agent erfolgreich zu sein, ist mir ein Rätsel.«

»Du hast Recht, Bruder«, sagte Claffey. »Charlies Geld ist längst für Kanarienwein, chinesische Truhen und saitenlose Lauten draufgegangen. Mottensammlungen in Vitrinenschränken, Kletterrosen und Eintrittskarten für die Oper. Das ist das Traurige daran. Ich hätte es für sinnvollere Dinge ausgegeben.«

»Ja«, sagte Con und nickte. »Wenn man eins von Joe Vance behaupten kann, dann, dass er über seine Verhältnisse lebt.«

Der Riese öffnete die Augen. Er starrte zu ihnen hinauf, vom Boden aus, seine hellen Augen nach oben verdreht. Und er sagte dies: »Der Teufel kann keine Kniebeugen machen, denn seine Knie gehen nach hinten.«

»Mester Howison, spendieren Sie eine Runde?«, rief Pybus. »Unser Riese ist ausgeraubt worden, unser Agent ist verschwunden, und unsere Taschen sind leer.«

Der gute Pybus: erzählt diesem Howison haarklein alles, was er hören will. Howison bestellte das Ale und fragte: »Wie kommt euer Riese denn damit zurecht?«

»Er liegt auf dem Boden«, sagte Con Claffey, »und hält sich meistens die Augen und Ohren zu.«

»Der arme Mann«, sagte Howison nachdenklich.

»Wir geben Ihnen das Geld zurück«, sagte Claffey, »wenn wir den Riesen wieder an die Arbeit schicken. Mein Bruder Con hat einen Plan, wir werden ihn in einem Keller zur Schau stellen.«

»Den besten Teil von meinem Plan hast du ja noch gar nicht

gehört«, sagte Con und setzte sich mit seinem Krug ihm gegenüber. Er lächelte geheimnisvoll und schmierig zugleich.

In diesem Augenblick trat Tibor der schreckliche Tartar ein.

»Da ist ja unser Mann«, begrüßte ihn Con. »Wie geht's deiner feurigen Stute?«

Tibor schüttelte den Kopf. Er wirkte bedrückt. Er war ein kleiner Mann mit O-Beinen und grau im Gesicht.

»Ihr Geist tänzelt jetzt in den Amphitheatern«, sagte er. »Gott segne die arme Jenny. Sie war mehr als ein Pferd.« Eine ölige Träne glänzte in seinem Auge. »Niemand interessiert sich für einen Tartaren mit nur einem Pferd. Man kann bei vollem Galopp auf dem Pferderücken stehen, unter dem Bauch durchtauchen und Pfeile abschießen, aber das Publikum denkt, das ist nichts. Die Leute beschweren sich und verlangen ihr Geld zurück. Man hat mich sogar mit Mist beworfen.«

»Es mangelt uns zur Zeit an Kapital für eine Investition«, sagte Con Claffey. »Aber das muss nicht so bleiben. Übrigens, hattest du mir nicht von einem menschlichen Nadelkissen erzählt?«

»Doch.« Tibor setzte sich seufzend und rieb sich die Nase. »Ich weiß nicht, ob es daran liegt, dass sich plötzlich alle Agenten aus dem Staub machen, aber es gibt zur Zeit eine Menge Schausteller, die verzweifelt nach Geldgebern suchen –«

»Und nach einem Agenten«, sagte Con Claffey. »Mester Howison, wollen Sie sich nicht zu uns setzen? Das könnte Sie interessieren.«

Howison war so liebenswürdig, ihre Krüge noch einmal füllen zu lassen, dann nahm er in ihrer Mitte Platz. »Also, worum geht's?«

»Idioten«, antwortete der Tartar. »Idioten, die nur darauf

warten, dass sie eingesammelt werden. Ich weiß allein von dreien, die in der Conduit Street in einer Dachkammer hausen. Sie leben von Almosen, die sie von ihren Nachbarn bekommen, sie wagen sich nicht auf die Straße, weil sie zu schwach sind zum Betteln und fürchten, gesteinigt zu werden.«

»Hm. Diese Nachbarn«, sagte Con Claffey. »Wie viel würden die verlangen?«

»Das ist kein Problem«, sagte Tibor. »Sie machen keine Geschäfte mit Missgeburten, sie geben einem die Idioten anscheinend aus christlicher Nächstenliebe.«

Francis Claffey kicherte in sich hinein. »Wir schicken ihnen einen Blumenstrauß.«

»Und was noch?«

Tibor wischte sich den Mund mit dem Handrücken. »Es gibt einen Steinefresser, der einen Agenten sucht.«

»Bei Steinefressern«, sagte Con Claffey, »bin ich ziemlich skeptisch.«

»Nein, nein, das hat schon seine Richtigkeit«, sagte Tibor. »Er frisst bis zu einem Scheffel am Tag. Wenn man ihm auf den Bauch klopft, kann man die Steine rumpeln hören. Für einen halben Penny springt er auf und ab, dann rumpeln sie noch lauter.«

Sagte Pybus – der seit Marys Angriff deutlich intelligenter geworden war, als hätte er nur diesen Schlag gegen den Kopf gebraucht –: »Kriegt er von den Steinen keine Verstopfung?«

»Ah«, sagte Tibor. »Einmal alle drei Wochen nimmt er ein Abführmittel, und dann scheißt er einen großen Haufen Sand.«

»Wie macht er das denn?«, fragte Howison.

»Sein Magen ist mit einem Mahlwerk ausgestattet.«

Howison grinste.

»Überlegt euch das bloß.« Strahlend rieb Con Claffey sich die Hände. »Alle Keller von London. Tausend Keller, in jedem sitzt eine Missgeburt, und jede Missgeburt bringt ein Pfund am Tag ein! Sehen Sie jetzt, Mester Howison, was das für ein Potenzial ist?«

»Das sehe ich sehr deutlich«, sagte Howison. »Aber was hat das alles mit mir zu tun?«

»Das Leben einer Missgeburt ist kurz«, sagte Con. »Vor allem, wenn man sie erst einmal nach London bringt und arbeiten lässt. Sag, dass es stimmt, Tibbsie!«

»Das Leben einer Missgeburt ist kurz«, sagte Tibor der Schreckliche.

»Ihr glaubt, mein Herr könnte interessiert sein«, sagte Howison. Er trank einen tiefen, nachdenklichen Schluck aus seinem Alekrug. »Das könnte tatsächlich sein.«

»Also haben wir uns gedacht«, sagte Francis Claffey.

»Also haben wir uns gedacht«, sagte sein Bruder Con, der seinem Bruder großspurig ins Wort fiel, »wir haben uns gedacht, wenn Mr. Hunter bereit wäre, uns das Startkapital für unsere Keller zu geben – für die wir mit unseren Landsleuten einen guten Preis aushandeln würden –, dann könnten wir ihm das Vorkaufsrecht auf die Leichen anbieten.«

»Mr. Hunter kann sich nicht leisten, sein Geld aus dem Fenster zu werfen, ist das klar? Andererseits weiß ich nicht … bin ich mir nicht sicher, ob er …« Howison verfiel ins Grübeln. Erwartungsvoll tranken die Gefährten einen tiefen Schluck.

Schließlich sagte Howison: »Aber ich selbst wäre interessiert.«

Dann kann ich nämlich, so sagt er sich, dem guten alten John jede Leiche, derer ich habhaft werde, zu einem Preis verkaufen, an dem ich auch einen kleinen, aber interessanten Anteil verdiene. Er hat zwar nie Geld, aber er hat Quellen, die er anzapfen kann, wenn ich ihm rechtzeitig Bescheid gebe. Soll er sich doch etwas von seinen Bewunderern leihen, warum nicht? Er hat genug davon. Und um die Sachen zu kaufen, die er besonders dringend zerlegen will, treibt er jedes Mal Geld auf.

Der gute alte John will alles zerlegen, was sich an den Grenzen des Lebens bewegt. Er will herausfinden, was Pflanzen von Tieren und Tiere von Menschen unterscheidet. Für Letzteres, denkt Howison, braucht es mehr als ein Skalpell. Aber solche Gedanken behält er für sich. Mit einem breiten Lächeln wendet er sich wieder den Iren zu.

»Großer Gott«, sagte Hunter, während er das Augenlid des Riesen herunterzog.

»Was ist? Was sehen Sie?«

»Was sehen *Sie*?«, fragte John.

Der Riese war auf das Klopfen hin herausgekommen: auf das gebieterische Klopfen eines Mannes, der erwartet, dass ihm die Tür geöffnet wird. Er hatte angenommen, es wäre die Polizei. Ich bin groß genug, hatte er sich gesagt, um die gesamte Polizei von England zu verprügeln.

Dachte es ohne Eitelkeit. Nur eine traurige Tatsache.

Hunter war ungeduldig von einem Fuß auf den anderen getreten, angriffslustig und dreist. »Ich bin gekommen, um zu sehen, wie es Ihnen geht, Charles Byrne.«

»Gehen Sie voraus«, sagte der Riese höflich. »Ich werde keinen Eintritt verlangen. Meine Aufpasser sind nicht da, und inzwischen betrachte ich Sie, so könnte man sagen, beinahe als persönlichen Freund.«

Hunter trat ein und sah sich um. »Ich fürchte, sie haben

den Teewagen verkauft«, sagte der Riese, »und seinen Inhalt. Was ich Ihnen anbieten könnte …«

»Keine Umstände«, sagte der Schotte.

Er nahm Platz. »Dieser Stuhl hat einen Riss in der Lehne«, sagte der Riese.

»Macht nichts.«

»Einmal habe ich auf diesem Stuhl gesessen und geweint.«

»Aus welchem Grund?«

»Daran erinnere ich mich nicht.«

»Ihr Gedächtnis lässt nach?«

»Alles lässt nach, Sir. Der Verstand, der Gewinn und das Herz.«

Einen Augenblick lang sah Hunter den Riesen merkwürdig an. »Das da«, sagte er, »ist eine schöne Sammlung satirischer Drucke, die Sie da an der Wand hängen haben. Sind sie vielleicht zu verkaufen?«

»Möglich«, sagte der Riese. »Wahrscheinlich sogar. Was der entschwundene Joe Vance als Satire betrachtete, entspricht nicht unbedingt meiner Vorstellung dieses Begriffs.«

Hunter rutschte nervös auf dem kaputten Stuhl herum. »Und was ist Ihre Vorstellung?«

»Satire, so wie ich sie verstehe, kann das Gesicht des Mannes, gegen den sie gerichtet ist, verunstalten. Sie kann seine Seele herausfischen und sie auf eine Messerspitze spucken.«

»Tja, wenn das ginge«, sagte der Schotte mit Bedauern. »Wenn ein solches Manöver möglich wäre.«

»Vielleicht«, sagte der Riese, »besitzen Sie nicht das richtige Messer.«

Hunter musste ihm Recht geben. Er nickte, sein Schädel war fast kahl, und seine Wangen zierten wie zerschlissene Spitze ingwerfarbene Stoppeln, leuchteten im schwindenden Licht eines warmen Frühlingsabends.

»Wein, Sir?«, fragte der Riese. »Aus unserem Dekanter? Oder ist es zu früh für Sie?«

»Ach, warum nicht, warum nicht?«, sagte Hunter. Heute Abend bestand keine Gefahr, dass er einen Schwips bekam. Heute war er konzentriert; man hätte eine ganze Destillerie in ihn hineinschütten können, und es würde ihn nicht benebeln.

Der Riese reichte ihm ein gutes Kristallglas gefüllt mit Wein, der wie guter Bordeaux schmeckte – aber würde er den Unterschied schmecken? Wullie hätte den Wein wahrscheinlich verflucht. Aber Wullie war tot.

»Geht es Ihnen gut, Mr. Hunter?«

Er spürte, dass der Riese auf ihn herabblickte.

»Mein Bruder Wullie ist verschieden.«

»Das ist eine traurige Nachricht, Mr. Hunter, es tut mir Leid, es zu hören.«

Der kleine Mann trank einen Schluck aus seinem Glas. Dann stellte er es ab. »Lassen Sie uns nicht sentimental werden.« Er schaute auf. Sein Blick war schneidend; der Riese dachte: Er muss irgendeine Art Klinge haben. »Ich will ganz offen zu Ihnen sein. Sie sind ein toter Mann. Ist Ihnen das klar?«

»Ich fühle immer noch«, sagte der Riese, »den braunen, den blutigen Ozean in mir schwimmen, seine von Wracks zerwühlten Wasser; die schwappende See, die rasend ist vom Raunen des Wassermanns.« Er dachte: Das ist eine schlechte Zeile: das Raunen des Wassermanns: grauenhaft schlecht. »Meine Augen sehen – manchmal. Meine Zunge spricht – von Zeit zu Zeit.«

»Ja, Mann, aber Sie sind todgeweiht. Ihr Herz ist überfordert, Ihre Leber ist geschwollen, Ihre Gliedmaßen werden – wie Sie wissen – immer länger.«

»Lieber Mr. Hunter, Sir«, sagte der Riese. »Seit langem

schon täusche ich meine Gefährten … möge Gott mir vergeben. Ich hatte gehofft, dass mein Wachstum mich zu einem wertvolleren Schauobjekt machen würde. Patrick O'Brien –«

»Ja, ich habe von ihm gehört«, sagte der Schotte unwirsch. »Er ist unterwegs und auf dem Schiff, aber wo ist er?«

»Das ist allen ein Rätsel«, sagte der Riese. »Wie Toby, das intelligente Schwein. Sie werden uns beide irgendwann erscheinen, glauben Sie mir. Aber noch nicht.«

»Wie Wunder«, sagte Hunter. »Spüren Sie es schon?«

»Ich spüre alles ganz genau«, sagte der Riese. »Dafür bin ich bekannt. Kommen Sie, Mr. Hunter, ich habe Sie höflich eingeladen, ich bewirte Sie so gut ich kann. Und Sie sind klug genug zu wissen, dass mein Schicksal im vergangenen Monat eine Wendung zum Schlimmeren genommen hat.« Der Riese rieb sich den Kopf. »Wie das Ihre, natürlich, seit dem Tod Ihres Bruders.«

»Ich werde nicht mehr von Wullie sprechen.« Hunter wiegte den Kopf hin und her wie ein Hund. »Ich habe Ihnen ein Angebot zu machen.«

Der Riese schloss die Augen. »Nur zu«, sagte er. Er zog die Lippen zurück, ein Versuch, ein freundliches Gesicht zu machen; er atmete tief ein, und ein Zucken tief im Fleisch seiner Wange hielt sein Lächeln fest.

Hunter begann zu sprechen. Nach einer Sekunde – denn er musste seine Begierde zügeln – verschluckte er sich an seinem Wein. O'Brien hätte sich vorgebeugt und ihm auf den Rücken geklopft; aber Hunter war ein seltsamer, zerbrechlicher Mann, und der Riese fürchtete, ihn wie einen Schmetterling zu zermalmen, ihn wie eine vertrocknete Motte zu Staub zu zerreiben.

Dann machte Hunter sein Angebot.

Der Riese hörte ihm zu und stellte sein Weinglas sehr vorsichtig auf den Tisch. In der rubinrot leuchtenden Neige hingen Krümel von Weinstein wie zerdrückte Schaben in Bernstein.

»Entschuldigen Sie mich«, sagte er. Dann streckte er sich auf dem Rücken aus. Er schloss die Augen, und er schloss die Ohren.

»Na ja«, sagte Hunter.

War ich nicht freundlich zu ihm?, dachte der Riese.

Habe ich mich nicht sorgsam um ihn bemüht, vor dem Riss in der Stuhllehne gewarnt?

Habe ich ihm nicht meine Gastfreundschaft angeboten?

Hunter wusste nicht recht, was er tun sollte. Starrte hinunter. Musterte den Riesen, begehrte ihn, und gleichzeitig empfand er die Situation als peinlich. Ob er es noch einmal an einem anderen Tag versuchen sollte?

Der Riese sagte nur: »Scheren Sie sich fort. Sie cromwellscher Blutsauger.«

Während Hunter in die Jermyn Street zurückging, arbeitete sein Gehirn fieberhaft. Im Flur drehte er seine Taschen nach außen. Ein Shilling und Sixpence. Hm. Er rief: »Anne, bist du da oben? Hast du etwas Geld?«

Fünfzig Pfund müssten reichen, denkt er. Er sinnt über die Summe nach, überlegt hin und her. Er hätte natürlich lieber weniger geboten, aber es war noch gar nicht zu Preisverhandlungen gekommen, als Byrne sich hingelegt und das Gespräch beendet hatte. Als wäre sein Angebot unzumutbar gewesen!

Er hört seine eigene Stimme – »Warum soll ich um den heißen Brei herumreden? Sie sterben, und Sie sind völlig mittellos. Sie wollen Geld. Ich will Ihre Knochen. Es ist ein ganz einfacher Tauschhandel. Ich schicke meinen Gehilfen mit einer vereinbarten Summe zu Ihnen. Dafür setzen Sie Ihren Daumenabdruck unter einen Vertrag, den wir gemeinsam aufsetzen und der besagt, dass ich Ihre Leiche bekomme. Sie sehen also, welche günstige Gelegenheit ich Ihnen biete?« Er machte eine Pause. »Sie bekommen das Geld, solange Sie noch leben und es ausgeben können. Mann, schlagen Sie ein.« Er dachte, er hätte alles ziemlich gut erklärt. Aber bevor er zu Ende gesprochen hatte, war irgendetwas aus dem Gesicht des Mannes gewichen. Eine Art Aufnahmefähigkeit. Sein Blick war völlig ausdruckslos. Wie leergewischt.

»Betrachten Sie es einmal so«, versuchte Hunter, ihm zuzureden. »Es ist Ihre Chance, Ihren Teil zum Wissen über den Menschen beizusteuern, nachdem Sie tot sind. Wenn Sie das Geld nicht für sich selbst wollen, können Sie es ja unter Ihren Gefährten aufteilen. Oder es nach Irland zu Ihren Verwandten schicken.«

Der Mann hatte geantwortet – und seine Stimme war vollkommen tonlos gewesen – »Ich könnte es zu wohltätigen Zwecken spenden. Zur Unterstützung von armen Missgeburten.«

»Ja, das wäre keine schlechte Idee«, sagte John.

Dann wollte der Mann seltsamerweise wissen: »Dieser Vertrag, wird er auf Englisch geschrieben sein?«

»Selbstverständlich«, sagte er.

Der Riese sagte: »Das hatte ich mir gedacht.« Dann legte er sich auf den Boden.

Hunter schlingt seine Arme um sich. Er weiß, er wird diesen Riesen bekommen. Irgendwie. Wenn der Preis stimmt. Er wird sich natürlich Geld leihen müssen.

Keine Antwort von seiner Frau. Mr. Bach – oder einer seiner Sprösslinge – kommt die Treppe heruntergestolpert.

Was tut der Riese, wenn er auf dem Boden liegt? Es gibt einen Punkt – Sie mögen ihn vielleicht selber kennen – es gibt eine Grenze bei Erschöpfung und Schmerz, an der die Logik aus der Welt bröckelt, an dem die Ziegel des Verstandes langsam zerbröseln. An der der Sinn aus der Sprache verschwindet, seine eigenen Wege geht, sein Bündel schultert und von dannen zieht: du nimmst die Hauptstraße und ich den Feldweg. Wo Bedeutung sich in Luft auflöst wie Äther. Der Riese hat diesen Punkt erreicht. Wenn er seine Sinne verschließt, dann schließt er die Sinnlosigkeit aus, denn in seinem Innern versucht er, etwas von dem, was Sinn bedeutet, zu bewahren. Er untersucht die Worte. Er befragt sie. Knochen. Vertrag. Leiche.

Aber ich will Ihnen sagen, warum er sich in Wirklichkeit hinlegt. Keine extravaganten Gründe. Vergessen Sie die Philosophie. Er legt sich auf den Boden, weil ihm eines klar ist, nämlich dass nichts mehr zu machen ist. Einfach *nichts*.
Es ist
einfach
nichts
zu machen.

Aber der Riese erhebt sich: und zwar um zu toben. Um zu sagen: Er soll verflucht sein, dieser John Hunter, er glaubt, ich könne nicht lesen. Um die Satiren aus ihren Rahmen zu reißen, um die klappernden Fensterrahmen zu zersplittern, um den dreibeinigen Hocker gegen die Wand zu schleudern, den Hocker, der seinem Wesen nach nicht wackelt: denn Gott steh uns bei in dieser wankenden, sündenverseuchten Welt – warum sollte ein Dreibein privilegiert sein?

Die Stimme des Riesen lässt die Balken erbeben. Fensterscheiben zerspringen von hier bis zur Fleet Street. In den Grundmauern brechen Risse auf, die eines schönen Tages die

Häuser in der Cockspur Street zum Einsturz bringen werden; Erschütterungen, die ganz London zerstören werden. »Wird er sich auf einen Wettstreit mit mir einlassen?«, brüllt er. »In Trigonometrie? Oder Gesang? Wird der Hund, Gott möge ihn krepieren lassen, wird er es mit mir aufnehmen in den Dialogen des Sokrates? Ich sage euch, was das ist.« Er fährt herum, sein Gesicht wutverzerrt, poltert mit den Füßen über die Bodendielen; man kann in Kürze wohl mit einem billet doux von den Mietern der unteren Etage rechnen. »Das ist eine ganz neue Art von Boshaftigkeit. Einen Mann aufzusuchen und zu sagen: Ich kaufe dich, ich kaufe dich, solange du noch atmest. Ich kaufe dich, solange du noch lebst.«

»Stimmt nicht«, sagte der schmale Slig.

»Wieso stimmt das nicht?«

»Weil es nicht stimmt«, sagte Con Claffey gedehnt. »Das ist überhaupt nicht neu. Noch nicht mal boshaft.«

»Drück dich gefälligst deutlicher aus«, verlangte der Riese.

»Das ist eine bekannte Methode«, sagte Con, »mit der die Anatomisten sich an die Verbrecher heranmachen, die gehängt werden sollen – in deren Gesellschaft wir uns eines Tages auch wieder finden könnten –«

Er machte eine Pause und wartete auf ein kameradschaftliches Kichern: was schließlich von Tibor dem schrecklichen Tartaren kam. »Sie treten an diese Schurken heran, sage ich – und bieten ihnen an, ihre Leichen im Voraus zu kaufen, damit sie sich in einem guten Anzug hängen lassen können.«

»Jesses«, sagte Slig. »Erinnert ihr euch an Sechzehn-Stricke-Joe?«

»Jesses, allerdings«, sagte Con. »Welch eine Figur hat er auf dem Henkerskarren gemacht. Joe war ein gefürchteter Straßenräuber, ein Landpirat erster Güte. Er ist aus dem Leben geschieden mit gelocktem Haar, in einer Weste, die reich bestickt war mit den Blumen des Waldes und den Perlen der See. Bei Gott, und mit einer Ode auf den Lippen. Er ist vornehm abgekratzt, der gute alte Joe.«

»Das ist also so üblich?«, fragte der Riese. Er hätte lieber angenommen, das Ansinnen des kleinen Schotten sei ein heimlicher, schäbiger Verführungsversuch gewesen, etwas, das nur ihm widerfahren war. Aber aus den Gesichtern seiner Gefährten las er die Wahrheit: Es war so üblich.

Er dachte: Wo ist Joe Vance?

Wo schläft er heute Nacht?

Ich wünschte, er wäre jetzt bei mir.

Der gute alte Joe.

Geld oder kein Geld.

Er war mein Agent, aber er würde mich nie verkaufen.

Ein Sack Silberlinge.

Jetzt wird es nie geschehen. Mulroney's. Keine Stühle mit leierförmigen Lehnen. Und das Schlimmste ist, Joe hat es genau verstanden. Er wusste, was Schönheit ist. Er wusste, was von Dauer ist. Und er hat seine eigene Vision gestohlen. Das soll einem einer erklären.

12

Jankin stand stocksteif da und musterte den gescheckten Jungen. Musterte ihn. Der Junge war etwa zwölf Jahre alt. Er wurde nackt gehalten, damit man seine Pigmentierung sehen konnte; grau-weiße Flecken auf dunklem Braun. Alte Narben überzogen seinen Körper, schmale, schwarze wulstige Narben; von Schnitten, von Würmern, von Insektenstichen, die sich entzündet hatten. Aber es waren die Flecken, die ihn zu etwas Besonderem machten, und Jankin musste an den schwarzen Mann denken, den er an seinem ersten Morgen in England am Kai gesehen hatte.

»Siehst du?« Er schaute sich grinsend um. Beinahe hätte er gesagt: Joe Vance, Joe Vance.

»Siehst du, ich hab's dir ja gesagt. Ich hab dir gesagt, das scheuert sich ab. Wenn du noch ein bisschen mehr scheuerst«, riet er dem gescheckten Jungen, »dann wirst du weiß werden und ein freier Mann wie ich.«

Unten im Keller, wo die Missgeburten sich drängen, dort sind sie zu finden, der Riese und Jankin und Pybus, der erst ein Junge ist. Claffeys Ehrgeiz, ein Agent zu werden, hat sie dorthin geführt, und von jetzt an werden sie unter diesen Missgeburten leben und erst spät abends in ihre verlausten Betten in der Cockspur Street zurückkriechen. Schlampe Mary brütete einen Bastard aus, ihr Körper wurde breiter und gröber, um ihm Platz zu machen. »Ich will zwanzig Kinder haben«, sagte sie verächtlich. »Dann kann ich meine Jungen an Kaminkehrer und meine Mädchen an Hehler verkaufen.«

Es wunderte niemanden, dass Kane, der Hauswirt, im Geschäft mit den Missgeburten tätig war. Es stellte sich heraus, dass ihm die Dachkammer gehörte, wo die Idioten hausten, und damit gehörten ihm auch die Idioten. Er hatte sie nicht zur Schau gestellt, weil der Markt übersättigt war, »Aber warum soll ich die kleinen Teufel nicht aus der Mottenkiste hervorholen?«, sagte er. »Bei Gott, Con, das ist ein hervorragender Plan. Alle Herren der Missgeburten sollen sich zusammentun, alle Dompteure der Stadt sollen zusammenarbeiten. Bring mir Fernando her.«

Fernando war ein junger Mann von etwa sechsundzwanzig Jahren mit Flossen, wo andere Arme und Beine haben. Er sprach mit hoher, heller Stimme, die Lippen zu einem wilden Grinsen verzerrt, das aussah, als fletschte er die Zähne. »Fernando«, sagte er, »Fernando kann kegeln. Er kann mit Pfeil und Bogen schießen. Fernando kann Flöte spielen. Einen Faden in eine Nadel einfädeln.« Ein Tropfen schaumiger Spucke flog durch den Raum. »Fernando kann sich selbst die Haare schneiden.«

»Wir haben ein paar Wilde«, erklärte Kane. »Es sind keine echten. Wir müssen ihnen Schwänze ankleben, bevor wir sie auftreten lassen. Wir hatten mal ein paar echte, aber die sind an der Kälte gestorben.«

»Was macht ein Wilder?«, fragte Claffey interessiert.

»Hauptsächlich«, sagte Kane, »fressen sie Kröten und Fliegen, sie beißen Ratten und Hühnern die Köpfe ab und saugen ihnen das Blut aus. Wenn man keine echten Wilden aus Übersee bekommen kann, muss man sich ein paar Londoner suchen, die dumm genug sind. Wenn sie verrückt genug sind, kann man sie auf vier Beinen kriechen und wie Hunde bellen lassen.«

Und bei ihren Besuchen in diesem Keller und in anderen Kellern in der White Hart Lane und in Bedfordbury, in der Smock Alley und in der Bow Street, trafen sie die Feuerschlucker und die Schlangenmenschen; mit dem freundlichen, graugesichtigen Tibor als Berater und Führer lernten sie Sham Sam, den Taschenspieler, kennen und Männer, die sich als Affen verkleideten, und Affen, die als bärtige Damen auftraten. »Alle diese Leute sind meine Freunde«, sagte Tibor. »Einige von den Wilden gehören ausgestorbenen Stämmen an. Sie singen Klagelieder darüber, dass sie die Letzten ihres Stammes sind.«

»Der Stamm von White Chapel«, schnaubte Con Claffey verächtlich. »Der Stamm von Seven Dials. Wie geht's deinem Neffen, Sam, hat er die Masern überstanden?«

»Auf dem Weg der Besserung, danke«, sagte Sham Sam. »Mein Neffe ist der Sohn eines Kannibalen, wisst ihr. Früher haben wir ihn als Kannibalen auftreten und an einem Karnickelknochen nagen lassen und behauptet, es sei ein Kinderknochen. Aber dann hat eine schwangere Frau einen Schreikrampf gekriegt und gedroht, den Lord Mayor zu holen. Also haben wir ihn um eine Generation verjüngt. Jetzt geben wir ihm einen Knochen, und er spielt damit herum. Schaut ihn sehnsüchtig an. Ihr wisst schon. Als würde er ihn aussaugen, wenn er es wagen könnte.«

An jenem Tag brachten sie den Idioten bei, sich zu verbeugen. Eine schwungvolle Bewegung aus dem Handgelenk, den Arm schräg vor die Brust geführt, die Handfläche nach oben, dann eine tiefe Verbeugung aus der Hüfte. Es war eine Abwechslung für die Idioten. Meistens saßen sie nur teilnahmslos in einer Ecke.

Sie sind Wunder, sie sind seltene Erscheinungen, erklärte ihnen der Riese; sie sind die Schnörkel und Stilblüten der Natur, körperliche Extravaganzen. Er bewegte sich vorsichtig unter ihnen, den Früchten von Gottes Geistesabwesenheit: zwischen Menschen mit Schwimmhäuten an den Füßen, mit flachen Schädeln und Fischmündern, mit riesigen wackeligen Köpfen und loser gelber Haut, die sich in Falten legt: mit seltsamen Verwachsungen, mit Vogelgesichtern und mit Fledermausgesichtern und Glupschaugen. Jankin flüsterte: »Charlie O'Brien, ich hätte es nie für möglich gehalten – aber es gibt Menschen, die noch minderwertiger sind als Iren.«

Der Riese schaute ihn an, seinen Flachskopf und das ausdruckslose Gesicht – nur um Haaresbreite davon entfernt, selbst zur Schau gestellt zu werden.

»Jankin, du würdest mich nicht verkaufen, nicht wahr?«, sagte er. Mit leiser Stimme. Denn er hatte angefangen, sich davor zu fürchten.

Jankin wirkte verblüfft, doch dann änderte sich sein Gesichtsausdruck. »Na ja«, sagte er. »Sie haben mir verboten, mit dir darüber zu reden.« Dabei tippte er sich mit dem Finger an die Nase.

»Verstehe«, sagte der Riese.

In der Nacht träumte er von den Missgeburten, von ihren Boxernasen und ihren heraushängenden Zungen, Gestalten, die sich aus seinen Geschichten befreit hatten; und Francis Claffey träumte von den Pennys, die sich unaufhaltsam vermehrten.

Der Riese hat folgende Lektion gelernt: Alles was man sich vorstellen kann, kann existieren.

Der Riese wurde kränker. Er war um drei oder vier Zoll gewachsen (und Paddy war immer noch nicht eingetroffen). Er hatte ständig Schmerzen in den Fingern und in den Füßen, seine Haut spannte sich, und sein Kopf dröhnte. Seine Haut hatte einen bleichen Schimmer angenommen, wie Zinn. Nachts hustete er, ein Geräusch, das durch die Cockspur Street hallte wie Kanonendonner.

»Es war verdammt dumm von dir«, sagte Claffey zu ihm, »das Geld des Schotten nicht anzunehmen.«

Der Riese sah ihn durchdringend an. Was ist das für ein doppeltes Spiel?

»Vielleicht überlege ich es mir noch einmal«, sagte er. »Ich glaube kaum, dass mir noch drei Monate bleiben. Ich hätte gerne noch einmal einen vollen Beutel. Ich könnte dem Knirps einen Wisch unterschreiben und dann nach Irland fahren, um dort zu sterben.«

Er sah die blanke Wut in Claffeys Augen schwappen wie das Wasser in einem schmutzigen Seitenfluss der Themse.

»Das schaffst du nie«, sagte Claffey. »Mit dir ist es aus, du bist ein toter Mann. Finde dich damit ab, O'Brien. Du würdest die Reise nicht überleben.«

Jetzt begriff er, welches Spiel Claffey spielte; er wollte seine Absichten erkennen; er wollte sie verstehen. Er wollte wissen, ob er wusste, dass er sterben würde.

»Außerdem«, sagte Claffey, »heißt es, Hunter hätte sein Angebot zurückgezogen.«

»Ach ja?«

»Ja. Er interessiert sich neuerdings eher für Idioten.«

»Dann braucht er ja nicht lange zu warten. So wie ihr die armen Kreaturen hungern lasst.«

»Ach, die kriegen ihren Brei und ihr Süppchen. Das sind sie gewohnt. Man kann ihnen kein Fleisch geben. Sie haben keine Zähne mehr.«

Claffey ging pfeifend die Treppe hinunter. Es ist eine Tatsache, sagte sich der Riese. Eine kalte, nackte Tatsache. Sie haben vor, dich zu verkaufen.

John Hunter war in seinem Kontor und zählte sein Geld.

Vierunddreißig Pfund, sieben Shilling und ein halber Penny.

Howison trat ein. »Sie sagen, sie sind bereit, ihn zu bewachen, bis er stirbt.«

»Und wenn er *tot* ist.«

»Ja, das auch.« Howison räusperte sich. »Sie wollen hundert Guineen.«

John sprang entsetzt auf. Er stieß sich den Kopf an seinem Seziertisch.

Er kniete auf dem Boden, blutend und fluchend.

In der Zwischenzeit sah der Riese dem menschlichen Nadelkissen bei der Arbeit zu. Die Frau saß am Kamin, steckte sich beiläufig Stecknadeln in den Mund und verschluckte sie. »Das mache ich schon mein Leben lang«, erklärte sie beim Kauen. »Wenn ich keine Stecknadel im Mund habe, geht's mir nicht gut – eine Nähnadel ist ein besonderer Leckerbissen. Am liebsten habe ich eine gute Stopfnadel, wenn ich eine bekommen kann.«

»Kommen die auch wieder raus?«, fragte Pybus mit großen Augen.

»O ja. Bei jeder Schau kommen welche raus. Zuerst sieht man einen schwarzen Punkt, zum Beispiel am Arm oder am Bein, und dann entzündet es sich ein bisschen, und nach einer Weile sieht man den Nadelkopf, und dann kann man ihn rausziehen. Manchmal kommt ein Arzt und will mich untersuchen, er sagt: Mrs. Cricklewell, Sie werden Ihre Beine nicht mehr gebrauchen können, und ich sage zu ihm: Doktor, sorgen Sie nur dafür, dass die Nadeln schön rauskommen, um meine Beine brauchen Sie sich nicht zu kümmern, eine Frau muss ihr Brot verdienen, und ich habe zu ihm gesagt: Was ist mit meiner Schlaflosigkeit? Können Sie die kurieren? Das Problem ist, ich muss die ganze Nacht auf sein und mich abrackern, um nicht zu verhungern.«

»Ich habe einen Eisenfresser«, sagte Kane großspurig. »Die Zuschauer werden gebeten, Gegenstände mitzubringen, die er verschlucken soll, ein Hufeisen zum Beispiel, oder einen Schlüsselbund, den sie nicht mehr brauchen.«

»Ferris hat einen grünen Mann«, sagte Slig. »Er stellt ihn in der Russell Street aus.«

»Woher zum Teufel will Ferris wissen, ob er grün ist? Ferris ist blind.«

»Ferris hat den Mördern von Bride Caskey blutige Rache geschworen.«

Claffey spuckte aus. »Er soll ruhig kommen und seine grüne Missgeburt gleich mitbringen. Er wird selbst grün sein, wenn ich ihn erst in die Eier getreten habe.«

»Unter der Herrschaft von Conaire«, sagte der Riese, »gab es keinen Streit im Land. Jeder fand die Stimme seines Nachbarn so süß wie Harfenmusik. In jenen Sommern schien die Sonne vom Frühling bis zum Herbst. Es gab so viele Eicheln, dass man bis zu den Knien darin watete. Kein Wolf riss mehr als ein männliches Kalb aus einer Herde.«

»Und was ist dann schief gegangen?«, fragte Claffey gähnend.

»Offenbar hatte es mit den Stiefbrüdern von Conaire zu tun. Sie liebten das Stehlen und Plündern.«

»Gegen die kam keiner an«, sagte Pybus: nicht ohne Bewunderung im Ton.

»An Da Derghas Hof«, sagte der Riese, »als er und sein Gefolge gerade an der Festtafel Platz genommen hatten, da kam eine Frau, eine Riesin in einem flauschigen, gestreiften Mantel. Sie hatte einen Bart, der ihr bis zu den Knien reichte, und ihr Mund war an der Seite ihres Kopfs. Sie lehnte sich an den Türpfosten und ließ ihren Blick über den König und all die jungen Männer an seiner Tafel schweifen. Was siehst du?, fragte sie der König. Sie sagte –«, und hier unterbrach sich der Riese, schien sich an seinen eigenen Worten zu verschlucken. »Sie sagte, ihr Name sei Cailb.

Das ist ein kurzer Name, sagte der König.

Sie sagte: Ich habe noch mehr. Sie lauten Samuin, Sinand, Seschend, Saiglend, Samlocht.«

»Genug Namen«, sagte Claffey. »Erzähl die Geschichte weiter.«

Der Riese warf ihm einen wütenden Blick zu. »Wie du willst, Francis Claffey – wenn du nicht weißt, wie du deine Schicksalsgöttin anreden sollst, wenn sie zu dir kommt, dann beklage dich nicht bei mir. Sie hat noch mindestens sechsundzwanzig Namen, die ich euch nicht genannt habe, also betrachtet sie als aufgezählt und denkt daran, dass sie all die Namen in einem Atemzug nannte, während sie auf einem Bein stand.«

»Warum hat sie das denn getan?«, fragte Pybus.

»Warum tut irgendjemand irgendetwas? Conaire fragte sie also: Was willst du? und sie sagte: Ich möchte eintreten. Conaire sagte: Es ist mir streng verboten, eine unverheiratete Frau nach Sonnenuntergang hereinzulassen.«

»Soll das heißen, sie war nicht verheiratet?«, fragte Kane. »Und das mit einem solchen Bart?«

»Streng verboten?«, fragte Con Claffey. »Der Kerl hat doch nur einen Vorwand gesucht.«

»Nein«, sagte Jankin. »Es war ihm strengstens verboten,

und das wüsstest du, wenn du bei dieser Geschichte je aufmerksam zugehört hättest. Er darf auch keine Vögel fangen, es bringt ihm Unglück, wenn er es doch tut.«

»Die Frau sagte zu ihm: Ich verlange Gastfreundschaft in diesem Haus.«

Der Riese dachte, ich habe Hunter eingelassen. Ich habe dem Mann Wein gegeben.

»Und Conaire sagte: Wenn ich dir einen Ochsen und ein gepökeltes Schwein gebe, wirst du dann woanders hingehen?

Da wurde die Frau böse, und sie sagte: Eine Schande für ein Volk, wenn es schon so weit gekommen ist, dass der König einer einsamen Frau kein Bett und kein Mahl anbieten kann.«

»Das finde ich auch«, sagte Mrs. Cricklewell.

»Also sagte Conaire: Lasst sie eintreten. Und die ganze Gesellschaft wurde von Entsetzen gepackt, obwohl niemand wusste, warum.«

»Ich weiß, warum«, sagte Jankin. »Jeder wäre doch entsetzt, wenn plötzlich diese riesige Frau mit Bart und dem Mund an der Seite zur Tür hereinkäme.«

Pybus sagte: »Ich würde mich vor einer Frau nicht fürchten. Aber der Mann, der gestern auf das Schiff kam, würde mir einen schönen Schrecken einjagen. Der Mann mit dem einen riesigen Auge und sieben Pupillen darin, alle so schwarz wie Käfer.«

»Ja«, sagte der Riese. »Diesen Teil der Geschichte hast du verpasst, Con Claffey.«

Con Claffey schürzte die Lippen.

»Und diese Männer mit drei Köpfen sind mir auch nicht geheuer«, sagte Pybus. »Und in jedem Kopf haben sie drei Reihen Zähne vom einen Ohr bis zum anderen. Und Knochen ohne Gelenke.«

»Kann man die kaufen?«, fragte Slig.

Kane kaute auf seiner Lippe. »Damals gab es Furcht einflößende Wunderlinge.«

»Genau, Kane. Damals, und heutzutage auch.« Der Riese stand auf. »Ich werde diese Geschichte nicht zu Ende erzählen.«

»Ruhig, ruhig«, sagte Mrs. Cricklewell.

»Genau«, brüllte der Riese von der Tür her. »Soll ich euch verraten, was die Frau gesagt hat, während sie auf einem Bein stand? Wollt ihr wissen, was sie gesagt hat? Sie sagte: Ich sehe euren Untergang, eure völlige Vernichtung – ihr werdet dieses Haus nicht mehr verlassen, keiner von euch, weder Haut noch Haar, außer den Fetzen, die von Raubvögeln davongetragen werden.«

Er wandte sich ab. Seine böse Schulter. Er hörte Con Claffey leise sagen: »Der Kerl kommt uns auf die Schliche. Er hat unseren Plan durchschaut.«

Er hörte Slig sagen: »Macht nichts. Was kann er schon tun?«

Und Kane: »Es heißt, der Steinstecher hechelt wie eine Braut vor der Hochzeitsnacht. Howison will den Preis hochtreiben. Wir haben ihm einen Anteil zugesagt. Es liegt in seinem Interesse.«

In der Jermyn Street behandelte Howison den aufgeschlagenen Kopf seines Herrn und redete ihm dabei beruhigend zu. »Versuchen Sie es bei den Eminenzen. Wenden Sie sich an die Honoratioren. Man wird Ihnen Geld geben. Sie müssen den Riesen unbedingt haben.«

Und Slig, am Kamin: »Ich habe Männer und Frauen gesehen, die außergewöhnlich behaart waren.«

Sagt Kane: »Ich kenne einen Feuerschlucker, er wohnt in der Tooley Street. Er hat eine Schwester, die glühende Kohlen isst wie andere reife Pflaumen.«

Der Riese denkt: Ich kenne Menschen mit Klauen anstatt Händen. Sie terrorisieren die Leute. Ihre Mutter liebt sie, aber sie töten sie, und was dann? Sie gehen mordend hinaus in die Welt.

Mrs. Cricklewell knabbert an einer Haarnadel. Krack, krack, krack. Ein Splitter fällt von ihrer Lippe.

Beschütz mich, denkt der Riese. Mit Brustpanzer und Schild. König Conaire und alle seine Mannen.

Slig sagte: »In der Petticoat Lane haben wir ein Ding, das wir ›Was ist das‹ nennen.«

»Und was ist das?«, fragte Claffey.

»Das darfst du nicht wissen, und das darf ich dir nicht verraten. Es ist etwas Unbeschreibliches. Wir halten es hinter einem Vorhang und verlangen extra Eintritt dafür.«

»Dürfen wir es uns ansehen?«, fragte Claffey.

»Das könnt ihr nicht.«

In den Märchen hat ein Riese eine Kappe, die ihn unsichtbar macht. Er hat Schuhe, die ihn in Minuten rund um die Erde tragen.

Was hatte Bride Caskey gesagt? In England jagen sie mit großen Hunden.

Die Verhandlungen gehen weiter. Der Preis für den Riesen steigt und steigt. Im *Crown* in der Wych Street werden Köpfe zusammengesteckt, wird getuschelt. Zweihundert, dreihundert. Der gute alte John ist einem Schlaganfall nahe. Howisons Rolle in dieser Angelegenheit sollte nicht allzu genau unter die Lupe genommen werden. Slig hat vor, sein Keller-Imperium nach Osten hin zu erweitern. Tibor der Schreckliche hofft, sich von dem Erlös ein neues Pferd leisten zu können. »Ich werde sie Jenny nennen«, sagt er nostalgisch.

»Sieh zu, dass die Männer in seiner Nähe bleiben«, bittet Hunter.

Sagt Howison: »Sie sind ständig um ihn herum.«

Hunter juckt es in den Fingern. »Ich würde ihn gern untersuchen. Um festzustellen, wie nah er dem Ende ist. Aber er lässt mich nicht an sich heran.« Er saugt die Lippen ein. »Nicht mal für eine halbe Krone.«

Der Riese: »Wenn ich nur einen guten Dichter finden könnte. Einen, der ihm Gedichte rezitiert. Ein guter Dichter kann einen Mann zu Tode rezitieren. Ein Dichter nimmt das Ohrläppchen eines Menschen zwischen Finger und Daumen und zermalmt es, und dann stirbt dieser Mensch auf der Stelle. Mit einem Strohwisch und einem bösen Wort können sie einen Menschen in den Wahnsinn treiben. Sie kauen Fleisch und legen es auf die Türschwelle, und wenn einer darüber steigt, fällt er auf die Knie und stirbt.«

Der gescheckte Junge kommt mit einer Botschaft herein. Es ist Ende Mai, und er zittert vor Kälte. Um seine Pupillen ist ein trüber Ring zu sehen. Slig sieht ihn mit Kennerblick an. »Noch einer für den Abdecker«, sagt er, als der gescheckte Junge fort ist.

Gott soll ihn verdammen!, schreit der Riese. Wenn er mich zerstückelt, kann ich nicht auferstehen.

»Aber dein Thron im Himmel!«, sagt Jankin. »Die Kissen aus roter Seide! Mit den Daunen von tausend Schwänen gefüllt! Und mit Fransen. Und Edelsteine so groß wie Suppenteller.«

»Ja«, sagt der Riese knapp. »Es ist alles für mich bereit, Jankin, denn ich habe nie einer Kreatur etwas zuleide getan. Aber wenn meine Knochen verstreut werden, kann ich es nicht entgegennehmen.«

Jankins Verstand arbeitet langsam, in theologischen Dingen. »Und in die Hölle kannst du auch nicht kommen?«

Der Riese schüttelt den Kopf. »Ich kann nirgendwo hingehen. Es gibt keinen Ort für mich. Tot ist tot, heißt es für mich.«

»Daran habe ich noch nicht gedacht«, sagt Jankin erschüttert. »Weiß Mr. Hunter das?«

Der Riese sieht ihn durchdringend an. »Hunter hat keinen Gott. Was ist Glaube? Er kann ihn nicht anatomisieren. Was ist Hoffnung? Er kann ihre Knochen nicht auskochen. Was ist Nächstenliebe – ja, was bedeutet einem kühnen Experimentator wie ihm die Nächstenliebe?«

Jankins Gesicht ist kreidebleich. »Das habe ich nicht gewusst, Charlie. Dass du nicht auferstehen kannst.«

»Jankin, würdest du mich im Meer bestatten? Würdest du mich in einen Sarg aus Blei legen?«

Jankin beginnt zu weinen.

»Das habe ich nicht gewusst«, sagt er. »Gott vergib mir, Charles O'Brien. Das habe ich nicht gewusst.«

Der Riese wiegt sich sanft.

Er denkt: Niemand hat mich gewiegt, ich war ein Riesenkind. Die Wiege wäre geborsten.

Hier bin ich: ein erwachsener Mann.

Wie hätte sein Leben sein können, wäre er kein Riese gewesen? Vielleicht wäre er ein armer Gelehrter gewesen und durch das Land gewandert; seinen leinenen Beutel auf dem Rücken, auf dem sich die Formen der Bücher abzeichnen, sodass jeder Reisende, dem er begegnet wäre, jeder Familienvater, an dessen Tür er geklopft hätte, seine Berufung erkannt und jeder Fremde ihm einen Platz an seinem Feuer angeboten hätte. Vielleicht hätte er seinen Lebensunterhalt auf der Straße verdient, ein nützlicher Mann und ein bezahlter Träumer, der in jedem Dorf seine Dienste angeboten, Briefe geschrieben und Verträge aufgesetzt hätte; er wäre an Orten geblieben, die ihm gefielen, hätte an einer Hecke Unterricht erteilt, unter einem Baum Verhandlungen geführt, in der Taverne getanzt und seinen Verstand geschärft im Streitgespräch mit einem Priester, den Mädchen den Hof gemacht und den Jungen die Prinzipien der Geometrie und das griechische Alphabet eingebläut. Vielleicht wäre er ein Dichter und Wahrsager gewesen; hätte im Dunkeln gelegen, die Hände über dem Gesicht, um jeden Lichtstrahl abzuhalten: bis das Licht im Innern aufgeht und das Gedicht sich erschließt. Vielleicht hätte er in den Fünf Flüssen der Quelle der Weisheit gebadet und den Göttern der Nacht Gesellschaft geleistet.

Stattdessen heißt es, Wasser von der Pumpe holen, das schale, schlammige Wasser; stattdessen brennt ihm der billige Gin in der Kehle und hört er Claffeys tapsende Schritte auf der Treppe. Stattdessen wartet der Schotte, klimpert mit den Münzen in seiner Tasche; der Tierdompteur, der seine Peitsche schwingt. Die Harfenisten spielen drei Weisen: Lächeln, Wehklagen und Schlafen. Aber in den Nächten, in denen er jetzt wach liegt und der Schmerz in seinen Knochen bohrt, hört er das Rasseln der Nachtwächter, das klingt, als würde Gott mit den Zähnen klappern. Er hört die Räder des Todeskarrens über das Pflaster poltern, und er weiß, wenn er aufstehen würde und die Fensterläden öffnete, würde er die kopflosen Pferde sehen und den Kutscher des Todes mit seiner Schüssel voll Blut.

Dem Dichter setzt man ein Denkmal aus Zitaten, dem Staatsmann aus Stein und Bronze. Auf Ölgemälden liegt die Hand des Gelehrten auf dem Folianten, und die Augen des Denkers schweifen durch den Raum und schauen jeden an; der Rebell hat seine Ballade und sein Kreuz, den Kranz des Eiferers, sein Lorbeer ist das Henkersseil. Aber für den armen Mann und den Riesen gibt es nur den rohen Holzboden und den Putzeimer, den Suppentopf und den Wasserkessel und für seine Lungen den Misthaufen; und so ist er ein Gestank für jede Nase, tage- und wochenlang, er ist namenlos, er ist ein Nichts. Geschichten können ihn nicht retten. Wenn das menschliche Gedächtnis verbraucht ist, bleibt das Gedächtnis der Tiere; und danach das Gedächtnis der Pflanzen und danach das Gedächtnis der Steine. Aber der Wind und das Meer zermahlen die Steine; und die Zellwand dehnt sich, bis sie in nichts zerfällt und das Wissen über ihr eigenes Wesen verliert. Wenn wir die Geschichte nicht auf Knien anflehen, ist es aus mit uns, dann sind wir verloren. Dann müssen wir ins Abseits gehen, in jenes Land, wo der Raum sich verstrickt und verknotet, wo die Zeit sich zusammenfaltet und verdreht: wo die Jahre vergehen wie ein Tag.

Es wird Juni. Gestank in den Straßen. O'Brien wälzt sich nachts im Bett, zerwühlt die Laken, besudelt sie mit seinem Todesschweiß. Er betet darum, dass das Chaos ausbricht, dass die Rebellen die Macht übernehmen; er betet, dass die Whiteboys ins Land einfallen und mit Hippe und Spieß alles zerschlagen: Drescher, Schnitter, finsteres Gesindel: Schläger, Zündler und Gerechtigkeitsfanatiker. Zu Hilfe.

Slig sagt zu dem gescheckten Jungen: »Sag Kane Bescheid. Es dauert nicht mehr lange.«

Jankin weint in der Ecke.

Der gescheckte Junge sagt zu ihm: »Wenn ich weiß wäre wie du und ein freier Mann, wie würde ich dann mein Brot verdienen?«

Slig: »Sag Hunter, er isst nichts mehr. Sag ihm, er flucht und tobt. Sag ihm, wir sind immer wachsam, und wir haben ein ehrliches Herz. Sag ihm, der Preis ist jetzt fünfhundert Pfund.«

Hunter sagt: »Wollen sie mein Blut?«

Der Riese windet sich tobend auf dem Boden, wünscht ihm, dass seine Knochen und Eingeweide in alle Winde verstreut werden, wünscht ihm eisige Winde und scharfe Klingen: den Einsturz eines Hauses, den Tod seiner Erben, eine Schar böser Geister, das höhnische Gekrächze von Krähen. Einen Galgenhügel und stürmisches Wetter.

Er sagt: »Habt ihr schon einmal von der Armee gehört, die aus Männern mit Katzenköpfen bestand?«

Jankin sagt: »Erzählst du uns von Ebinichebel, dem König der Hundeköpfe?«

Der Riese sagt: »Ich bin zu schwach für diesen abscheulichen Sarazenen.«

Eine Stunde vergeht. Slig und Con Claffey sind rastlos und wachsam. Sagt Kane: »Bald werden wir durch die Stadt stolzieren.«

Als der Abend kühler wird, erholt der Riese sich ein wenig. Er sagt: »Es war einmal ein Volk von Kreaturen, die sich Astomi nannten. Sie hatten keinen Mund. Sie ernährten sich vom Duft von Äpfeln.«

Im Schatten stehen sie und warten auf ihn: Katherine Lineham und Ruggetty Madge, Teddy Brian und Redman Keogh: Cooley und Ryan und Thomas Dwyer, der aus Tipperary kam und keinen Mantel besaß.

Aber er stirbt beim Geräusch des ›Was ist das‹, das im Nebenzimmer mit seinen Ketten rasselt.

Eines Tages, etwa eine Woche später – als die Knochen des Riesen, braun gekocht, bereits im Laboratorium des verarmten John Hunter hingen – überquerten Pybus und Jankin die Drury Lane, um sich in der *Fox Tavern* zu betrinken. Als er einem Karren auswich, wurde Jankin beinahe von einem flinken schwarzen Schwein umgerannt, das aus einer Gasse geschossen kam. Das Schwein blieb stehen, warf einen kurzen Blick über die Schulter und führte mit seinem Fuß kurz eine Rechenaufgabe auf den Pflastersteinen aus. Pybus war plötzlich ganz aufgeregt. »Toby!«, schrie er. »Das ist das Schwein von Mr. Goss!« Er stürzte auf das Tier zu. Das Schwein wich ihm aus; doch dann blieb es stehen und schaute sich noch einmal um. Es schien zu grinsen.

»Bei Gott«, sagte Jankin. »Siehst du, wie es uns anguckt?«

Verwirrt erwiderte Pybus: »Ja, du hast Recht.«

Die beiden Männer standen da und musterten einander. »Wir könnten es leicht einfangen«, sagte Jankin. »Sieh es dir bloß an; es steht da und wartet ab, was wir tun.«

»Ja«, sagte Pybus. »Wir könnten es leicht fangen.«

Nachdenklich rieb er sich die aufgeschürften Knie.

»Gehen wir ins *Fox?*«, fragte Jankin.

Pybus nickte. »Auf ins *Fox.*«

Toby machte noch schnell eine kleine Addition, drehte sich behände um und trottete in Richtung Long Acre davon. Jankin und Pybus hoben die Hände zum Gruß.

King Conaire besaß ein singendes Schwert. Habt ihr das gewusst? Er war der Sohn eines Vogelgottes.

Sein Kopf sprach noch, nachdem er abgeschlagen worden war. Danke, sagte er. Danke fürs Zuhören.

Stell die Laterne weg und die Haken. Wickle die Strickleiter auf und falte die Säcke. Säubere die Schaufel, bevor du sie verstaust; vielleicht brauchst du sie noch einmal.

The Lancet, 1937:

»Sir Joshua Reynolds Porträt von John Hunter … verblasst allmählich … es verschwindet unaufhaltsam. Die Veränderung ist am stärksten im unteren Bereich. Der Hintergrund ist so ausgeblichen, dass keine Einzelheiten mehr zu erkennen sind; die Beine sind kaum noch auszumachen, die herunterhängende rechte Hand erinnert an einen formlosen Pudding, der Stift, den sie hielt, ist verschwunden. Das Gesicht, der am wenigsten betroffene Teil, hat seine einst scharfen Konturen verloren – eine Veränderung, die seinen abwesenden, gedankenverlorenen Ausdruck verstärkt … Das gesamte Gemälde befindet sich in Auflösung.«

Ich will ein Krähennest haben, ich will ein Elsternnest und die Zweige des Baumes, in dem die Nester befestigt sind. Ich kann keinen großen Schweinswal bekommen, nicht für Geld und gute Worte. Ich will ein paar Aale haben, und sie dürfen nicht von einem Fischhändler kommen, sondern frisch aus dem Fluss.

Ich hatte drei Igel, und alle drei sind eingegangen.

Ich will ein paar Straußeneier. Und eine Rohrdommel, um sie schreien zu hören und herauszufinden, wie sie dieses Geräusch macht.

Ich will Wissen ansammeln. Ich will Zeit.

Und die Zeit will dich, John. Du wirst zu einem Weizenkorn werden. Du wirst dich in eine Pfütze verwandeln. In einen Wurm, in eine Fliege. Und der Wind wird die Fliege fortblasen.

Nachwort

Dies ist keine wahre Geschichte, doch sie beruht auf wahren Begebenheiten. Der irische Riese Charley Byrne stellte sich 1782 in London zur Schau und starb dort im darauf folgenden Jahr. Er hat wenig Ähnlichkeit mit dem Riesen in dieser Geschichte, denn er litt wahrscheinlich an einem Hirntumor und war möglicherweise geistig zurückgeblieben.

Wenn der Riese und seine Gefährten Irland in dieser Geschichte verlassen, fliehen sie nicht vor einer bestimmten Katastrophe. Sie fliehen vor sich stets wiederholenden Entbehrungen, vor der Unterdrückung ihrer Sprache und vor kulturellem Verfall, Bedingungen, unter denen ein großer Mann wie der Riese nur schwerlich ein Auskommen finden kann.

John Hunter wurde 1728 in der Nähe von East Kilbride geboren. In Glasgow machte er eine kurze Lehre als Möbeltischler, ging jedoch dann nach London und begann eine erstaunliche Karriere als Chirurg, Wissenschaftler und Sammler, eine Karriere, die vierzig Jahre andauerte und ihn berühmt, aber nicht reich machte.

Bis zum Erlass des Anatomy Act von 1832 konnten Wissenschaftler sich Leichen zu Studienzwecken nur beschaffen, indem sie sie stahlen oder vom Henker erwarben. Das Entsetzen, das die Vorstellung einer Obduktion bei den Menschen auslöste, war teilweise auf diese Assoziation mit Verbrechen und Schande zurückzuführen und teilweise auf den Glauben an eine leibliche Auferstehung nach dem Jüngsten Gericht.

Die Geschichte von Hunters Ansteckung mit Syphilis ist umstritten. Einige Fachleute nehmen an, dass er sich selbst infizierte, andere, dass er eine Versuchsperson infizierte. Ich möchte großzügig sein und beides glauben. Hunter führte sein Experiment in der Überzeugung durch, dass Syphilis und Gonorrhoe unterschiedliche Erscheinungsformen desselben Erregers seien. Um etwaigen Missverständnissen vorzubeugen, möchte ich hinzufügen, dass es passierte, bevor er ein verheirateter Mann war.

In der Beschreibung von Hunters Spekulationen habe ich mir einige Freiheiten erlaubt. Seine Gedanken über das Erbrechen zum Beispiel nehmen die Arbeit von François Magendie, einem anderen großen Experimentator, voraus.

Die Informationen über verschiedene Heilige und die Ballade, die von Claffey gesungen wird, habe ich *Irish Eccentrics* von Peter Somerville-Large (Lilliput Press) entnommen. Das Gedicht des Riesen über König Herodes ist nachzulesen in Kuno Meyers *Ancient Irish Poetry* (Constable).

Das Skelett von Charles Byrne kann zu den üblichen Öffnungszeiten im Museum of the Royal College of Surgeons in Lincoln's Inn Fields, London, besichtigt werden.

Andrew Johnston

Das Vermächtnis der Bourbonen

Roman

Band 15012

Welches Geheimnis macht den Grafen Tallyerand so unbesiegbar? Brillant, charmant und undurchdringlich ist er der Drahtzieher am Hof von Versailles. Er überlebt Könige und Guillotine, denn sein Wissen ist gefürchtet. Doch das Vermächtnis der Bourbonen wird ihm zum Verhängnis – durch eine Frau.

Fischer Taschenbuch Verlag

fi 15012 / 1

Paul Löwinger

Das Lied des Troubadours

Roman

Band 15063

Brian de Martial ist kein einfacher Troubadour, auch wenn die schöne Kaufmannstochter Gaelle ihn so in Südfrankreich kennen lernt. Sein Auftrag ist es, als Ritter für ein Reich des Südens zu kämpfen. Aber sein Weg ist auch eine Suche nach Glück, nach der Poesie und der Liebe.

»Löwingers Held erlebt zwischen
Kreuzzügen und höfischer Liebe alles,
was das Mittelalter auszeichnet.«
Format

»Ein großartiges Abenteuer des Herzens,
des Geistes und des Körpers.«
ORF

Fischer Taschenbuch Verlag

fi 15063 / 2

Diana Norman

An den Ufern der Dunkelheit

Roman

Aus dem Englischen von Rainer Schmidt

Band 14412

Für Martin Miller beginnt alles an einem Tag des Jahres 1706, als er aus dem Krieg gegen Frankreich zurückkehrt und erfährt, daß seine Tante Effie ermordet worden ist. Er wird Erbe ihrer Pension und ihres Dienstmädchens Bratchet. Für Daniel Defoe, politischer Lohnschreiber und gescheiterter Kaufmann, fing alles schon ein wenig früher an, als ihn ein Schotte anheuern wollte, eine junge Verwandte, Anne Bard, für ihn zu finden. Mit der gleichen Bitte tritt überraschenderweise auch ein englischer Minister an Defoe heran, weil Anne Bard vielleicht der Schlüssel zum Problem ist, das England an den Rand des Bürgerkriegs zu treiben droht: Die alte Königin Anne ist kinderlos, und ihr Nachfolger wird entweder ein protestantischer Hannoveraner oder ein katholischer Jakobiner. Was aber, wenn es einen Ausweg gäbe, eine echte Stuart? Defoe heuert zwei Spione an, die ihm helfen sollen, Licht in die Angelegenheit zu bringen: Miller und Bratchet. Ihre Suche führt sie nach Flandern, zum Hof von Versailles und schließlich in die Welt der Piraten in der Südsee. Doch die Antwort auf alle Fragen ist im heimatlichen England zu finden – gefährlich nahe bei der Königin.

Fischer Taschenbuch Verlag

fi 1603 / 6

Diana Norman

Das Geheimnis der Maske

Roman

Aus dem Englischen von Edith Walter

Band 14199

»Penitence und die Pest trafen am selben Tag in London ein.« So beginnt die Geschichte der schönen jungen Amerikanerin, die zur Zeit von Charles II. nach London kommt. Außer einer Bibel hat sie nur die zuletzt bekannte Adresse ihrer Tante Margaret in der Tasche. Sie muß aber zu ihrem Entsetzen feststellen, daß es sich bei diesem Haus um ein Bordell in einem heruntergekommenen Viertel von London handelt. Nachdem die Pest über London hereingebrochen ist, ändert sich ihr Blick auf die Welt. Sie wird Zeugin, mit welchem Mut gerade die armen Leute der Seuche entgegentreten. Als sie Aphra Behn, die berühmte exzentrische Bühnenautorin und Spionin des Königs, im Schuldturm kennenlernt, nimmt ihr Schicksal eine Wendung: sie wird Schauspielerin und kämpft nun wie Aphra darum, ein freies, selbstbestimmtes Leben führen zu können. Als es eine Rebellion gegen den König gibt, geht es nur noch darum zu überleben...

Fischer Taschenbuch Verlag

fi 1515 / 6

William Gay

Provinzen der Nacht

Aus dem Amerikanischen
von Susanne Goga-Klinkenberg

Roman

Band 15289

In den Hügeln am Tennessee River: Fleming Bloodworth ist ganz auf sich gestellt. Sein Vater hat ihn verlassen, die Verwandten sind Loser und Sonderlinge in einem gottverlassenen Flecken Erde. Aber der langsame Rhythmus des Alten Südens wird Flemings Zukunft nicht bestimmen. Denn er lernt ein Mädchen kennen, Raven Lee.

»Voller Spannung und doch sehr poetisch,
ein Hochgesang auf den Süden.«
DeutschlandRadio

»Ein Roman wie ein guter Bourbon: kräftig,
rau und etwas ungestüm.«
Net Business

Fischer Taschenbuch Verlag

fi 15289 / 1

Rohinton Mistry

Das Gleichgewicht der Welt

Roman

Aus dem Englischen von Matthias Müller

Band 14583

Man schreibt das Jahr 1975. Der Ort: Bombay. Hier treffen vier Menschen aufeinander: Dina Dalal, eine Frau, Anfang Vierzig und seit fast zwanzig Jahren verwitwet; Maneck Kohlah, ein Student aus dem Himalaja; Ishvar Darji, ein unglaublicher Optimist, und sein widerspenstiger junger Neffe Omprakash – zwei Schneider, die vor den unerträglichen Verhältnissen auf dem Land in die Stadt geflohen sind. Diese vier lernen sich kennen, achten und lieben und werden doch vom Schicksal wieder auseinandergerissen.

Rohinton Mistry holt weit aus und erzählt von den Lebenswegen, die diese Menschen zu dem gemacht haben, was sie sind. ›Das Gleichgewicht der Welt‹ lässt den indischen Subkontinent vor den Augen des Lesers entstehen – und es ist ein gewaltiges wie auch gewaltsames Bild einer Gesellschaft, die nur auf den ersten Blick fremd erscheint.

»›Das Gleichgewicht der Welt‹ ist ein Meisterwerk,
und Rohinton Mistry stellt sich gleich als einer der
großen Erzähler unserer Zeit vor.«
Frankfurter Allgemeine Zeitung

Fischer Taschenbuch Verlag

fi 14583 / 1